KB039386

독 일 시 집

독일시집

김정환 엮고 옮김

자음과모음

차례

헌사*

괴테

너희 다가오는가 다시, 흔들리는 형태들이여,
일찍이 흐린 시야에 보인 적 있는데.
내가 해보랴 정말, 너희를 이번에 힘껏 붙들어보랴?
느끼는가 내가 내 마음 여태 그 미망(迷妄) 쪽인 것을?
너희가 쇄도한다! 할 수 없지, 너희 뜻대로
너희가 증기와 안개를 벗고 날 감싸며 오를밖에;
내 가슴 젊고 깊게 감동받은 느낌,
마법의 산들바람, 너희 흐름이 살며시 자아낸 그것에.

너희가 가져온다 형상, 즐거운 날의 그것들을,
그리고 숱한 사랑하는 그림자들 올라온다;
마치 어떤 오래된, 울림이 반쯤 멎은 이야기처럼
떠오른다 첫사랑과 우정이 그것들과 함께;
고통이 새로워진다, 반복된다 울음,
생의 미로의 어긋한 경과의 그것이,
그리고 호명한다 좋은 이들, 그들, 아름다운 시간
행운에 속아, 내 앞에서 사라져버렸는데.

* 『파우스트』 서시.

그들이 듣지 못한다 다음의 노래를,
그 영혼들, 내가 첫 노래를 불러주었건만;
흔적 없이 사라졌다 그 다정한 밀치락달치락
멎어버렸다, 아아! 그 첫 반향.
나의 노래가 울린다 모르는 많은 이들한테,
그들의 박수 자체가 내 가슴을 불안케 한다,
그리고 그 밖에 내 노래에 기뻐할 것들,
아직 살아 있다면 그럴 것들은, 헤맨다 세상을 뿔뿔이
흩어져.

그리고 나를 엄습한다 버린 지 오래인 갈망,
저 고요한, 진지한 영계(靈界) 향한 그것이,
떠다닌다 이제 어렴풋한 음(音)으로,
나의 귓속말 노래가, 아이올로스의 하프처럼,
전율이 붙잡는다 나를, 눈물이 따른다 눈물을,
엄격한 심장, 그것이 온화하고 부드러워진 느낌;
내가 가진 것, 보인다 멀리 있는 것처럼,
그리고 사라진 것, 내게 현실로 된다.

사랑 노래

릴케

어떻게 내가 내 영혼을 붙잡겠는가, 하여
그것이 당신의 영혼 건드리지 않도록? 어떻게 내가 그것을
들어 올리겠는가, 그대 넘어 다른 사물들한테로?
아아 기꺼이 나 그것을 그 어떤,
어둠 속 잃어버린 것 곁에 내려두고 싶다
어느 낯선 고요한 자리,
따라 흔들리지 않는, 너의 심연이 흔들린다 해도 말이지.
하지만 모든, 우리, 너와 나를 건드리는 것이,
총괄한다 우리를 바이올린 활처럼,
왜냐면 그것이 두 개의 현에서 *하나의* 목소리를 끄집어낸다.
어떤 악기에 우리 둘 잡아당겨져 있는지?
그리고 어떤 바이올린 연주자가 우리를 쥐고 있지?
오 달콤한 노래여.

오 말하라, 시인, 무엇을 네가 하는지? — 내가 예찬하지.
하지만 그 치명적이고 흉물스런 것들,
어떻게 배겨내나 네가 그것을, 어떻게 감내할 수 있

나? ― 내가 예찬하지.

하지만 그 이름 없는 것들, 무영(無影)들,

어떻게 부르나 그것을, 시인, 그럼에도 불구하고? ― 내가 예찬하지.

어디인가 출처, 네 권리, 입은 가장복(假裝服)마다,

쓴 가면마다 진실일 그것의? ― 내가 예찬하지.

그리고 고요와 격렬이

별과 폭풍처럼 너를 아는 것은? ― 내가 예찬하는 까닭에.

어느 겨울 저녁

트라클

눈이 창가에 내릴 때,
오래 저녁 종 울린다,
많은 이에게 식탁이 차려졌고
집에 가구가 완비된 상태다.

많은 이들이 여로에
온다 문에 어두운 오솔길 따라.
황금빛 꽃 피운다 은총의 나무가
대지의 시원한 수액에서.

나그네 들어간다 고요히;
고통이 석화(石化)했구나 문지방을.
거기 반짝인다 순수한 밝음으로
식탁 위에 빵과 포도주가.

인간의 갈채

횔덜린

거룩하지 않나 나의 가슴, 더 아름다운 생으로 가득 차
내가 사랑하므로? 왜 존중하는가 너희 나를 더,
내가 더 오만하고 더 사나울 때,
말이 더 많고 더 허황할 때?

아아! 숱한 이들 마음에 들지, 시장에서 쓸모 있는 것이,
그리고 예찬한다 노예가 오직 폭력 휘두르는 자들을;
신성(神聖)을 믿는 것은
오로지, 스스로 신성한 자들뿐.

창(窓)들

게오르게

창들, 내가 한때 그대와
저녁에 시골 풍경 이르기까지 보았던
그것들 지금 밝다 낯선 빛으로.

오솔길 여전히 뻗는다 그 문, 그대가
서서 뒤돌아보지 않다가
계곡까지 굽어 내려갔던 그것에서.

방향 틀 때 던져 올렸다 한 번 더
그대의 창백한 얼굴을……
하지만 너무 늦었지 부르기에는.

어둠-침묵-경직된 공기가
가라앉는다 그때처럼 집 둘레.
모든 기쁨을 가지고 갔다 그대가.

둘 다

호프만슈탈

그녀가 들고 있었다 잔을 손에
—그녀의 턱과 입이 그것의 테두리 같았다—,
너무나 가볍고 확실했다 그녀 걸음,
한 방울도 잔에서 튀어나오지 않았다.

너무나 가볍고 튼튼했다 그의 손;
그가 탔다 어린 말을,
그리고 무심한 동작으로
강제했다 그가, 그것이 몸을 떨며 서게끔.

그럼에도, 그가 그녀의 손에서
그 가벼운 잔을 받아 쥐려 할 것이면,
그게 둘 다에게 너무나 힘들었다:
왜냐면 둘 다 떨었다 그들이 너무 심하게,
그래서 누구 손도 상대 손을 찾지 못했고,
검은 포도주가 바닥을 굴렀다.

예술을 위한 예술

모르겐슈테른

예술을 위한 예술이란, 이런 얘기다:
우리한테 남은 게 놀 힘뿐이라는.

에케 호모*

니체

그렇다! 나 안다, 어디에서 내가 유래하는지!
싫증 나지 않기 불꽃과도 같이
작열하고 먹어치운다 내가 나를.
빛으로 된다 모든, 내가 움켜쥐는 것,
숯덩이다 모든, 내가 남겨둔 것.
불꽃이다 내가 확실히!

* Ecce Homo. '보라 이 사람을' 혹은 가시면류관을 쓴 그리스도상(像).

5월 축제

괴테

너무나 찬란히 빛난다
내게 자연이!
너무나 반짝인다 태양이!
너무나 웃는다 들판이!

밀며 꽃들이
나온다 가지마다에서
그리고 천(千)의 목소리
덤불에서

그리고 기쁨과 환희가
가슴마다에서.
오 대지, 오 태양!
오 행복, 오 욕망!

오 사랑, 오 사랑!
그토록 황금빛 아름답기가
아침 구름,
저 높은 곳 위 그것과도 같은!

네가 축복한다 찬란히
청량한 들판을,
꽃들의 안개로
그 충만한 세상을.

오, 처녀, 처녀,
어찌나 사랑하는지 내가 너를!
네 눈의 시선!
어찌나 사랑하는지 네가 나를!

그렇게 사랑하지 종달새가
노래와 공기를,
그리고 아침 꽃들이
하늘 향기를

내가 너를 사랑하듯이,
따스한 피로,
왜냐면 네가 내게 젊음과
기쁨과 용기를

새로이 노래하고
춤추게끔 주었으니.
영원히 행복하거라,
네가 나를 사랑하듯이!

화재 이후

릴케

초가을 아침이 머뭇댔다,
새로움에 수줍어하며, 공허,
불에 그슬린 피나무들 뒤 그것이 아직 몰려드는
그 황야 지역 집 주변, 이제는 그냥 또 하나 벽틀일 뿐이지

어디서 왔는지 도무지 알 수 없는 아이들이
상냥하고 고함치고 도를 넘던.
하지만 그들 모두 조용해졌다 그가 나타나,
그 장소의 아들이, 갈라진 긴 막대기로

찌그러진 낡은 깡통인가 주전자 하나를
뜨거운, 반쯤 타서 없어진 기둥 밑에서 끌어냈을 때;
그러고 나서, 확신 없는 이야기를 하려는 사람처럼,
거기 있던 다른 이들한테 몸을 돌렸을 때, 어떻게든

그들을 깨우쳐주기 위해서, 무엇이 그렇게 된 것인지 말이지.
왜냐면 이제 그것은 사라졌다, 그것은 모두

훨씬 더 낯설어 보였다: 파라오보다 더 비현실적으로.

그리고 그는 변했다: 그들 사이 하나의 이방인.

나팔들

트라클

엉성하게 가지 잘린 수양버들 아래, 고동색 아이들이
놀고
잎새들 굴러가는 곳에, 울린다 나팔. 어떤 묘지 몸서리.
진홍 깃발들 폭락하며 꿰지른다 단풍나무의 애도를,
말 탄 자들, 호밀밭에, 빈 방앗간들에.

혹은 양치기들 노래한다 밤에 그리고 사슴들 들어간다
그들이 피운 불 구역으로, 숲의 태곳적 애도,
춤추며 기립한다 검은 벽에서;
진홍 깃발들, 웃음, 광기, 나팔들.

들장미

괴테

보았네 한 사내아이 한 송이 장미 서 있는 것을,
장미, 들에 핀,
너무 어리고 아침—싱싱하고 아름다웠지,
달려갔다 그가 빠르게, 그것을 가까이서 보려고,
보았지 그것을 커다란 기쁨으로.
장미, 장미, 장미, 붉은,
장미, 들에 핀.

사내아이 말했다: 내가 너를 꺾을 거거든 너를,
장미, 들에 핀!
장미가 말했다: 내가 찌를 거거든 너를,
그러면 네가 영원히 생각할 텐데 나를,
내가 그리 두진 않을 거고.
장미, 장미, 장미, 붉은,
장미, 들에 핀.

그리고 그 거친 사내아이 꺾었다
그 장미, 들에 핀;
장미가 방어하며 찔렀지,

소용없지 그치만 아파라도 아아도,

그야말로 그리될밖에.

장미, 장미, 장미, 붉은,

장미, 들에 핀.

나그네와 그의 그림자

니체

더 이상 돌아 못 가? 위로 못 가고?
영양한테도 없나 길이?

그러니 기다려야지 나 여기서 그리고 단단히 파악해야지
눈과 손이 내게 파악하게 해주는 것을!

다섯 걸음 너비 땅, 아침놀,
그리고 내 *밑에* — 세계, 인간과 죽음!

소도시

슈타들러

숱한 좁은 골목길, 그것들이 길게 뻗은 간선도로 가로
질러
뛰어든다 모두 초록 속으로.
도처 시작된다 시골이.
도처 흘러든다 하늘이 그리고 숲 내음과
강한 전답 냄새가.
도처 바랜다 도시가
젖은 목초지의 광휘로,

그리고 잿빛 틈,
낮은 지붕의 그것들 사이 비트적이며 간다
산맥이, 그 위로 덩굴손들 기어오르지,
그것들 밝은 버팀목을 햇빛에 빛 발하는데.
그 위로 그러나 닫힌다 소나무 숲이: 그것이 밀어붙인다
넓은 검은 벽처럼 그 붉은 명랑,
사암(沙巖) 교회의 그것을.

저녁, 공장들이 문을 닫으면,
큰길이 사람들로 가득 찬다.

그들이 간다 천천히
혹은 계속 서 있다 길 한가운데.
그들 더럽다 노동과 기계 녹으로,
그러나 그들의 눈에 담겨 있다
아직 향토가, 흙의 강인한 힘이
그리고 경건한 빛, 들판의 그것이.

사과 과수원

릴케

오지 해가 지면 곧장, 보라구
저녁 풀밭 속 초록이 이렇게 깊어가는 것을:
마치 우리가 오래전부터 무언가 모으고
우리 안에 저장한 것 같지 않니

느낌으로부터 그리고 회상된 느낌으로부터,
새 희망과 반쯤 잊혀진 기쁨으로부터
그리고 이것들이 스며든 내적 어둠으로부터,
생각들 속 사안들, 낙과들 무르익은 게, 여기

뒤러 목판화 속 나무들 같은 나무들 아래 흩어진 그것들 못지않은—
드리운, 가지를 잘라낸, 세월의 농사를
잉태한 상태이다 급기야 과일이 나타나는—
기꺼이 제공하는, 인내를 포식한, 그것이 뿌리내린

지식은 지나치건 기대 이상이건
상관없이, 모두
수확되고 산출되어야 한다는 것, 기인 생이 기꺼이

의도했던 바 고수하고 무언의 결심 속에 자랄 때는 말이지.

해 지는 서쪽 땅 노래

트라클

오 영혼의 밤 날갯짓:
양치기들이라 가보았다 우리가 언젠가 땅거미 지는 숲에
그리고 따랐다 붉은 야수가, 초록 꽃과 혀짤배기 샘이
겸허하게. 오, 태곳적 음(音), 귀뚜라미의
피, 제단석에서 꽃 피는
그리고 부르짖음, 고독한 새의 그것, 연못의 초록 고요 위에.

오 너희 십자군과 작열하는 고문,
살[肉]의, 떨어짐, 보랏빛 열매들의,
저녁 정원에, 거기로 옛날에 경건한 청년들이 갔건만,
병사들 이제는, 상처와 별 꿈에서 깨어나는.
오, 부드러운 달구지 국화 다발, 밤의.

오, 너희 시절들, 고요와 황금 가을의,
그때 우리가 평화로운 수도사들이라 보랏빛 포도를 짰지;
그리고 주위에 반짝였다 언덕과 숲이.

오, 너희 사냥과 성(城)들; 안식, 저녁의,
그때 자신의 방에서 인간이 정의를 꾀했다,
벙어리 기도로 신의 살아 있는 머리를 놓고 씨름했다.

오, 쓰라린 시간, 몰락의,
그때 우리가 돌로 된 얼굴 하나를 검은 물속에서 눈여겨보았다.
그러나 빛 발하며 들어 올린다 은빛 눈꺼풀을 연인들이:
하나의 종(種). 향연(香煙) 흐른다 장밋빛 베개와

달콤한 노래, 부활한 자들의 그것에서.

바다 고요와 운 좋은 항해*

괴테

I

고요가 지배한다 물속
미동 없이 쉬고 있다 바다,
그리고 근심 어린 눈으로 본다 뱃사공
매끄러운 표면, 주위의 그것을.
없다 바람이 어느 쪽에서도!
죽음 고요, 끔찍한!
그 엄청난 넓이에
미동하는 파도 하나 없다

II

구름 산산이 흩어진다,
하늘 맑고,
아이올로스가 푼다
꼼꼼한 붕대를.
속삭인다 바람,
동한다 뱃사공.

* 두 편의 시이지만 늘 같이 묶여 실리며, 만년의 베토벤이 가사 삼아 걸작 칸타타(OP. 112)를 썼다.

어서! 어서!
갈라진다 파도,
다가온다 원경(遠景);
이미 내 눈앞에 육지가!

그 언덕

게오르게

그 언덕, 우리가 거닐던 그곳 놓여 있다 그늘 속에
반면 그것 저쪽은 여전히 빛 와중
달이 그것의 부드러운 푸른 멍석 위에
아직은 단지 작은 흰 구름으로 떠간다.

거리가 더 멀리 가리키며 더 핼쑥해진다—
나그네한테 요구한다 어떤 속삭임이 정지를—
그건 산에서 흘러온 보이지 않는 물인가
그건 한 마리 새인가, 자신의 자장가 옹알거리는?

어둠 나비 둘이 너무 이르게
추적당한다 줄기에서 줄기로 장난으로……
두렁이 마련한다 덤불과 꽃에서
저녁의 향기를 약음기(弱音器) 끼운 슬픔 위해.

3행시들

호프만슈탈

I

덧없음에 대하여

아직도 감지한다 내가 그들의 숨결을 뺨에:
어떻게 가능하지, 이 가까운 날들이
가버렸다는, 영원히 가버렸고, 완전히 사라졌다는 것이?

이 사실, 아무도 온전히 생각해낼 수 없고,
너무너무 무서워, 탄식을 넘어서는:
모든 것이 미끄러져 흘러가버린다는

그리고 나의 고유한 나, 아무것에도 구애받지 않고,
미끄러져온다는, 한 꼬마 아이한테서
내게로 마치 한 마리 개처럼 섬뜩한 벙어리로 낯설게.

게다가: 나 백 년 전에도 있었다는
그리고 나의 선조, 수의 입은 그들이
나와 근친이기 나 자신의 머리카락과도 같다는,

그렇게 나와 하나이기 마치 나 자신의 머리카락과도

같다는.

II

시간들! 우리가 밝은 파랑,
바다의 그것을 응시하고 죽음을 이해하는,
그토록 가볍고 장엄하고 공포 없이,

어린 소녀가, 보기에 아주 창백하고,
눈이 크고, 계속 얼어붙는데,
어느 날 저녁 말없이 제 앞을 멀리 바라보고

알듯이, 생이 이제 자신의
잠에 취한 팔다리를 고요히 넘쳐흐르는 거,
나무와 풀 속으로, 그리고 자신을 파김치 미소로 꾸미듯이

성녀, 자신의 피를 쏟는 성녀처럼 말이지.

III

우리는 어쩔 수 없이 꿈꾸게 되어 있다,
그리고 꿈들이 어찌나 눈을 여는지
마치 어린아이가 교회 나무 아래 섰는데

그 왕관으로부터 백금(白金)의 떠오름,
만월의 그것이 그 거대한 밤 뚫고 시작되는 것과도 같지.
……다른 식으로는 뜨지 않는다 우리의 꿈들이,

있다 거기 그리고 산다 아이처럼, 그 아이 웃고,
작지 않게, 크기가, 뜨고 짐에서
만월보다 작지 않게, 나무 왕관에서 깨어나.

가장 내적인 것이 열려 있다 그것들의 직조에:
보이지 않는 손, 자물쇠 감긴 방 속 그것들처럼
그것들 우리 안에 있고 언제나 생명이 있다.

그리고 셋이 하나다: 인간, 사물, 꿈.

팔름슈트룀*I

모르겐슈테른

팔름슈트룀 서 있다 연못에
그리고 펼친다 크게 붉은 손수건 한 장을:
그 수건 위에 떡갈나무 한 그루
묘사되었다 책을 든 사람 하나와

팔름슈트룀 감히 못 하지, 거기다 코 푸는 짓.
그가 속한 괴짜 그룹이,
종종 불쑥-벌거숭이로
경외, 아름다움 앞에서 경외에 사로잡히거든.

부드럽게 접는다 그가,
자신이 방금 펴놓은 것을.
그리고 느끼는 자 누구든 그를 비난 못 하지,
왜냐면 그가 코 안 풀고 넘어갔다.

* 난센스 시. 16편까지 있다.

장미꽃 속

릴케

어디인가 이 내부에
외부는? 어떤 고통 위에
놓았는가 이런 아마포를?
어떤 하늘 비치는가 그 안에
내륙호수,
이 열린 장미,
이 태평한 장미의 그것에, 보라:
그것, 느슨함으로 느슨하게
놓여 있는 그것, 마치 결코 불가능하다는 듯이
떨리는 손이 그것 엎지르는 일이 말이지.
그것 자기 자신을 가까스로
유지하지, 많은 것이 스스로
과잉이고, 범람한다
내부공간에서
대낮 속으로, 그 대낮 점점 더
충만 더욱 충만으로 닫히고,
급기야 여름 전체가 하나의 방
되고, 꿈속의 방 되고.

망자(亡者)들의 노래

트라클

화성(和聲) 가득하다 비상(飛翔), 새의. 초록 숲들
저녁에 더 조용한 오두막들도 모였다;
수정 같은 목초지, 노루의.
어두운 것들 달랜다 개울 첨벙 소리가, 젖은 그림자들을

여름 꽃들도, 그것들 아름답게 바람에 종 울리는데
이미 땅거미 진다 이마, 곰곰 생각하는 인간의 그것에.

그리고 불 켜진다 작은 램프 하나, 선(善)이, 그의 심장과
평화, 식사의 그것에; 왜냐면 거룩해졌다 빵과 포도주가
신의 손으로. 그리고 응시한다 밤의 눈에서
형제의 정적이 너를, 그가 쉬게끔, 가시밭
방랑으로부터 말이지.
오 산다는 거, 생기 넘치는 파랑, 밤의 그것에서.

사랑하며 또한 감싸 안는다 침묵이 방에서 노인들 그림자를,
보랏빛 고문, 탄식, 위대한 종(種)의,
경건한 이들 이제 사라진다, 고독한 자손으로.

왜냐면 갈수록 환하게 자라난다 검은 시각, 광기의 그것들로부터

인내하는 자가 석화(石化)한 문지방에서

그리고 감싸 안는다 그를 강력하게 그 서늘한 파랑과 빛 비추는 기욺, 가을의 그것이,

고요한 집과 전설, 숲의,

척도와 법과 달[月] 오솔길, 망자들의 그것이.

운명 여신들에게

휠덜린

단 한 번의 여름을 다오, 그대 강력한 자들!
그리고 한 번의 가을을, 무르익은 노래 위해 내게,
하여 보다 기꺼이 내 심장이, 달콤한
연주에 싫증 나, 그때 죽을 수 있도록.

영혼은, 살아생전 제 신성한 권리에
이르지 못했다면, 저 아래 명계(冥界)에서도 안식 못 할
것;
하지만 한 번 내가 그 거룩한 것, 내게
대단히 소중한 그, 시(詩)에 달한다면,

어서 오라 그렇다면, 오 정적, 그림자 세계의!
만족이다 나, 비록 나의 현악(絃樂)이
나를 그 아래로 이끌지 않더라도; 한 번
살았다 내가, 신들처럼, 그리고 그만하면 되었다.

취한 노래

니체

오 인간이여! 조심하라!
무엇을 말하는가 그 깊은 한밤중이?
"내가 잠들었다, 내가 잠들었다—
깊은 꿈에서 내가 깨어났다:—
세계가 깊고
더 깊다 낮이 생각했던 것보다.
깊다 그것의 괴로움—
쾌감—더 깊다 심장의 슬픔보다도!
괴로움이 말한다: 지나가라!
하지만 모든 쾌감이 원한다 영원을—,
원한다 깊은, 깊은 영원을!"

환영과 작별

괴테

박동하는 내 심장, 어서 말을 타!
해버렸다 거의 생각을 마치기도 전에.
저녁이 내리눌렀다 이미 대지를,
그리고 산맥에 매달렸다 밤이;
이미 섰다 안개 옷차림으로 떡갈나무,
그 우뚝 솟은 거인이, 거기,
어둠이 덤불에서
백 개의 검은 눈으로 내다보았고.

달이 구름 언덕에서
내다보았다 처량하게 안개 밖으로,
바람이 흔들었다 살며시 날개를,
솨악솨악 소름 끼치는 소리, 내 귀에 온통;
밤이 창조했다 천 가지 거대 섬뜩을
그렇지만 참신하고 쾌활했다 나의 용기가:
내 핏줄에 이런 불이라니!
내 심장에 이런 작열이라니!

너를 보았다 내가, 그리고 온화한 기쁨이

흘렀다 그 달콤한 시선에서 나에서;
통째 있었다 내 가슴 네 쪽에
그리고 숨결마다 너를 위해서였다.
장밋빛 봄 날씨가
둘러쌌다 그 사랑스러운 얼굴을,
그리고 상냥이 나를 위해—그대 신들이여!
내가 희망했다 그것, 내가 받을 자격 없었다 그것!

그렇지만 아아, 이미 아침 해로
옥죄었다 작별이 내 심장을:
네 입맞춤에 그 큰 기쁨!
네 눈에 그 고통!
내가 갔다, 네가 섰고 눈 내려 땅을 보았고,
배웅했다 나를 젖은 시선으로:
다시 그렇지만, 어찌나 행복인지, 사랑받는 것!
그리고 사랑하는 것, 신들이여, 어찌나 행복인지!

두이노 성(城) 비가 첫 번째

릴케

누가, 설령 내가 비명 지른단들, 들어줄 것인가 도대체 천사들
서열에서? 그리고 자신은 침착하게, 짊는다면
그 하나가 갑자기 내 심장을: 나 사라져 없어지고 말 것, 그의
더 강한 존재로 하여. 왜냐면 아름다움은 다름 아닌
공포의 시작이고, 그것을 우리가 가까스로 바로 견디고,
그것에 그리 경탄한다, 왜냐면 그것이 태연히 경멸,
우리를 파괴한다. 각각의 천사들 모두 끔찍하다.
그리하여 내가 삼가고 집어삼킨다 꾀어 후리는 소리,
어두운 흐느낌의 그것을. 아아, 누구를 능히
우리가 그렇다면 사용하나? 천사 아니다, 인간들 아니고,
영리한 짐승들이 알아챈다 벌써,
우리가 아주 안심하고 편안한 것은 아니라는 거
의미화한 세상에서 말이지. 남아 있다 우리한테 아마도
어떤 나무가 비탈에, 그래서 우리가 그것을 매일
다시 보게 되고; 남아 있다 우리한테 어제의 거리와

체류된 충실, 습관의 그것이,

왜냐면 마음에 들었다 우리 곁이, 그래서 그것들 머물렀고 가지 않았다.

오 그리고 밤, 그 밤, 때는 바람이 우주 공간 가득 차

우리 안면을 먹어 들어가는 때—, 누구에게 머물지 않겠는가 그것, 열망된 것,

부드럽게 미몽을 깨는 것, 그것이 개별 심장에

수고로이 임박하는데. 그것이 연인들에게 더 가볍나?

아아, 그들이 숨긴다 오직 서로로 그들의 운명을.

아직 못 하는가 너 *아직*? 던지라 팔 밖으로 그 공허를

그 공간 쪽에 덧붙여, 왜냐면 그것을 우리가 호흡한다; 아마도 그래서 새들이

그 확장된 대기를 느낀다 보다 진심인 비상(飛翔)으로.

그렇다, 봄한테 필요했다 네가 정말. 기대했다 숱한

별들이 너를, 네가 그것들 알아챘기를. 일었다

파도 하나 이쪽 지나가버린 것으로, 혹은

거기 네가 지나오던 열린 창에서,

소리 냈다 바이올린이 전심전력으로. 그것 모두 임무

였다.
하지만 네 것으로 했나 네가 그것을? 않았던가 네가 늘
여전히 기대로 정신 산만한 상태, 마치 모든 것이 알렸다는 듯,
한 연인의 네게로 도착을? (어디에 그녀를 숨길 참이었는지,
왜냐면 그 거대한 낯선 생각이 네 곁을
들락거리고 종종 밤새 머무르지 않았냐 말이다.)
그러고 싶다면 그러나, 노래하라 연인들을: 결코
아니다 아직 충분하게 불멸이 그들의 그 유명한 감정은.
그들, 네가 시기한다 그들을 거의, 버림받은 이들, 그들을 네가
훨씬 더 사랑스럽게 여긴다 만족한 이들보다. 시작하라
늘 새롭게 그, 결코 닿을 수 없는 예찬을;
생각하라: 유지된다 영웅은, 몰락조차 그에게
핑계일 뿐이다, 존재하기 위한: 그의 마지막 탄생.
그러나 사랑하는 이들을 철수시킨다 탕진된 성격이
그들 속으로, 마치 두 번 다시 없는 것처럼 그 힘,

이것을 수행할 힘이. 네가 가스파라 스탐파*를
그렇다면 충분히 생각했나, 그래서 처녀 누구든,
그녀한테서 애인이 사라지면, 고조된 사례,
이 사랑하는 이들의 그것에 느끼나: 내가 그녀 같아졌으면 하고?
아닌가 마침내 우리에게 이 가장 오래된 고통이
좀 더 수확 많아져야 하는 게? 아닌가 말이다 이제, 우리가 사랑하며
우리를 애인한테서 해방하고 그것을 떨며 견딜 때가:
화살이 활시위 견디듯, 집중한 도약으로
이상(以上), 자기 자신 이상이기 위하여. 왜냐면 머묾 어디에도 없다.

목소리, 목소리들, 들으라 나의 심장이여, 그렇지 않으면 오직
성자들이 들었을 것처럼: 그들이 그 거대한 부름을
들어 올렸겠지 바닥에서; 그들 그러나 무릎 꿇었을 터,

* Gaspara Stampa(1523~1554). 이탈리아 르네상스 여성 시인.

불가능자들, 계속 그리고 유의하지 않았을 터 그것에:
그렇게 그들 듣고 있었을 터. 아니다, 네가 신들한테 견뎌내는 게
그 목소리라서가, 어디까지나. 숨결을 듣는 거지,
끊이지 않는 소문, 고요에서 형성되는 그것들을.
솨솨거린다 지금 어려서 죽은 이들의 네게.
네가 들어설 때마다, 말 걸지 않던, 교회
로마와 나폴리의 그것들에서 편안히 그들의 운명이 네게?
혹은 어떤 명(銘)이 일었다 네게,
마치 최근 흑판, 산타 마리아 포르모사*의 그것처럼.
뭘 그들이 내게 바라지? 살그머니 내가 불의의
외모를 벗으라는 거, 왜냐면 그것이 그들 혼령의
순수한 움직임을 여러 차례 조금 방해한다.

물론 드물다, 지상에 더 이상 거주하지 않는다는 거,
가까스로 획득한 습관을 더 이상 써먹지 않는다는 거,

* 베니스에 있는 유명 교회.

장미, 그리고 다른 고유한 유망한 사물들한테
의미, 인간 미래의 그것을 부여치 않는다는 거;
그, 사람이 끝없이 근심하는 두 손 속에 존재했던 대로가,
더 이상 아니라는 거, 그리고 심지어 고유한 이름을
제쳐놓기 산산조각 난 장난감과도 같이한다는 거.
드물다, 소망을 다시 소망하지 않는다는 거. 드물지,
모든, 자신과 연관되던 것들이, 그토록 헐렁히 공간에서
날개 푸드덕거리는 것을 본다는 거. 그리고 죽어 있음 힘들고
만회(挽回) 가득하여, 사람이 점차 약간의
영원을 감지한다. 그러나 살아 있는 자들이 저지른다
모두 오류, 너무 강하게 구분하는 그것을.
천사들이 (사람들 말로는) 종종 모른다, 자신들이 가라앉는 게
산 자들 사이인지 죽은 자들 사이인지. 영원한 흐름이
편력한다 두 영역을 어떤 시대든
언제나 그리고 더 큰 소리로 파묻는다 그들을 양쪽에.

마침내 필요 없다 그들한테 우리가 더 이상, 그 일찍 옮겨진 이들,

버리는 거지 지상의 것들 습관을, 젖가슴,

온화한 어머니의 그것에 맞지 않게 크듯이. 그러나 우리, 그토록 커다란

비밀이 필요한데, 우리한테는 슬픔에서 그리 자주

보다 복 받은 진보가 발원하는데—: *가능한가* 우리 존재가 그들 없이?

그 이야기 헛된가, 옛날에 리노스*를 애도하다

감행(敢行)의 첫 음악이 메마른 경직을 꿰뚫었다는;

최초로 경악한 공간에서, 왜냐면 그곳을 거의 신 같은 청년 하나가

갑자기 영원히 빠져나갔기에, 공허가 저

흔들림에 달했다는, 그리고 그것이 우리를 지금 낚아채고 위로하고 돕는다는.

* Linus. 그리스신화 아폴로와 뮤즈 아들. 가락과 율동을 발명했다.

그로덱*

트라클

저녁에 낸다 가을 숲이
죽음의 무기 소리를, 황금의 평원과
파란 호수들, 그 너머로 태양이
음산히 굴러가버리고; 감싸 안는다 밤이
죽어가는 전사들을, 사나운 탄식,
그들 짓이겨진 입의 그것을.
하지만 고요히 모인다 목초지에
검은 구름들이, 그 안에 화내는 신이 살지,
살육의 피 자체, 달의 서늘함이;
모든 거리가 이른다 검은 부패에.
황금 가지, 밤과 별의 그것 사이
흔들린다 누이의 그림자가 침묵하는 숲 도처에,
맞으려는 거지 영웅 정령들을, 피 흘리는 머리들을;
그리고 살며시 난다 갈대에서 어두운 피리 소리, 가을의 그것이.
오 더 당당한 애도! 너희 청동 제단들이여,
뜨거운 불꽃, 영령의 그것을 먹인다 오늘 강력한 고통

* 이곳에서 벌어진 전투 직후 시인이 스스로 목숨을 끊었다.

하나,

태어나지 않은 자손들이.

표시된 자의 노래

베르펠

죽음이 너를 건드리고 나면,
너 더 이상 사랑받을 수 없지,
그것이 너를 연행해 가기 전에,
너 이미 체질로 가려진 상태.

네가 쾌활한 놈이었지,
네가 연주했다 훌륭하게 피아노를.
이제 물러난다 친구 그룹이
비밀리에 네게서.

한때 사람들이 너를 예찬했지
너무나 활기차다고
이제 네가 가차 없이 가도록 명받는다
너의 독방 감금 속으로.

뺨이 더 작아졌다,
눈이 커졌다.
아마도 묻는다 누군가가:
도대체 어떻게 된 거야?

스스로 너를 눕혀,
마지막 밤 준비를 하기 전에,
네가 비스킷 맛을 보아야 한다,
내쫓김의.

그리고 비로소 누락될 수 있다
이제 텅 빈 그 동아리에서,
네가 마실밖에 없었던지 오랜 후에,
우주의 에테르-얼음을 말이다.

생의 중간

횔덜린

노란 배들 달려 있다
그리고 가득 찼다 들장미들
땅, 호수 속의,
너희 귀여운 백조들,
그리고 입맞춤에 취하여
담그는구나 너희가 머리를
거룩 말짱한 물에.

슬프다 나, 어디서 찾을까 내가,
겨울 오면, 꽃들을, 그리고 어디서
햇빛과
그늘, 대지의 그것을?
벽이 서 있을 것
말없이 그리고 차갑게, 바람 속에
덜컹대는 깃발들.

들어오라

게오르게

들어오라 죽었다고 소문난 공원에 그리고 보라:
어스레 빛, 멀리 미소 짓는 물가의
순수한 구름의 뜻밖의 파랑이
밝힌다 연못과 다채로운 오솔길들을.

거기서 취하라 깊은 노랑, 부드러운 잿빛을
자작나무에서 그리고 회양목에서 — 바람 포근하다 —
늦은 장미들 시들지 않았다 아직 전부는 —
골라내어 입 맞추라 그것들 그리고 땋으라 화관을 —

잊지 마라 또한 이 마지막 과꽃들도 —
보랏빛을 야생 포도 덩굴손 둘레
그리고 또한 초록 생이 남아 있는 것 둘레
꼬으라 가볍게 가을 용모로.

고유한 말[言]

호프만슈탈

자랐다 네게 말이 입에서, 그렇게 자랐다 손에서 네게 사슬이:

끌어당겨라 이제 우주를 네게로! 그렇지 않으면 너 질질 끌려갈 것!

불가능한 사실

모르겐슈테른

팜슈트룀이, 이미 연배가 좀 되어,
굽잇길에 이르렀는데
승용차 한 대에
치였다.

어떻게 이럴(말했다 그가, 자신을 일으키며
그리고 단호히 계속 살아 있으며)
수가 있지, 어떻게 이런 불행, 하여간—:
그것이 도대체 벌어진다는 것이?

정치를 규탄해야 하나
자동차 교통 문제로?
주었나 경찰 규정이
여기서 운전자에게 마구잡이 통행권을?

아니면 도리어 금지되었나,
여기서 산 자를 죽은 자로
변형하는 것이,—단시간에 간소하게 말이지:
그럴 수 없지 않나 여기서 운전자가—?

젖은 수건에 감싸여,
꼬치꼬치 캔다 그가 법전을
그리고 당장에 분명히 안다:
차들이 거기를 다니면 안 되는구먼!

그리고 그가 이른다 결론에:
오직 꿈이었다 그 경험.
왜냐면, '그렇게 닫는다 그가 칼같이 예리하게',
'벌어질 리 없다, 허락되지 않은 일이.'

여름

슈타들러

내 심장 배부르다 노란 수확 빛으로,

마치 여름 하늘 아래 추수 준비된 토지처럼.

곧 들리겠지 평원 도처에 낫의 노래가:

내 피가 귀 기울인다 깊이 행복에 물려 한낮의 불탐에.

내 생의 곡창들아, 오랫동안 황폐했나니,

모든 너희 문들이 이제 갑문처럼 열리게 될 것,

너희 바닥 위로 바다처럼 황금 홍수,

볏단의 그것이 흘러넘칠 것이다.

미지(未知)의 신*에게

니체

한 번 더, 내가 계속 방랑하고
내 시선을 앞으로 던지기 전에,
들어 올린다 내가 고독히 내 손을
당신한테 드높이, 그리고 당신한테로 내가 날아가고,
당신한테 내가 가장 깊은 마음 깊이로
제단들을 엄숙하게 바쳤다,
하여 언제나
나를 당신의 목소리가 다시 부르게끔.

그것들 위에서 작열한다 깊이 새겨져
그 단어: 미지의 신에게.
그의 것이다 내가, 비록 나 모독의 무리 속에
이 시간까지 머물러 있었으나:
그의 것이다 내가 그리고 나 느낀다 그 올가미,
나를 싸움 중에 끌어 내리고
달아나더라도,

* 신약 「사도행전」 17장 23절은 "내가 찾았다 '미지의 신'에게라고 새겨진 제단을"이라는 바울의 말이고, 시인 자신은 훗날의 저작에서 그가 디오니소스라고 밝힌 바 있다.

나를 다시 그의 예배에로 강제하는 그것을.

내가 당신을 알고 싶다, 미지의 존재,
그대 깊이 내 영혼 속을 파고드는 이,
그대 포착하기 힘든 이, 나와 동족인 이여!
내가 당신을 알고 싶다, 심지어 당신을 모시고 싶다.

극북(極北) 땅*의 왕

괴테

있었다 한 왕 극북 땅에
정말 진실했지 죽을 때까지,
그래서 그에게 죽으면서 그의 연인이
황금 잔 하나 주었다.

그에게 없었다 그보다 더한 것
그가 비웠다 그것을 잔치 때마다;
눈을 그 위로 치켜들었다,
마실 때마다.

그리고 그가 죽게 되자,
헤아렸다 왕국 내 자신의 도시를,
기꺼이 주었지 모든 것을 상속자들에게,
그 잔은 아니었네 그렇지만.

그가 앉았다 왕의 만찬,
기사들 주위에 두고,

* Thule.

높은 종묘(宗廟),
거기 바닷가 성(城) 위 그곳에서.

거기 섰다 늙은 술꾼,
마셨다 마지막 생의 작열을,
그리고 던졌다 그 성스러운 잔을
밀물 아래로.

그가 보았다 그것이 추락하고, 마시고
바다 깊숙이 가라앉는 것을.
눈이 그에게 감겨졌다;
마시지 않았다 한 방울도 더 이상.

오라 너, 너 마지막

릴케

오라 너, 너 마지막, 너를 내가 알아보나니,

신성(神性) 없는 고통, 육체 직물 안에:

내가 정신으로 불탔듯이, 보라, 내가 불탄다

너로; 그 목재 오랫동안 거부했지,

불꽃, 네가 활활 타는 그것에, 동의하기를,

이제 그러나 먹인다 내가 너를 그리고 탄다 너로.

나의 이곳의 온화함이 바뀌었다 너의 격노 속에서

격노, 지옥의, 여기 태생 아닌 그것으로.

전혀 순수하게, 전혀 계획 없이, 미래에 구애받지 않고 오른다

내가 슬픔의 흐트러진 화장 장작더미 위로,

그러니 분명 어디서든 장차 것을 구입할 일 아니지,

이 마음 위해, 왜냐면 그 안에서 비축이 침묵한다

내가 여전히 그것인가, 저기 알아볼 수 없게 타는?

기억을 잡아당겨 넣지 않겠다 내가.

오 생이여, 생: 바깥에 있음.

그리고 내가 불꽃 속에. 아무도 없다, 나를 알아보는 자.

[포기. 그건 다르지 병(病)이

예전 유년에 했던 것과. 연기(延期). 구실,
더 크려는. 모두 부르고 속삭였다.
섞지 마라 이것들에다 너를 일찍이 놀래켰던 것을.]

몰락

—카를 보로모이스 하인리히*에게

트라클

하얀 연못 너머로
야생의 새들 가버렸다.
저녁에 분다 우리의 별들에서 얼음 바람이.

우리의 무덤 위로
굽는다 산산조각 난 이마, 밤의 그것이.
떡갈나무 아래 흔들린다 우리 은(銀) 거룻배 타고.

언제나 울린다 하얀 벽, 도시의.
가시들의 둥근 천장 아래
오 나의 형제 오른다 우리 눈먼 바늘들이 한밤중 향해.

* Karl Borromäus Heinrich(1884~1938). 독일 작가.

저녁 환상

횔덜린

자신의 오두막 앞에서 편안히 그늘에 앉아 있다
농부가, 검소한 그에게 김을 낸다 그의 아궁이가.
반갑게 맞으며 울린다 나그네에게
평화로운 마을에서 저녁 종이.

잘 돌아오고 있겠지 이제 선원들이 항구로 또한,
먼 도시들에서 유쾌하게 사라진다 시장의
분주한 소음이; 고요한 정자에서
빛난다 모여 사니 즐거운 식사가 친구들에게.

어디로 그러면 나는? 사는 거다 필멸 인간은
임금과 노동으로; 노고와 휴식을 번갈으며
모두가 기껍지; 왜 그렇다면 잠들지
않는가 내게만 가슴속 가시가 한 번도?

저녁 하늘에 꽃 피고 있다 봄이;
수없이 핀다 장미, 그리고 편안해 보인다
황금빛 세계가; 오 거기로 데려가다오 나를
보랏빛 구름아! 그리고 그 위

빛과 공기로 녹았으면, 내 사랑과 슬픔이!—
하지만, 내 바보 같은 부탁에 쫓기는 듯, 달아난다
마법이; 어두워지고, 홀로
하늘 아래, 늘 그랬듯이, 있다 내가.—

오라 너 이제, 부드러운 잠이여! 너무 많이 욕망하는구나
심장이; 하지만 마침내, 젊음이여, 타서 없어진다 너 분명,
너, 초조한, 꿈꾸는?
평화롭고 청명하지 그때 노년이.

감히

니체

네가 서 있는 곳에서, 파고들라 깊게!
그 아래가 샘이다!
그 어두운 사내들 외치게 하라:
'언제나 그 밑이—지옥이다!'

프로메테우스

괴테

덮으라 너의 하늘을, 제우스여,
구름 안개로
그리고 행사하라, 아이가,
엉겅퀴 모가지 치듯,
떡갈나무에 네 힘을 산꼭대기들에도;
마땅히 내 땅은
그렇지만 그냥 둬야지
내 오두막도, 왜냐면 그건 네가 짓지 않았다,
나의 화덕도,
그 작열을
네가 나한테 시기하지만.

나 모른다 초라한 것들,
태양 아래 너희, 신들보다 더 초라한 것을!
너희가 먹여 살리지 비참하게
제물 세금과
기도 숨결로
너희의 위엄을
그리고 굶주릴 터, 만약에

아이와 거지들이
희망에 찬 바보들이 아니라면.

내가 어려서,
몰랐다, 어디서인지도 어디로인지도,
돌렸지 내 갈피 못 잡는 눈을
태양에다, 마치 그 위에 있기라도 한 것처럼
귀 하나가, 내 한탄 들어주려고,
하나의 심장이 내 것처럼 있어,
그 곤경을 불쌍히 여겨줄 것처럼.

누가 도왔나 나를
거인족의 오만에 맞서?
누가 구했나 죽음에서 나를,
노예 상태에서?
그대가 모든 것을 직접 완성치 않았는가,
신성한 작열하는 심장이?
그런데 작열하는가 젊고 착하게,
기만당하여, 구원받은 감사를

잠자는 자, 저 위의 그자에게?

나더러 네게 경의를 표하라고? 왜?
네가 고통을 완화해주었나
짐 진 자들마다?
네가 눈물을 멈추게 해주었나
겁에 질린 자들마다?
나를 사람으로 벼리지 않았나
전능한 시간과
영원한 운명,
나의 주인이자 너의 주인이?

네 상상은 그러니까,
내가 생을 증오할 것이라는 거냐,
황무지로 달아날 것이라는 거냐,
않았기에, 모든
꽃 꿈이 무르익지를?

여기 앉아 있다 내가, 만들라 인간을

내 모습대로,

하나의 종(種), 나와 같은,

고통받고, 울고,

즐기고 기뻐하고,

너를 거들떠 안 보기,

나와 같은 그들을!

꺼버리소서

릴케

꺼버리소서 제 눈을: 제가 당신을 볼 수 있습니다,
쾅 닫으소서 제 귀를: 제가 당신을 들을 수 있습니다,
그리고 발 없이 제가 당신한테 갈 수 있고,
입 없이도 제가 당신 이름에 맹세할 수 있습니다
부러뜨려버리소서 제 팔을, 제가 붙듭니다 당신을
내 심장으로 손으로 그리하듯,
닫으소서 제 심장을, 그러면 제 두뇌가 고동칠 겁니다,
그리고 당신이 제 두뇌에 던지는 것 불일지라도,
그렇게 제 피가 당신을 실어 나를 겁니다.

휴식과 침묵

트라클

양치기들이 묻었다 태양을 벌거숭이 숲에.
어부 하나가 건져냈다
머리카락으로 짠 그물로 달을 얼어붙는 연못에서.

파란 수정 속에
산다 그 창백한 인간, 빰을 자신의 별들에 기대고;
혹은 기울인다 머리를 보랏빛 잠으로.

하지만 언제나 건드리지 검은 비상, 새들의 그것이
바라보는 것들, 거룩한 파란 꽃들을,
생각한다 가까운 고요가 잊혀진, 꺼진 천사들을.

다시 밤이다 이마 달의 별로;
빛 발하는 청년 하나
나타난다 누이가 가을과 검은 부패로.

편람

니체

너를 꼬드기나 나의 방식과 말이,
네가 따르나 나를, 네가 나를 좇나?
좇으라 오직 너 자신을 진실되게:—
그게 따르는 거다 네가 나를—유유히! 유유히!

물레 실 뽑는 그레트헨*

괴테

내 안식 사라졌네,
심장이 무거워;
내가 찾지 못하리 그것을 다시,
결코 다시는.

내게 그분 없다면,
그곳이 내게 무덤,
세계 전체가
넌더리 나는걸.

내 불쌍한 머리가
제정신 아니야.
내 불쌍한 감각이
산산조각.

내 안식 사라졌네,
심장이 무거워;

* 『파우스트』 중.

내가 찾지 못하리 그것을 다시,
결코 다시는.

그분인가 오로지 확인해보네 내가
창밖으로,
그분을 오로지 따라가네 내가
집 밖으로.

그분의 높은 걸음,
그분의 고상한 용모,
그분 입의 미소,
그분 눈의 박력,

그리고 그분 말씀의
마법 흐름,
그분의 악수,
그리고 아아, 그분의 입맞춤!

내 안식 사라졌네,

심장이 무거워;
내가 찾지 못하리 그것을 다시,
결코 다시는.

내 가슴이 쇄도하네
그분 향하여.
아아 내가 품을 수 있다면
그리고 붙잡을 수 있다면 그분을,

그리고 입 맞출 수 있다면 그분한테,
내가 바라는 대로,
그분 입맞춤에
사라져 없어질 텐데!

두이노 성(城) 비가 두 번째

릴케

각각의 천사들 모두 끔찍하다. 그리고 그럼에도, 슬프구나,

내가 노래 불러 맞이한다 너희, 거의 치명적인, 영혼의 새들,

아니까 너희에 대해. 어디로 갔는가 토비야*의 날들,

그때 가장 빛나는 자들 가운데 하나가 서 있었지 소박한 현관문 앞에,

여행 변장을 약간 하고 이미 더 이상 무섭지 않은 모습으로;

(젊은이에게 젊은이로, 그가 바깥을 기웃거렸듯이.)

디딘다면 이제 대천사들, 그 위협적인 자들이, 별들 뒤에서

한 발짝만 아래로 이쪽으로: 위로 높이

고동치며 때려죽이겠지, 우리를 우리 자신의 심장이. 누구냐 너희?

일찍 잘된 자들, 너희 창세의 응석받이들,

* 히브리어로 '하느님의 선(善)'.

구릉대(丘陵帶), 아침놀 산마루들,

온갖 창조의, 꽃가루, 꽃 피는 신성(神性)의,

관절들, 빛의, 통로, 계단, 왕좌들,

방들, 존재로 이뤄진, 방패들, 큰 기쁨으로 이뤄진, 소요,

폭풍처럼 격렬한 황홀감의 그리고 갑자기, 개별,

거울: 누출된 고유한 아름다움을

다시 길어 도로 그 고유한 얼굴 되게 하는.

왜냐면 우리가, 느낄 경우, 발산해버린다; 아아 우리가

내쉰다 우리를 사라지도록; 잉걸에서 잉걸로

낸다 우리가 더 약한 냄새를. 그러니 제대로 말했다 누군가:

그래, 네가 들어온다 내 피, 이 방으로, 봄이

채워지는 거지 너로. 무슨 소용, 그가 우리를 유지할 수 없다,

우리가 사라진다 그 안으로 그리고 그 주위로. 그리고 그, 아름다운 이들,

오 누가 그들을 저지할 것인가? 끊임없이 일어선다 외관이

그들 얼굴에 그리고 사라진다. 이슬이 아침 풀에서 그러듯

상쇄된다 우리 것이 우리한테서, 열기가

덥힌 음식에서 그러듯. 오 미소, 어디로 갔나? 오 눈 들어 봄:

새로운, 따스한, 놓치는 물결, 심장들의—;

슬프구나: 우리 *꼴이* 그렇다 그러나. 맛이 나나 그렇다면 그 우주공간,

우리가 우리를 그 안으로 녹이는 그것에, 우리 맛이? 담나 천사들이

실제로 그들 것만, 그들한테서 흘러나온 것만,

아니면 이따금, 배려인 듯, 조금

우리 존재가 있나 그 언저리에? 우리가 그들의

행렬에 섞인 분량이 막연, 임신한 여인들

안색의 그것만큼은 되나? 그들이 눈치 못 채지 그 소용돌이,

그 등이 자신에게로 회귀하는 그것 속에서(어떻게 그들이 그것을 눈치채겠나.)

연인들이 할 수 있다, 이해한다면, 밤공기로 놀랍게 말하는 일. 왜냐면 보기에, 우리를 모든 것이
비밀로 하는 것 같다. 보라, 나무들 *있다*; 집들,
우리가 거주하는 그것들, 존속한다 여전히. 우리가 단지
지나간다 모든 것 옆을 공기 교류처럼.
그리고 모든 것이 일치, 우리를 숨긴다, 반(半)은
치욕으로 아마도 그리고 반은 형언할 수 없는 희망으로.

연인들, 너희, 서로로 만족한 너희에게,
묻는다 내가 우리 문제를. 너희가 파악하지 너희를. 증거 있나?
보라, 내게는 어쩐 일인지, 내 두 손이 서로
눈치채거나 나의 헌
얼굴이 그것들로 보살핌 받는다. 그것이 부여한다 내게 약간의
감각을. 하지만 누가 감히 그만 일로 *존재*하겠나?
너희 그러나, 너희가 상대방의 황홀로
늘어나고, 급기야 그가 너희한테 압도되어
애원하는 소리: 이제 그만—; 너희가 그 손들 아래

더 풍부해지기 포도송이 세월과도 같으니;

너희가 이따금 어쩔 줄 모르는, 그 이유가 단지 상대방이

일체 만연한다는 것이니: 너희에게 묻는다 우리 문제를. 내가 안다,

너희는 너희를 그리 행복하게 접촉하는, 그 까닭은 애무를 억제한다는 거,

그 상태 줄어들지 않는다는 거, 그리고 그것을 너희, 애정 깊은 이들이,

은폐한다는 거; 너희가 그사이 그 순수한

지속을 느낀다는 거. 그렇게 약속한다 너희가 너희에게 거의 영원,

포옹의 그것을. 그리고 그렇지만, 만일 너희가 그 첫

시선의 공포를 견딘다면, 창가의 갈망과,

첫 함께 걸음, 딱 한 번의, 정원 지나는 그것도 견딘다면:

연인들이여, 그때도 너희 여전할까? 만약 너희가 서로의

입에 너희를 들어 올려 맞춘다면—: 마실 것에 마실 것 댄다면:

오, 그 놓치는 꼴이라니 그때 마시는 자들이 기이하게

저희 줄거리를 말이지.

경악시키지 않나 너희를 아티카 석비 위 그 조심,
인간 몸짓의 그것이? 아니었나 사랑과 작별
그토록 가벼이 어깨에 놓인 게, 마치 그것을 다른
소재로 만든 것처럼, 우리 곁의 것 아니라? 기억하지 너희 그 손들,
어떻게 그것들 누름 없이 근거하는지, 그 토르소들에 힘이 들어갔는데도.
이 자제하는 자들 알았다 따라서: 이제까지 우리가 그것이었다,
*이것*들 *몫*이 우리 몫이다, 우리를 그렇게 접촉하는; 더 강하게
버틴다 신들이 우리를. 하지만 이것은 신들의 일.

발견했단들 또한 우리가 어떤 순수한, 조심스러운, 좁은
*인간적*을, 한 줄 우리의 열매 땅을
강과 바위 사이 말이지. 왜냐면 우리 자신의 심장이 능가한다 우리를

저들과 매한가지로. 그리고 우리가 더 이상 그를

확인할 수 없다 형상들로, 형상들이 그것을 완화하는데, 여전히

신적인 육체로, 그 육체로 그것이 더 거대하게 삼가고.

탄식

트라클

잠과 죽음, 음산한 독수리들이
부스럭거린다 밤 내내 이 머리 둘레:
인간의 황금 형상을
게걸스레 먹는다 얼음 파도,
영원의 그것이. 소름 끼치는 암초에
산산조각 난다 보랏빛 육체가.
그리고 탄식한다 어두운 목소리가
바다 위로.
누이, 폭풍우 같은 우울의 그녀가
본다 불안에 떠는 거룻배 하나 가라앉는 것을
별 아래로,
침묵하는 얼굴, 밤의 그것 아래로 말이다.

때는 나를 너의 죽음 향한 엄습이 황홀케 했을 때

베르펠

때는 나를 너의 현존이 눈물 쪽으로 옮기고,
내가 너를 통해 헤아리기 어려움 속으로 열광하던,
겪지 않았나 이날을, 괴로움으로 여윈 이들,
비참한 수백만 억압받은 이들이?

때는 나를 너의 죽음 향한 엄습이 황홀케 했을 때,
노동이 우리 주위에 있었고 대지가 떠들었다.
그리고 공허 있었다, 신앙 없는, 따뜻해지지 않은 자들,
살았고 죽었다 한 번도 축복받지 않은 자들!

그때 내가 너로 넘쳐 결국 훨훨 떠나갔다,
너무나 많았다, 둔탁으로 찧어 부수는,
사무용 책상에서 오그라들고 증기기관 앞에서 김 내는
자들.

너희 헐떡이는 자들, 거리에서 그리고 강에서 말이지!
있나 평형이 세상과 생에,
어떻게 내가 이 죄의 대가를 치러야 하나?

히페리온의 운명 노래

횔덜린

너희 거니는구나 그 위 빛 속에
부드러운 바닥을, 축복받은 정령들이여!
빛나는 신들의 산들바람이
건드린다 너희를 가볍게,
마치 여성 예술가의 손가락이
거룩한 현을 거느리듯.

운명 없이, 잠자는
젖먹이처럼, 숨 쉰다 천상의 존재들;
순결하게 보존된 곳이
겸손한 봉오리 속
꽃 핀다 영원히
그들에게 정신이,
그리고 그 복 받은 눈들이
본다 고요한
영원한 선명으로.

하지만 우리에게 주어지지
않았구나 어떤 쉴 곳도,

줄어든다, 떨어진다
고통받는 인간들이
마구잡이로 한
시간 단위로,
물처럼 낭떠러지에서
낭떠러지로 내던져져,
다년간 불확실 아래로 말이지.

우리가 걸어서

게으르게

우리가 걸어서 오르고 내린다 풍성한 싸구려 화려 장식의

너도밤나무 길을 거의 문에 이르도록

그리고 본다 울타리 바깥 들판에

편도나무가 두 번째 꽃 피운 것을.

우리가 찾는다 그늘 없는 벤치,

거기, 우리를 결코 낯선 목소리가 겁주어 쫓아낸 적 없는 곳을—

꿈속에서 우리의 팔이 팔짱을 끼지—

우리가 원기를 얻는다 긴 온화한 등불에서

우리가 느낀다 고마워하며, 겨우 들리는 쏴쏴 소리에

우듬지에서 광선 미량(微量)이 우리에게 뚝뚝 떨어지는 것을

그리고 본다 오로지 듣는 것도 쉼표로

그 무르익은 열매가 바닥을 두드릴 때.

많은 이들이 물론

호프만슈탈

많은 이들이 물론 저 아래서 죽어야 할 것이다,
왜냐면 거기서 배들의 무거운 노가 순찰한다,
다른 이들 거주한다 저 위에서 방향타 곁에,
알지 새의 비상과 별 나라들을.

많은 이들이 누워 있다 언제나 무거운 사지(四肢)를
뿌리, 얽히고설킨 생의 그것들 곁에 두고,
다른 이들한테 의자가 마련되어 있다
시빌들, 여왕들 곁에,
그리고 거기 앉아 있다 그들이 집에서처럼,
가벼운 머리와 가벼운 손으로.

하지만 하나의 그림자가 떨어진다 저 생에서
다른 생 속으로 넘어간다,
그리고 가벼운 생들이 무거운 생들에
공기와 대지에인 듯 묶여 있다:

완전히 잊혀진 사람들의 피로를
내가 벗을 수 없다 내 눈꺼풀에서,

떼어놓을 수도 없다 경악한 영혼에서
말 없는 몰락, 먼 별들의 그것을.

숱한 운명들이 직조한다 나의 운명과 나란히,
뒤섞어 연주한다 그것들 모두를 존재가,
그리고 나의 역할은 더 많다 이 생의
가냘픈 불꽃이나 좁은 칠현금보다.

안경

모르겐슈테른

코르프가 즐겨 읽는다 빠르게 그리고 많이;
그래서 구역질 나게 한다 그를 장난,
그 모든, 열두 번 반복으로
마구 늘여대고, 떠벌이는 그것이.

대개는 여섯에서 일곱
단어로 완전히 해결된다,
그리고 같은 수의 문장으로
촌충의 지혜를 지껄일 수 있다.

생각해낸다 그래서 그의 정신이
어떤, 그를 그것에서 구해내는 것을:
안경, 왜냐면 그것의 에너지가
그에게 텍스트를—축소해준다!

예를 들어 이 시를
읽었다, 그렇게 안경 쓰고, 누군가가—아니지!
그 비슷한 거 서른세 개라도
내는 것이 겨우—하나의—의문부호일 것!!

현자가 말한다

니체

인민에게 낯설지만 유용하라 인민에게,
내가 떠난다 길을, 태양이거나, 구름이거나—
그리고 항상 이 인민 위로!

호수 위

괴테

그리고 신성한 영양, 새로운 피를
빨아 먹는다 내가 자유로운 세계로부터;
어떻게 자연 그리 호의롭고 선한지,
그리고 그것이 나를 가슴에 품다니!
물결이 흔든다 우리의 거룻배를
노 박자로 올려,
그리고 산맥, 하늘 향해 구름 껴,
마주친다 우리의 행로와.

눈, 나의 눈, 왜 내리깔리나?
황금빛 꿈들이여, 너희 돌아오는가?
사라져라 너 꿈이여! 아무리 네가 황금빛인들;
여기에도 사랑과 생이 있나니.

물결 위에 깜박인다
천 개의 떠다니는 별들이,
부드러운 안개가 마신다
주위의 그 쌓아 올린 원경(遠境)을;
아침 바람 펄럭인다

그늘진 만(灣) 둘레,
그리고 호수에 비친다
여무는 열매가.

연인들

릴케

보라 어떻게 그들이 마주 보고 어른 되는가:
그들의 혈관에서 모든 것 정신이 된다.
그들의 모습 떤다 굴대들처럼,
그것들 뜨겁게 또 뇌쇄하며 돌고.
목마르지, 그리고 마실 만하다,
잠 깨고 보라: 그들이 볼만하다.
그들이 상대방 속으로 가라앉게 하라,
서로 견뎌낼 수 있도록.

원형 꽃밭

트라클

흘러가버렸다 황금, 나날의,

저녁의 고동 및 파랑:

양치기의 부드러운 피리 죽었다,

저녁의 파랑과 고동;

흘러가버렸다 황금, 나날의.

내 아이가

게오르게

내 아이가 왔다 집에.
분다 아직도 바닷바람이 그의 머리카락에—
아직도 요람에 흔들린다 그의 걸음—
견뎌낸 두려움과 젊은 욕망, 여행의.

소금기 물보라로
불타오르게 한다 아직 그의 뺨을 갈색 광택이;
열매, 빠르게 익은,
이국 태양의 사나운 향과 불로 말이지.

그의 시선 무겁다
이미 비밀, 내가 결코 알지 못하는 그것으로,
그리고 약간 베일 덮였다
왜냐면 그가 양춘(陽春)에서 우리의 겨울로 들어왔다.

너무나 활짝 열려 부풀어 오르지
봉오리들이 그래서 나 거의 겁먹고 그것들 본다
그리고 내게 금한다
입에게 어떤 입, 입맞춤에 이미 선택된 그것을.

내 팔이 에워싼다
움직이지 않고 내게서 다른 세계에로
만발하고 성장한 것을—
내 재산이고 내게서 끝없이 멀리 있는 것을.

형식이 관능의 쾌락

슈타들러

형식과 빗장이 우선 부서져야 한다,
세계가 열린 관(管)들 통해 밀고 나아간다:
형식이 관능의 쾌락, 평화, 천상적인 충족이지만,
내가 꽂힌다, 논밭 흙덩이 갈아엎는 일에.
형식이 나를 끈으로 묶고 좁히려 들지만,
내가 나의 존재를 먼 곳으로 밀어붙이려 한다—
형식이 분명한 딱딱함이다, 연민 없는,
하지만 나를 몰아간다 그것이 아둔에로, 불쌍에로,
그리고 한없이 나를 바치는 것으로
나를 생이 실현으로 적실 것이다.

생의 노래

호프만슈탈

상속자가 낭비하게 하라
독수리한테, 어린 양과 공작새한테
성유(聖油), 죽은
노파 손에서 나온 그것을!
죽은 자, 미끄러 떨어지는 그들,
우듬지, 멀리 있는 그것들—
그에게 그것들 값어치
여자 춤꾼의 스텝만큼이다!

그가 간다 그, 어떤 섭리도
뒤에서 위협하지 않는 자처럼.
그가 미소 짓는다, 때는 주름,
생의 그것들이 속삭일 때: 죽음!
그에게 제공한다 각각의 모든 장소가
비밀리에 문지방을;
내어줘버린다 자신을 각각의 모든 파도한테
고향 없는 자들이.

떼, 야생벌들의 그것이

갖고 간다 그의 영혼을;
노래, 돌고래들의 그것이
날개 달아준다 그의 걸음에:
그를 나른다 대지 전체가
강력한 동작으로.
강(江)들의 여명이
경계 짓는다 양치기 날[日]을!

성유, 죽은
노파의 손에서 나온 그것을
미소 지으며 그가 낭비하게 하라
독수리한테, 어린 양과 공작새한테:
그가 미소 짓는다 벗들한테.—
떠가는, 걱정거리 없는
심연과 정원,
생의 그것들이 나른다 그를.

별-도덕

니체

예정된 별 궤도에서,
무슨 상관 있나 네게, 별이여, 어둠이?

굴러가버리라 이 시대 뚫고!
그것의 불행 네게 낯설고 멀 일!

가장 먼 세계에 속한다 너의 빛:
동정이 죄일 것, 너로서는!

오직 하나의 명령이 해당된다 네게: 순수하라!

마왕(魔王)

괴테

누가 말 타고 가나 이리 늦게 밤과 바람 속을?
어떤 아버지다 그의 아이와;
그가 그 아이 꼬욱 품었지,
안았다 확실하게, 그를 따뜻하게 했다

아들아, 왜 숨기는 거냐 그리 불안하게 네 얼굴을?—
보이지 않나요, 아버지, 아버지는 마왕이?
마왕, 왕관에 옷자락 긴 그가?—
아들아, 그건 안개 줄[線]이야.—

'너 사랑스런 아이야, 자, 가자 나와 함께!
정말 아름다운 놀이를 놀아줄게 내가 너와;
수많은 색색 꽃들이 피었단다 해변에;
내 어머니한테 숱한 황금 옷 있단다.'

아버지, 우리 아버지, 그런데 들리지 않나요 아버지는,
마왕이 내게 살그머니 약속하는 소리?—
안심해, 걱정 말거라, 내 아들!
마른 잎새에서 솨솨대는 거야 바람이.—

'그러련, 섬세한 아이, 너 나와 함께 가련?
내 딸이 널 기다릴 텐데 예쁘게;
내 딸이 이끌 텐데 밤의 원무(圓舞)를
흔들고 춤추고 노래하여 널 잠들게 할 테고.'

아버지, 우리 아버지, 그런데 보이지 않나요 아버지는 저기
마왕의 딸이 음침한 곳에?—
아들아, 내 아들아, 보인다 정확하게;
그건 빛나는 거야 늙은 버드나무가 그리 잿빛으로.—

'내가 사랑한단다 너를, 매혹적이야 네 아름다운 용모가,
그러니 네가 싫다면, 내가 강제로라도.'
아버지, 우리 아버지, 지금 붙잡았어요 그가 나를!
마왕이 날 해코지했어요!—

아버지 소름 끼친다, 그가 말 달린다 빠르게,
그가 품는다 그 신음하는 아이를,

도착한다 농장에 기를 쓰고 어렵사리;
그의 팔에 그 아이 죽은 상태였다.

수확기

횔덜린

무르익었다, 불에 담겨, 요리되어,

열매들이 대지 위에 시험되어 그리고 법(法)이다

모든 것이 그리로 들어가는, 뱀처럼,

예언적으로, 꿈꾸며, 하늘 언덕 위에서 말이지. 그리고 많은 것이

어깨 위 어떤

짐처럼 난파로부터

간직되어야 하는. 그러나 나쁘다

오솔길들. 틀렸지,

말[馬]들처럼, 간다 그 사로잡힌

원소와 오래된

법, 대지의 그것이. 그리고 늘

속박 없음으로 들어간다 하나의 갈망이. 많은 것이 그러나

간직되어야 하지. 그리고 곤경 그 진실됨이.

그러나 앞으로 그리고 뒤로도 우리가

보려 하지 않는다. 우리를 흔들리게 하라, 마치

동요하는 거룻배, 호수의 그것 위인 듯.

내게 다오

릴케

내게 다오, 오 대지여, 순수한 점토를
눈물의 항아리 위하여 나의 존재여,
쏟아내라 그 포도주,
네 안에 폐쇄된.

억제가 풀리는
그 접합된 용기(容器).
오직 '어디에도 없음'이 나쁘지.
모든 있음은 적합하다.

정화(淨化)한 가을

트라클

강력하게 끝난다 그렇게 해[年]가

황금빛 포도주와 정원의 과실로.

둥글게 침묵한다 숲이 불가사의하게

그리고 외로운 자들의 동료다.

그때 말하지 농부가: 좋구나.

너희 저녁 종(鐘)들이 길게 그리고 살그머니

준다 여전히 끝한테 유쾌한 기운을.

철새 이동 하나 인사한다 여로에.

사랑의 온화한 시간이다.

거룻배 타고 파란 강 내려가면

어찌나 아름답게 형상이 더 작은 형상으로 배열되는지—

그것 몰락한다 안식과 침묵으로.

가장 외로운 자

니체

이제, 낮이
낮을 지겨워하고, 모든 갈망의 개울이
새로운 위안 첨벙대고,
또한 하늘 전체가, 황금 거미줄로 걸려,
지친 자 각자 모두에게 말하건만: '쉬어라 이제!'
왜 쉬지 않는가, 나 어두운 심장이여,
무엇이 너를 자극하는가 발 부르튼 도망에로……
누구를 기다리나 너?

가을 느낌

괴테

더 비옥하게 푸릇푸릇하라, 너 잎새,
포도 시렁,
여기 내 창에 오른 그것에서!
더 응집적으로 부풀라
쌍둥이 장과(漿果)들, 그리고 무르익으라
더 빨리 그리고 광채 더욱 가득 차게!
너를 부화한다 어머니 태양의
이별 시선이, 너를 둘러 속삭인다
호감 품은 하늘의
결실 맺어주는 충만이;
너를 식힌다 달의
다정한 마법 숨결이,
그리고 너를 이슬로 축인다, 아아!
이 눈,
영원히 살게 하는 사랑의 그것에서
넘쳐흐르는 눈물이.

두이노 성(城) 비가 세 번째

릴케

할 수 있다, 애인을 노래하는 거. 다른 문제지, 슬퍼라,
그게 저 숨은, 죄 있는, 피의 하신(河神)이라면.
그를 그녀가 멀리서 식별한다, 그녀의 청년, 무엇을 아는지 그 자신이 욕망의 군주에 대해, 왜냐면 그가 외로움에 종종,
그 처녀가 아직 진정시키기 전에, 종종 또한 그녀가 존재하지 않는 것처럼,
아아, 어떤 미지의 것에 흠뻑 젖어, 신성(神性)을
지양했다, 일깨웠지 밤을 끝없는 폭동에로.
오 피의 넵튠, 오 그의 겁나는 삼지창.
오 어두운 바람, 그의 가슴의, 칭칭 감긴 조가비에서 나오는.
귀 기울여봐, 어떻게 밤이 타원형 그릇 모양 움푹 패이는지. 너희 별들,
유래하지 않나 너희한테서 연인의 욕망, 제 애인의
얼굴 향한 그것이? 그에게 친밀한 통찰,
그녀의 순수한 얼굴 통찰 있는 것 순수한 별로부터 아닌가?

너 아니었다 그로 하여금, 슬퍼라, 그의 어머니 아니었다

그로 하여금 눈썹 활을 그토록 기대로 당기게 한 것은.

아니다 네게로 가, 그를 느끼는 처녀여, 네게로 아니었다,

그의 입술이 굽어 더 결실 많은 표정을 지은 것은.

생각하나 정말, 그를 너의 가벼운 등장이

그렇게 뒤흔들었다고, 너, 행실이 아침 바람과 같은 네가?

정말 네가 놀래켰지 그의 심장을; 그렇지만 더 오래된 경악이

돌진했다 그의 내부로 그 스치는 자극에.

불러보라 그를…… 네가 불러내지 못한다 그를 온전히 그 어두운 교섭에서.

분명, *그가 그러고 싶지*, 그가 뛰어나온다; 가벼워진 그가 낯익다 너의 친숙한 심장이 그리고 추스르고 개시한다 자신을.

그러나 개시했나 그가 자신을 일찍이?

어머니, *당신이*. 만들었다 그를 작게, 당신이 바로, 그를

시작했다;

당신에게 그가 새로웠다, 당신이 구부렸다 그 새로운
눈 위로 다정한 세계를 그리고 막았다 낯선 자를.
어디로, 아아, 가버렸나 그 시절, 당신이 그에게 정말
날씬한 형태 하나로 그 끓어오르는 혼돈을 대표했던 때가?
많은 것을 숨겼다 당신이 그에게 그렇게; 그 밤-수상한 방을
만들었다 당신이 무탈하게, 은신처 가득한 당신 마음에서
섞어 붙였다 당신이 보다 더 인간적인 공간을 그의 밤-공간에.
암흑 속 아니라, 아니지, 당신의 더 가까운 현존 속에
당신이 그 침실의 약한 불빛 놓았다, 그리고 그것 빛났다 친절에서인 듯.
어디에도 없었다 바스락 소리 하나, 당신이 미소 지으며 설명 안 해준 것은,
마치 알았던 것처럼 당신이 오래전에, 언제 마루청이 그렇게 나올지를 말이지……

그리고 그가 귀 기울였고 진정되었다. 그리 많은 것을 성취했다

애정 깊게 당신의 기상(起床)이; 그 장롱 뒤로 걸었다

망토 높이 그의 운명이, 그리고 커튼 주름에

걸맞았다, 걸핏하면 제자리를 벗어나는 그것에, 그의 불안한 미래가.

그리고 그 자신, 누웠을 때, 가벼워진 자, 졸리운

눈꺼풀 아래 당신의 가벼운 모양이

달콤하게 풀려 맛본 바 있는 미리 잠에 들고—

보였다 보호받는 자처럼…… 하지만 *내부*: 누가 막았나,

저지했나 그의 내부에서 그 홍수, 기원(起源)의 그것을?

아아, *있지* 않았다 어떤 조심도 잠자는 자 안에; 잠자는 거지,

그러나 꿈꾸는 거지, 그러나 열병 든 거지: 그가 스스로 들인 대로.

그가, 새로운 자, 꺼리는 자, 어찌나 그가 연루되었는지,

내적인 사건의 계속해서 치고 들어오는 덩굴에

이미 무늬로 뒤엉켜, 목을 조르는 발육으로, 짐승 같은
먹이 사냥 형태로 말이지. 어찌나 그가 주어버렸는지
자신을. 사랑했다.
사랑했다 그의 내면을, 그의 내면 황무지,
그 안의 이 원시림을, 그것의 말 없는 몰락성(沒落性),
옅은 초록의 그것 위에 그의 심장 서 있었고. 사랑했다.
떠났다 그것을, 나왔다
그 자신의 뿌리가 강력한 근원으로,
그리고 거기에 그의 작은 탄생이 이미 시대에 뒤떨어
진 터였다. 사랑하면서
내려갔다 그가 더 오래된 피 속으로, 그 골짜기로,
그리고 거기 두려운 것들이 놓여 있었다, 여전히 아버
지들을 포식한 상태로. 그리고 각각의 모든
끔찍한 것들이 알았다 그를, 눈을 깜박였다, 눈짓을 보
냈다, 통고받은 것 같았다.
그래, 경악스런 것들이 미소 지었다…… 드물었지
당신이 그리 애정 깊게 미소 지은 적은, 어머니. 어떻게
그가 그것을 사랑 안 하나, 그것이 그에게 미소 짓는데.
당신 *전에*

그가 그것을 사랑했다, 왜냐면, 당신이 그를 가졌을 때 이미,
있었다 그것이 물에 풀려, 그 물이 싹트는 자들을 경쾌하게 했고.

보라, 우리가 사랑하지 않는다, 꽃들은 그러지만, 단
일 년 두고; 우리를 오른다, 우리가 사랑하는 곳에서,
태고의 수액이 팔로. 오 처녀,
이 점: 우리가 사랑했다 우리 *안의*, 하나의, 어떤 장차 것들 아니라, 바로
그 셀 수 없는 태동자들이었다; 어떤 개별 아이 아니라,
바로 아버지들이었다, 산맥 파편들처럼
우리 바탕에 근거하는; 바로 그 마른 하상(河床),
옛날의 어머니들의 그것이었다—; 바로 그 일체
소리 없는 경치, 구름 꼈거나
구름 한 점 없는 불운 아래 그것이었다—: *이 점이* 너를, 처녀여, 앞지른다.

그리고 너 자신, 무엇을 알았나 너는—, 네가 꾀어냈다

태고를 높이 연인들 속으로. 어떤 감정이

파뒤집고 올랐나 세상 떠난 존재들한테서. 어떤

여자들이 미워했나 너를 거기서. 어떤 으스스한 사내들
을

흥분시켰나 네가 젊은이 혈관으로? 죽은

아이들이 오고 싶어 했다 네게로…… 오 부드럽게, 부
드럽게,

떨라 귀여움을 그 앞에서, 하라 신뢰할 수 있는 일상의
일을, 데려가라 그를

정원 가까이 이쪽으로, 주어라 그에게 밤의

우세를……

억제하라 그를……

오래된 가족 앨범 속

트라클

언제나 다시 돌아오는구나 너, 우울,
오 온유, 외로운 영혼의.
끝까지 작열한다 황금의 하루가.

겸허하게 굽힌다 제 몸을 고통에게 인내하는 자가
내며, 화음과 부드러운 광기 소리를 말이지.
보라! 땅거미 진다 벌써.

다시 돌아온다 밤이 그리고 탄식한다 필멸 인간 하나,
그리고 괴로워한다 다른 이 하나 함께.

몸서리치며 가을의 별 아래
기운다 해마다 더 깊게 머리가.

죽은 젊은 시절 벗

베르펠

때는 네가 나를 향해 이제 멀리서 오는 때,
네 죽음의 시골 거처를 나와서 말이지,
내가 안다, 네가 모자를 머리에서 벗고,
인사할 사람, 너한테 이미 나이 들었을 것을.

네가 정말 그 아저씨를 반만 알아보겠지,
왜냐면 그토록 심하게 변했다 얼굴이.
내가 그러나 보리라 너 이전의 순수로 불타는 것을,
죽음이 어리게 보존하여, 너 소년 빛.

만약 네 생각 황공하게도, 갑자기 녹아 없어지지 않고
너의 고귀를 내게서 가져가지 않겠다는 것이면,
아마도 나 오직 눈 감으리,
아마도 또한 무릎 꿇으리.

석양

횔덜린

어디 있나 너? 취하여 땅거미 진다 내 영혼
모든 너의 큰 기쁨으로; 왜냐면 정말,
내가 들었다, 어떻게, 황금 음(音)들로
가득 차, 그 황홀케 하는 젊은이 해가

자신의 저녁 노래를 천상의 칠현금으로 연주하는지;
따라 울렸다 숲과 언덕 둘레,
하지만 멀리 그것 경건한 사람들한테로,
그들이 그것을 아직 존경하므로, 가버렸다.

괴테에게*

니체

덧없지 않다는 것이
너의 비유일 뿐!
덧없는 자 신(神)
이란 시인-사취(詐取)……

세계-바퀴, 구르는 중인 그것이,
가볍게 스치며 쌓는다 목표 위에 목표를:
필연—이라 명명하지 그것을 불평하는 자들이,
바보가 부른다 그것을—놀이……

세계-놀이, 지배하는 그것이,
섞는다 존재와 겉모습을:—
영원-바보인 것이
섞어 넣는다 우리를!……

* 『파우스트』 마지막 합창 패러디.

나조벰

모르겐슈테른

제 코로 걸어
들어온다 나조벰,
제 아이를 동행으로.
그것 안 들어 있다 아직 브렘 사전에.

그것 안 들어 있다 아직 마이어 사전에.
그리고 브로크하우스 사전에도 아니다.
그것 나왔다 나의 라이어 사전에서
비로소 공공연히.

제 코로 걸어서
(이미 말했듯이) 그 후,
제 아이를 동행으로,
들어온다 나조벰.

방랑자의 밤 노래 I

괴테

그대, 하늘에서 온
온갖 슬픔과 고통을 진정시키는,
그, 두 겹 비참한 자를,
두 겹 위안으로 채우는 이여,

아아, 내가 번잡에 지쳤다!
어떻다는 건가 그 모든 고통과 욕망이?
달콤한 평화여,
오라, 아아 오라 내 가슴속에!

뿌리라 이 모래를

게오르게

'뿌리라 이 모래를 그러면 두 번 너희가 포도즙 짜내고
도리깨질할 수 있고 가축이 두 배로 젖을 낸다.
이제 포식하고 비웃으라 너희 검약한 부모를…….'
그러나 해를 넘기면 여전히 모든 것이 휴경이고 시든 상태다.

새된 소리 내는 줄을 맨다 그들이 그들 칠현금에;
'신이지만 짐승' '한 사람이지만 아무도 아님' '돋지만 굽음'.
세계와 시간이 솨솨 소리 내며 관류한다 이제! 놀라워라! 축제로다!
그러나 기조음(基調音) 듣는 자 그가 웃고 계속 말이 없다.

외부의 생(生) 발라드

호프만슈탈

그리고 아이들 자란다 깊은 눈으로,
그 눈 아무것도 모르고, 자라고 죽는다,
그리고 모든 인간 간다 그들의 길을.

그리고 달콤한 열매가 된다 떫은 것에서
그리고 떨어진다 밤에 죽은 개처럼 아래로
그리고 놓인다 며칠 그리고 상한다.

그리고 늘 분다 바람이, 그리고 언제나 다시
들어 안다 우리가 그리고 한다 숱한 말을
그리고 느낀다 기쁨과 피로, 사지의 그것을.

그리고 길이 달려간다 풀밭을, 그리고 마을이
거기와 저곳이다, 가득하다 횃불, 나무, 연못들,
그리고 위협하는, 그리고 죽음처럼 메마른……

왜 이것들 지어졌지? 그리고 같지
않나 서로 단 한 번도? 그리고 수없이 많나?
무엇이 교대시키나 웃음, 울음과 색 바램을?

무슨 이득인가 그 모든 것 우리한테 이 놀이도,
우리가 그래도 어른이고 영원히 홀로인데
그리고 방랑하며 결코 추구 못 하는데 어떤 목적도?

무슨 이득인가 그것, 그따위를 숱하게 보았다는 게?
그리고 그럼에도 말했다 숱한 이들이, '저녁'을 말했다,
하나의 단어지, 거기서 명상과 슬픔이 흘러나오는,

더 무거운 꿀이 빈 벌집에서 그러듯.

방랑자의 밤 노래 II

괴테

모든 산꼭대기들 위에
안식이,
모든 우듬지들에서
감지되지 않는다
좀체 입김 하나 좀체:
작은 새들 침묵한다 숲에서,
그냥 기다리면 돼! 곧
안식한다 너도.

두이노 성(城) 비가 네 번째

릴케

오 나무들, 생명의, 오 언제 겨울 같은지?
우리는 각자 의견이 다르다. 아니지 새
이동처럼 통고받는 것이. 추월되고 늦게,
떠맡긴다 우리를 갑자기 바람에 그리고
함몰한다 연민 없는 연못 위에서.
꽃 피고 지는 것이 우리한테 동시(同時) 의식된다.
그리고 어딘가 다닌다 사자들 여전히 그리고 아는 것,
그들이 영화로운 한, 하나 없지 무능에 대하여.

우리 경우는 그러나, 하나를 생각할 때, 일체,
이미 다른 것의 소모가 느껴진다, 적대(敵對)가
우리한테 이웃이다. 발을 내딛지 않나
연인들 줄곧 비탈로, 서로 껴안고,
그것이 약속하는 듯하니까, 광활, 사냥과 고향을.
그러다 일순의 표시로
바닥이 정반대로 준비된다, 힘들여,
우리가 그것 보게끔; 왜냐면 왜냐면 사람이 노골적이지
우리한테. 우리가 모른다, 윤곽,
느낌의 그것을: 그것을 자아내는 그 바깥 것만 알 뿐.

누가 앉지 않았겠나 겁먹고 자신의 심장 장막 앞에?

'그'가 올랐다: 무대는 작별.

쉽지 이해하기. 잘 아는 정원,

알아차리지 못할 정도로 흔들렸고: 맨 처음 나왔다 춤꾼이.

아니었어 '그'가. 그만! 그리고 아무리 경쾌하게 춘들,

그는 가장(假裝)이고 바뀐다 한 명의 시민으로

그리고 들어간다 자신의 부엌 통해 숙소로.

나 싫다 이런 절반 채운 가면들,

낫지 인형이. 그건 꽉 찼잖나. 내가 할 거다

그 가죽 견디는, 줄과 그

겉보기 얼굴도. 여기서. 내가 그 앞에 있다.

설령 조명이 꺼지더라도, 설령 내게

말해지더라도: 끝났다고, 설령 무대에서

공허가 다가오더라도, 잿빛 공기 흐름으로,

설령 내 조용한 선조들 가운에 그 누구도

더 이상 나와 함께 거기 앉아 있지 않다 해도, 어느 여자도, 더군다나

그 아이는 더 이상, 갈색 사팔눈의 그 아이 말이지:

내가 머문다 그럼에도. 있는 거다 언제나 구경이.

내가 맞지 않나? 당신, 나로 하여 너무 쓴,
생의 맛이, 내 생 맛보므로, 아버지,
그 첫, 탁한, 우려낸 물, 나의 필수(必須)들의 그것을,
내가 자랐는데, 자꾸만 맛보므로,
그리고 뒷맛, 그토록 낯선 미래의 그것에,
몰두, 시험했다 나의 두들겨 박힌, 눈 들어 쳐다봄을,—
그 당신, 나의 아버지, 죽은 이래, 종종
내 희망으로, 내 내면에서, 당신이 두려움을 지녔네,
그리고 태연(泰然)도, 죽은 자들이 지니는바, 그 풍부한
태연을 포기했지 나의 운명 부스러기 택하느라,
내가 맞지 않나? 그리고 너희, 내가 맞지 않나,
너희가 나를 사랑했던 것 그 작은 시작의
사랑, 너희 향한 그것이었고, 그것한테서 내가 늘 멀어
졌으니,
왜냐면 내게 너희의 얼굴 공간이,
내가 너희를 사랑했으므로, 넘어갔다 우주공간으로,
그리고 그 안에서 너희 더 이상 없었다…… 그런 기분

이라면,

기다리다니 인형극 무대 앞에서, 아니지,

너무나 전적으로 쳐다보는 거다 그쪽을, 하여, 내 쳐다봄에

마침내 필적, 거기 배우로

천사 하나 와야지, 그가 가죽을 높이 잡아 찢고.

천사와 인형: 그때 마침내 연극이다.

그때 합친다, 우리가 줄곧

둘로 갈랐던 것이, 우리가 거기 있음으로 말이다. 그때 생긴다

우리의 계절들에서 최초로 순환,

변천 전체의 그것이. 우리 위 너머로

연기한다 그때 천사가. 보라, 죽어가는 이들,

그들이 짐작 안 할 리 없다, 얼마나 핑계로 가득 찼는지

모든 것이, 우리가 여기서 성취한 모든 것 말이다. 모든 것이

아니다 그것 자체가. 오 시간, 유년의,

그때에 모습 뒤에 이상(以上), 단지

과거의 그것이 있었고 우리 앞에 없었지 미래가.

우리가 성장했다 물론 그리고 우리가 밀어붙였다 여러 번,
빨리 커지려고, 그들을 반쯤 위해서,
다른 건 더 이상 가진 게 없고, 컸다는 것뿐인 이들 말이다.
그리고 그럼에도, 우리의 홀로 감으로,
지속을 즐겼고 서 있었다 거기
틈, 세계와 장난감 사이 그곳에,
어떤 자리, 발단부터
기초된 것이 순수한 사건용이었던 그곳에서.

누가 보여주나 아이를, 있는 그대로? 누가 놓나
그를 별자리 속으로 그리고 쥐여주나 거리 척도를
그의 손에? 누가 만드나 아이의 죽음을
잿빛 빵 갖고, 딱딱해지는 빵이지, —혹은 놔두나
그를 거기 둥근 입 속에, 마치 암술,
아름다운 사과의 그것 속에 두듯?…… 살인자들은
쉽게 속 보이지. 그러나 이 점: 죽음을,
죽음 전체를, 아직 생(生) *전에* 그토록

부드럽게 품고 악의 없다는 거,

형언 불가다.

쥐들

트라클

마당에 빛난다 하얗게 가을 달이.
지붕 가장자리에서 떨어진다 환상적인 그림자가.
어떤 침묵이 빈 창에 살고 있다;
거기서 떠오르지 살그머니 쥐들이

그리고 재빨리 사라진다 찍찍대며 여기저기.
그리고 잿빛 증기 입김 냄새 난다
그것들 뒤로 화장실의,
그것 꿰지르며 유령처럼 달빛이 떨고.

그리고 그것들 악다구니한다 탐욕으로 미친 듯
그리고 채운다 집과 광,
곡식과 열매 가득한 그곳을.
얼음 바람이 어둠 속에 징징 짠다.

그 말

슈타들러

어떤 오래된 책에서
부딪혔다 내가 어떤 말과,
그리고 그것이 나를 제대로 갈겼고
타고 있다 나의 나날 내내:
그리고 내가 나를
흐린 욕망에 소모할 때,
겉모습, 거짓과 장난이 내게
본질 대신 벌어진다,
내가 나를 기분 좋게
손에 잡히는 의미로 기만,
어둠이 밝은 것처럼, 생에
천 개의 사납게 닫힌 문이 없는 것처럼 치부하고,
내가 거듭하는 말의,
그 너비를 전혀 감지 못하고,
내가 이해하는 사물의
그 존재가 나를 한 번도 흥분시킨 적 없는 것일 때,
나를 친절한 꿈이
벨벳 손으로 어루만질 때,
그리고 나날과 실제가

내게서 사라질 때,
세상에서 소외된,
가장 깊은 '나'에게 낯선,
그때 그 말이 내게 기립한다:
인간들아, 본질적으로 되라!

욋가지 울타리

모르겐슈테른

있었다 옛날에 욋가지 울타리 하나,
틈이 있어, 그리로 들여다볼 수 있었다.

건축 기사 하나, 이것을 보고,
섰다 어느 날 저녁 갑자기 거기—

그리고 끄집어냈다 그 틈을
그리고 지었다 그것으로 커다란 집 한 채.

울타리가 그러는 동안 완전 우둔한 상태였다,
욋가지에 그 둘레가 없으니,

모습이 소름 끼치고 야비했다.
그래서 거둬들였다 그것을 시의회에서 또한.

건축 기사는 그러나 도망쳤다
아프리—혹은—아메리카로.

강설(降雪)

베르펠

오 느린 내림, 눈의,
끝없는 장막의 몰아댐!
하지만 내 눈이 정신단련되었다면
계속 숨어 있을 수 없을 것,
그래서 각각의 모든 눈송이, 하얀 표류의 그것을,
알고 무게 달고, 셀 것.

오 눈송이들, 춤추며 빙빙 도는,
너희의 작은 영혼 있는 개성들이
견딘다 무게를, 가벼움과 바람을,
너희의 오고 감으로
본다 내가 운명들 미끄러져 내리는 것을,
왜냐면 그것들 너희가 시작한다, 완수한다, 시작한다……

하나가 떨어진다 양모 같고 폭신하게
다른 하나 반항 가득하고 수정 같다,
세 번째가 저항들로 둥글게 뭉쳤다.
하지만 풀린다 아침에 그 창백한 제국이,

그래서 죽지 않는다 하나가 모두로부터,

그리고 가장 순수한 것들이 녹는다 방울 형태로.

오 느린 강설, 세상의,

종족을 짙게 덮는 몰아댐!

죽고 사라지지 않는다 단 하나의 운명도.

우리 녹지만, 우리 머문다,

때는 우리 방울들을 죽음이, 눈녹이 바람으로서 정리할 때,

엄습하고 고향 자궁으로 모아갈 때.

달에게

괴테

채우는구나 다시 숲과 계곡을
고요히 안개 광채로,
해방한다 마침내 또한
내 영혼을 온전히;

펼치는구나 나의 광야 위로
진정시키며 너의 시선을,
친구의 온화한 눈을
내 운명 위로 펼치듯.

메아리마다 느낀다 내 심장이
즐거운 시간과 슬픈 시간을,
사는 거지 기쁨과 고통 사이
고독 속에서.

흘러, 흘러라, 사랑하는 강이여!
결코 나 즐거울 날 없으리!
그렇게 연기처럼 사라졌다 웃음과 입맞춤이,
그리고 성심이 그렇게.

내가 지녔었다 그것을 그렇지만 한때,
너무나 소중한 것!
그래서 우리가 고통스러우면서도
결코 잊지 못하는 그것!

콸콸 흘러라, 강이여, 계곡을 따라,
휴식과 평온 없이,
콸콸 흘러라, 속삭이라 내 노래에
선율을!

네가 겨울밤
광포하게 넘칠 때,
혹은 봄의 광휘,
새싹들의 그것 둘레 부풀 때.

복 받았노라, 스스로 세상 앞에서
미움 없이 물러나는 자,
친구 하나 가슴에 품고
그와 함께 즐기는 자.

그자, 인간들이 알지 못하는,
혹은 생각지 않는 그자,
마음의 미로 통과하며
밤에 거니는 자.

교수형당한 자

게오르게

질문자:

내가 교수대에서 올가미 끊어 내린 자여—그대 내게 말하겠는가?

교수형당한 자:

저주와 고함,

도시 전체의 그것 와중 사내가 나를 대문으로 끌고 가는데

보았다 내가 각자 모두, 돌 던지는

경멸 가득 차 넓게 양팔 벌려 머리 위로 들어 올린,

제 손가락을 뻗는, 어깨

앞사람 그것 위로 뻗는, 벌떡 열린 눈의 각자 모두한테—

내 범죄 가운데 하나가 꽂혀 있다는 것을,

좁혀졌거나 울타리 쳐진 상태일 뿐, 두려움 때문에 말이지.

내가 형장으로 오고 엄격한 표정으로

참의원 나리들이 내게 둘 다: 혐오를 표하고

동정도 표하는 거라 내가 웃을밖에 없었다: '당신들 못

느끼는 거요

얼마나 지독히 그 불쌍한 죄인들을 당신들이 필요로 하는지?'

미덕이 ― 그것을 내가 어겼지만 ― 그들 얼굴 위에

그리고 품행 단정한 부인과 처녀의 그것들 위에도 ― 그것들이 사실 그대로란들

그렇게 빛날 수 있는 것은 오직 내가 그렇게 잘못할 때인데!

사내가 내 목덜미를 올가미에 찔러 넣는데

보았다 남의 불행 기뻐하며 내가 승리를 앞서서:

승리자로서 밀고 들어간다 장차 너희의 두뇌 속으로

나, 매장당한 자가…… 그리고 너희의 씨앗 속에서

작용한다 내가 영웅, 사람들이 노래 불러

신처럼 대하는 그로…… 그리고 너희 눈 깜짝할 사이에 구부린다

내가 이 딱딱한 들보를 하나의 바퀴 되게끔.

이른 봄

호프만슈탈

달려간다 봄바람
민숭민숭한 가로수 길을,
기이한 것들이 있다
그 바람 붊 속에.

그것이 흔들렸다
울음 있는 곳에서,
그리고 꼭 맞았다
산발(散髮)로.

그것이 털어 떨어뜨렸다
아카시아꽃을
그리고 시원하게 했다 그 사지(四肢)를,
그것 숨 쉬며 작열했거든.

입술을 웃음으로
움직였다,
부드럽고 깨어 있는
논밭을 두루 알아챘다.

그것이 미끄러져 통과했다 피리를
흐느끼는 절규로,
땅거미 지는 붉음 옆을
날아서 지나갔다.

그것이 날았다 침묵으로
속삭이는 방 통과하며
그리고 껐다 기욺으로
높이 매단 등 어스레 빛을.

달려간다 봄바람
민숭민숭한 가로수 길을,
기이한 것들이 있다
그 바람 붊 속에.

통과하며, 그 매끄러운
민숭민숭한 가로수 길,
몰아간다 그 바람 붊이
창백한 그림자들을.

그리고 안개를,

그것이 가져온 것이지,

제가 온 곳에서

어젯밤부터 말이다.

빵과 포도주
—하인체에게

휠덜린

I

빙 둘러 쉬고 있다 도시가; 고요해진다 불 켜진 거리가,
그리고, 횃불 치레로, 서둘러 움직인다 마차들 저쪽으로,
배가 불러 귀가한다 낮의 기쁨에서 쉬기 위하여 사람들,
그리고 이윤과 손실 달아본다 곰곰 생각 머리 하나
아주 흡족히 집에서; 다 팔렸다 포도와 꽃들
그리고 손의 작업으로부터 쉬고 있다 바쁜 시장이.
하지만 현악 울린다 멀리 정원에서; 아마,
거기서 어떤 연인이 연주하거나 어떤 외로운 사내가
멀리 있는 친구를 생각하겠지 젊은 시절도; 그리고 샘,
늘 솟아나고 시원한 그것이 솨솨 흐른다 향내 나는 화단을.
고요히 황혼 공기로 울린다 종소리,
그리고 몇 시인가 싶어 하나둘 부르며 센다 그 수(數)를.
이제 또한 바람 불어 자극한다 숲 꼭대기를,
보라! 그리고 그림자, 우리 대지의, 달의 그것,
온다 은밀히 지금 또한; 그 도취한 것, 밤이 온다,
별로 가득 차 그리고 정말 그다지 우리를 신경 쓰지 않고,

빛난다 그 놀라게 하는 것이 거기, 인간 사이 낯선 그것이
산맥 정상 상공으로 슬프고 화려하게.

II

놀랍구나 은혜, 드높은 장엄의, 그리고 아무도
모른다 어디서 오고 우리한테 무슨 일 벌이는지 그것이.
그렇게 움직이지 세계와 희망하는 영혼, 인간의 그것들을,
현자들조차 이해 못 한다, 그것이 준비하는 바를, 왜냐면 그게
최고 신(神)의 뜻, 왜냐면 그분이 매우 그대를 사랑한다, 그리고 그래서
더 사랑스러운 거다, 그것보다, 네게 그 사려 깊은 낮이.
그러나 때때로 사랑한다 또한 맑은 눈이 그림자를 그리고
시도하지 즐겨, 필요하기 전에, 잠을,
아니면 바라보거나, 또한 흔쾌히, 한 진실한 사내가 밤 속을 말이지,

그렇다, 마땅히 밤에게 화환을 바쳐야지 노래도,

왜냐면 길 헤매는 이들에게 그것 거룩해졌다 다 죽은 이들에게도,

그것 자체의 존속은, 영원히, 가장 자유로운 정신으로지만.

그러나 그것 우리에게 또한, 망설이는 동안,

어둠 속에 우리한테 일정 정도 견고(堅固)이려면,

우리한테 망각과 신성도취를 베풀어야 하지,

베풀어야 한다 그 흐르는 단어, 그러니까, 연인들처럼,

잠 없는 그것과, 더 가득 찬 우승배와 더 용감한 생을,

신성한 기억 또한, 밤에 잠 깨어 있게끔 말이지.

III

또한 숨긴다 헛되이 심장을 가슴에, 헛되이 단지

자제한다 용기를 아직 우리, 윗사람과 아이들이, 왜냐면 누가

그것을 막을 수 있나 그리고 누가 우리에게 그 기쁨을 금할 수 있나?

신(神)의 불이 또한 몰아댄다, 밤낮으로,

출발하라고. 그러니 오라! 우리가 그 열려 있음 보게끔,

우리 자신의 것 우리가 찾게끔, 그것이 아무리 멀리 있다 해도.

확고하다 한 가지는; 한낮이건 시간이

한밤중에 이르건, 늘 존재한다 하나의 척도가,

모두에게 공통으로, 하지만 각자 나름대로 정해져,

떠나가고 온다 각자 모두, 그가 그럴 수 있는 곳으로.

그러니! 그리고 조롱으로 흔쾌히 조롱할 수 있다 기뻐하는 광기가,

때는 그것이 신성한 밤에 갑자기 가수를 엄습할 때,

그러니 지협(地峽)으로 오라! 거기서, 열린 바다가 솨솨 소리 낸다

파르나소스산 기슭에서 그리고 눈[雪]이 델피 바위를 싸고 빛난다,

거기 올림포스 땅 안으로, 거기 키타이론 고지 위로,

가문비나무들 아래 거기, 포도송이 아래, 거기서부터

저 아래 테베와 이스메노스가 솨솨 소리 내는 카드모스 땅,

거기서부터 오고 뒤로 가리킨다 오고 있는 신이.

IV

복 받은 그리스! 너 집이여, 모든 천상 존재들의,

이렇게 사실인가, 예전 우리가 젊은 날에 들었던 것이?

축제의 홀! 바닥이 바다! 그리고 식탁이 산맥,

정말 유일한 용도로 오래전 건축된!

그러나 왕좌, 어디에? 사원, 그리고 어디에 그 그릇,

넥타르 가득 차, 신들을 노래의 즐거움으로 이끌던 그 것?

어디, 어디서 빛을 발하나 도대체 그, 멀리까지 적중하는 말[言]들?

델피가 잠들고 어디서 울리나 그 위대한 운명?

어디 있나 그 빠른 것? 어디서 부서지나 그것, 편재적인 행운 가득 차

청명한 대기에서 눈[目] 안으로 천둥 치며?

아버지 창공이여! 그렇게 불렀다 그것 그리고 날았다 혀에서 혀로,

수없이 여러 번, 감당 못 하지 아무도 생을 홀로;

분배하면 향유된다 그리고 교환되면, 낯선 이들과

환희가 된다, 증가한다 자면서 그 단어의 힘이:
아버지! 청명! 그리고 반향한다, 아주 멀리, 그 태고의
부호, 조상한테 물려받은 그것이, 적중하고 창조하며
아래로.
왜냐면 그렇게 찾아온다 천상의 존재들이, 깊이 흔들리
며 다다른다 그렇게
그늘에서 내려와 인간들한테 그들의 낮이.

V

지각되지 않고 온다 그들이 처음에, 정진한다 그들
향해 아이들이, 너무 밝게 온다, 너무 눈부시게 행운이,
그리고 꺼린다 그들을 인간이, 좀체 알 수 없다 반신(半
神)도
어떤 이름인지 그들, 선물 갖고 그에게 다가오는 그들
이.
그러나 그들의 원기 엄청나다, 채운다 그의 심장을
그들의 기쁨이 그리고 좀체 모른다 그가 그 선(善) 사용
할 줄을,
어찌해본다, 허비한다 그리고 거의 그에게 세속이 신성

해진다,

그리고 그것을 그가 축복하는 손으로 어리석게 그리고 호의로 건드린다.

될 수 있는 대로 견딘다 천상의 존재들이었을; 그런 다음 그러나 실제로

온다 그들 자신이, 그리고 익숙해진다 인간들이 행운에

그리고 낮에 그리고 보는 것에, 드러난 것, 그 얼굴,

그, 훨씬 전에 하나이자 모두라 불린,

깊이 그 입 무거운 가슴이 자유로운 충분으로 채워진,

그리고 최초로 또 홀로 모든 열망을 만족시킨 존재들의 얼굴을 말이지;

그렇다 인간이; 때는 선(善)이 있고, 선물 신경을

신(神) 자신이 그를 위해 쓸 때, 알지도 보지도 못한다 그가 그것을,

부담해야지 그가 먼저; 이제 그러나 명명한다 그가 자신의 가장 사랑스러운 것을,

이제, 이제 의당 그것을 위한 단어가 꽃처럼 생겨나야 한다.

VI

그리고 이제 존중하겠다 생각한다 그가 그 축복받은 신들을,

정말로 그리고 진실되게 모든 것이 알려야 한다 그들 예찬을.

아무것도 볼 수 없다 빛을, 높은 존재들 맘에 들지 않는 아무것도,

창공 앞에서 가당찮지 게으른 시도꾼들,

그러니 천상 존재들의 현존에 품위 있게 서려고

일으켜 세운다 장려한 질서로 민족들이 자신을

서로서로 그리고 짓는다 아름다운 사원과 도시들

단단하고 고상하게, 그들이 솟는다 해안 너머로—

그러나 어디 있나 그들? 어디서 꽃피우나 그 유명인들, 그 축제의 왕관들?

테베 시들었다 아테네도; 서둘러 움직이지 않는다 무기들 더 이상

올림피아에서, 않는다 그 황금 수레, 경주(競走)의 그것이,

그리고 화환 장식 없는가 그래서 더 이상 그 코린트 선

박들에?

왜 침묵하는가 또한 그, 오래된 신성한 극장들?

왜 기뻐하지 않는가 도대체 그 축성된 춤이?

왜 보여주지 않는가, 전처럼, 인간의 이마가 어떤 신을,

누르지 않는가 도장을, 전처럼, 적중된 것에?

아니면 그가 왔다 심지어 직접 그리고 입었다 인간 모양을

그리고 완료하고 닫았다 위로하며 천상의 축제를.

VII

그러나 친구! 우리 온 게 너무 늦었다. 과연 살고 있다 신들이,

그러나 머리 위로 저 다른 세계에서다.

끝없이 작용한다 그들 거기서 그리고 보기에 별로 상관하지 않는다

우리가 살고 있든 말든, 그리 끔찍이 아끼는 거다 천상 존재들이 우리를.

왜냐면 늘 가능하지는 않지 약한 그릇에 그들을 담는 일이, 때때로만 견뎌낸다 신의 충만을 인간이.

그들을 꿈꾸는 것이 그런 점에서 생이다. 그러나 헤맴이
돕는다, 잠처럼, 그리고 강하게 만든다 곤궁과 밤이,
급기야 영웅들이 충분히 청동 요람에서 성장한다,
심장의 힘이, 전과 같이, 비슷하다 천상 존재들과.
천둥 치며 온다 그들이 그래서. 그런데 내 생각에 종종
잠드는 게 더 나을 것 같다, 이렇게 동료가 없는 것보다,
이렇게 기다리고 그 동안 무엇을 하고 말해야 할지
내가 모르고 뭐 하러 시인인가 궁핍한 시대에?
그러나 그들이 있다, 말한다 네가, 포도주 신의 거룩한
사제들처럼,
신성한 밤에 이 나라에서 저 나라로 다니던 그들 말이다.

VIII

왜냐면, 얼마 전, 우리 생각에 오래전,
위로 올랐다 그들 모두, 생을 기쁘게 했던 그들이,
때는 아버지께서 돌렸을 때지 얼굴을 인간한테서,
그리고 슬픔이 당연히 대지 위에 시작되었다,
그리고 그때 나타났다 마침내 고요한 정령 하나, 천상
적으로

위로하면서, 그리고 그가 낮의 끝장을 알리고 사라졌다,
두고 갔지 표시, 한때 그가 거기 있었고 다시
오리라는 그것으로, 천상의 합창대가 몇 가지 선물을,
그리고 그것에 인간적으로, 예전처럼, 우리가 기뻐할 수 있다,
왜냐면 기쁘기 위해, 정신으로, 더 큰 것이 너무 커졌다
사람들 사이 그리고 아직, 아직 없다 강한 자, 최상의
기쁨을 감당할 자가, 하지만 살고 있다 고요히 아직 어느 정도 감사(感謝)가.
빵은 지상의 열매지만, 빛의 축복을 받았다,
그리고 천둥 치는 신한테서 온다 기쁨, 포도주의 그것이.

그러므로 생각한다 우리가 또한 그때에 천상 존재들, 그 예전에
여기 있었고 틀림없는 시간에 돌아올 존재들을,
그러므로 노래한다 그들 또한 진지하게, 그 가수들, 포도주 신에게
그리고 실없이 꾸며낸 소리로 울리지 않는다 고대인들한테 그 예찬.

IX

그래! 그들 말이 옳다, 그가 화해시킨다 낮을 밤과,

이끈다 하늘의 별자리를 영원히 아래로, 위로,

내내 즐겁기 잎새, 상록 가문비나무의 그것과도 같이,

그것을 그가 사랑하고, 그리고 그 화관, 그가 담쟁이덩굴로 엮은 그것과도 같이,

그 덩굴 머물고 스스로 흔적, 도망친 신들의 그것을

신 없는 그 아래 어둠 속으로 끌어 내리니까.

옛 노래가 신의 아이들에 대해 예언했던 것,

보라! 우리가 그것이다, 우리가; 열매다, 서쪽나라의!

놀랍고 정확하게 그것 인간한테 완수된 것으로,

믿으라, 그것을 시험해본 자! 그러나 그리 숱하게 벌어진다,

아무것도 작용하지 않는다, 왜냐면 우리가 무정하다, 그림자다, 우리의

아버지 창공이 각자에게 인지되고 모두에게 속할 때까지.

그러나 그러는 사이 온다 횃불 흔드는 자로서 가장 높은 분의

아들, 시리아인이, 그늘로 내려온다.

복 받은 현자들 본다 그것을; 미소 하나 사로잡힌

영혼에서 빛을 발한다, 그 빛 향해 녹고, 그들의 눈이 아직 말이지.

좀 더 부드럽게 꿈꾸고 잔다 대지의 팔에 안겨 거인족이,

시기하는 자도, 케르베로스도 마시고 잔다.

산 제물

릴케

오 어찌나 꽃 피는지 내 몸 온갖 혈관에서
향그럽게, 내가 너를 알아본 이래;
봐, 내가 더 날씬하고 더 꼿꼿해졌잖니,
그런데 네가 기다린다 단지—: 누구니 너는 그렇다면?

봐, 내 느낌, 내가 내게서 멀어지는 것 같은,
내가 오래된 것들을, 한 잎 한 잎, 잃는 것 같은.
단지 네 웃음이 돌출하네 순수한 별들처럼
네 위로 그리고 곧 내 위로도.

모든, 내 유년 가로지르며
이름 없이 여전히 그리고 물처럼 빛나는 것들을,
내가 너 따라 명명하마 제단,
점화한 것이 너의 머리카락이고
너의 젖가슴이 가벼운 화환 장식인 그곳에서.

당국

모르겐슈테른

코르프가 받는다 경찰서에서
철갑의 서식(書式)을,
그가 누구고 어떻고 어디인지 쓰라는.

어떤 장소들에 그가 오늘날까지 있었나,
어떤 상태들이었나 및 대관절,
어디서 태어났나, 날짜와 연도.

그가 대관절 허가받고,
여기 사는 것인지 및 어떤 목적으로인지,
얼마나 가졌나 돈을 및 무엇을 믿는가.

틀린 경우 그가 현장에서
체포될 것이고,
그 아래는 서명: 보로프스키, 헤크.

코르프가 답한다 그것에 짧고 간략히:
'높은 감독관께
보고드리는바, 개인적인 소견으로,

아래 작성자는
존재하지 않습니다 본뜻,
시민적 인습의 그것으로는
전이고 박임을 서명합니다, 비록 이미 날 샜으나
함께 유감으로 생각하는 불분명한 관계를,
코르프. (……의 지역 당국 귀하).'

깜짝 놀라며 읽는다 그것을 관계 기관장이

몰락

트라클

저녁, 종들이 평화 울릴 때,
따라간다 내가 새들의 놀라운 비상을,
왜냐면 그것들 길게 무리지어, 경건한 순례자 행렬처럼,
사라진다 가을 청명의 먼 곳으로.
이리저리 땅거미 가득한 정원 거닐며,
내가 꿈꾼다 그것들의 보다 밝은 운명 향해
그리고 느낀다 시침(時針)이 좀체 더 이상 움직이지 않는 것을,
그래서 따른다 내가 구름 너머 그것들의 여행을.

그때 어떤 숨이 나를 몰락으로 전율케 한다.
지빠귀 탄식한다 잎새 떨어진 나뭇가지에서.
흔들린다 붉은 포도주가 녹슨 창살에서,

그러는 동안 창백한 아이들의 죽음 윤무처럼
어두운 샘 가장자리, 풍화하는 그것 둘레,
바람 속에 오싹한 파란 과꽃 몸을 숙인다.

유령이 물 위로 부르는 노래

괴테

인간의 영혼이
물과 같다:
하늘에서 온다 그것,
하늘로 올라간다 그것,
그리고 다시 내려
대지로 와야 하지 그것,
영원히 변천하며.

흐른다 그 높은
깎아지른 바위 벽에서
순수한 광선이,
그런 다음 흐려진다 그것 사랑스럽게
구름결로
매끄러운 바위에,
그리고 경쾌히 받아들여져
물결친다 그것이 베일 씌우며,
부드럽게 속삭이며
깊은 곳 아래로.

낭떠러지 돌출하여
그 전복을 가로막으면,
거품땀 낸다 그것 기분 나빠하며
차근차근
심연에로.

평평한 침상에서
살금살금 나아간다 그것 목초지 계곡 밖으로,
그리고 매끄러운 호수에서
즐긴다 그것의 얼굴을
모든 별들이.

바람이 물결한테
사랑스런 애인이지;
바람이 섞는다 바닥에서
거품땀 내는 파도를.

영혼, 인간의,
어찌나 같은지 너는 물과!

운명, 인간의,

어찌나 같은지 너는 바람과!

두이노 성(城) 비가 다섯 번째

—헤르타 쾨니히* 부인께

릴케

누군가 그러나 그들, 말해다오, 황급히 이동하는 이들, 약간
더 덧없는, 우리 자신보다도 말이지, 누군데 그들, 일찍부터 몰려들며
쥐어짜는가 하나의 누구, 누구를 위한다며
결코 만족지 않는 의지를? 아니구나 의지가 쥐어짠다 그들을,
구부린다 그들을, 얽어맨다 그들을 그리고 뒤흔든다 그들을
던진다 그들을 그리고 도로 잡아들인다 그들을; 마치 기름 바른,
매끄러운 대기에서인 듯 내려온다 그들
소모된, 그들의 영원한
뛰어오름으로 성긴 양탄자, 이 행방불명인
양탄자, 삼라만상 속 그것 위로.
발라졌지 고약처럼, 마치 교외(郊外)—
하늘이 대지 그곳에 화(禍)를 입힌 것처럼.

* Hertha Koenic(1884~1976). 시인과 친했던 독일 작가이자 미술전시회 비평가.

그리고 거기에 있자마자,

곧추, 거기 그리고 보이기는: 처해 있음의

거대한 이니셜로, ……있자마자 또한, 가장 강한

사내들, 굴렀다 그들을 다시, 농(弄)으로, 끊임없이

오는 잡아쥠으로, 마치 강자(强者) 아우구스투스가 식탁에서

주석 접시 갖고 그러는 듯.

아아 그리고 둘레, 이

중앙의 그것에, 장미, 구경의:

꽃 피고 잎 진다. 둘레, 이

절굿공이의, 암술의, 자신의

꽃가루에 명중된, 시늉 열매 맺게끔

다시 욕망 부진이 수태시키는, 장미는

결코 모르는,—반짝이는 게 가장 얇은

피상, 쉽게 시늉 미소 짓는 욕망 부진의 피상으로인 것의.

거기: 시든, 오글쪼글한, 받치는 자,

늙은 자, 북만 치는,

들어간 곳이 자신의 강력한 살갗 속인, 마치 그것이 전에

두 사내를 품었다는 듯이, 그리고 하나가

누워 있는 곳 지금 벌써 교회 묘지라는 듯이, 그리고 그가 상대보다 오래 살았다는 듯이,

귀 먹고 여러 번 약간

정신착란인 상태로, 그 홀로된 살갗 속에서 말이지.

그러나 젊은 자, 사내, 마치 그의 부모가 목덜미와

수녀라는 듯이: 탄력 있고 옹골차게 가득 찬 것이

근육과 단순인.

오 너희,

슬픔, 아직 작았던 그것을,

언젠가 장난감으로 받았던, 하나의 그것의

오랜 회복으로……

너, 떨어져 부딪침,

오직 과일이 아는 바 그것으로, 설익은 것이,
매일 백 번 떨어지는, 나무, 공동으로
구축된 운동(그것, 물보다 더 신속하게, 몇 분
안 되어 봄, 여름과 가을을 품는)의 나무에서
떨어지고 부딪치지, 무덤에:
여러 번, 반쯤의 쉼표로, 네게 사랑의
얼굴 하나 싹트려 하겠지 넘어서 너의 좀체
애정 깊지 않은 어머니로; 하지만 네 육체에 소실된다,
왜냐면 육체가 그것을 피상적으로 써버린다, 그 수줍어
하는
시도조차 힘든 얼굴 말이다…… 그리고 다시
친다 사내가 손뼉을 그 도약한테, 그리고 네게
언젠가 고통이 더 분명해지기 전에, 가까움, 항상
빠른 걸음인 심장의 그것으로 그러기 전에, 온다 발바
닥 불탐이
그에게, 그의 근원에, 먼저 한 쌍의, 네
눈에서 빠르게 사냥된 육체적 눈물로.
그리고 그럼에도, 맹목으로,
그 미소……

천사여! 오 쥐라 그것을, 뽑으라 그것, 그 꽃 작은 약초를.

내라 꽃병 하나를, 보존하라 그것을! 놓으라 그것을 그 우리에게 아직

열리지 않은 기쁨들 가운데; 더 사랑스런 항아리에 두고

예찬하라 그것을 꽃향기 진동하는 표제로:

'*SUBRISO SALTAT.*'*

너 그때, 사랑스러운 이,

너, 가장 매혹적인 기쁨으로

잠자코 도약된 이. 아마도 너의

술장식이 다행이다 네게—,

아니면 젊은

탄력 있는 젖가슴 위로 초록의 금속 같은 비단이

느끼지 끝없이 응석받이고 아무것도 그립지 않은 것처럼.

너, 줄곧 다르게, 그 모든 평형의 떨리는 천칭 위에

놓인 장터 과일, 태연의,

* 라틴어 '곡예사의 미소'.

공개적인, 어깨들 가운데서 말이지.

어디, 오 *어디*인가 그 장소—내가 그곳을 갖고 다닌다 가슴에—,
그곳은 그들이 아직 *유*능과 무관하지, 아직 서로에게서
떨어진다, 마치 교미하는, 제대로
짝을 이루지는 않는 짐승들처럼;—
그곳은 아직 무게가 무겁다;
그곳은 아직 그들의 헛되이
빙빙 돌리는 막대기에 접시들이
비틀거린다……

그리고 갑자기 이런 근면한 어디에도 없음들에서, 갑자기
그 형언할 수 없는 자리, 스스로 그 순수한 부족(不足)이
이해할 수 없게 변형되는—, 급변하여
저 공허한 과다로 되는.
거기서 여러 자리 셈법이

무수(無數)로 풀린다.

광장들, 오 광장들, 파리의, 끝없는 무대,

그리고 거기 여성용 모자 디자이너, *마담 라모르**가,

들뜬 지상의 길들, 끝없는 띠들을,

삼키고 휘감고 새로 그것들로

매듭 고안한다, 주름 장식, 꽃, 모표, 예술적 열매들—, 모두

허위 염색이지,— 값싼

겨울모자들이었으니까, 운명의.

……

천사!: 있었다 치자 광장 하나, 우리가 모르는, 그리고 거기서,

형언 불가의 양탄자 위에서, 보여주었다 연인들, 여기서

유능에 달하려 한 적 한 번도 없던 그들이, 그들의 대담한

* 프랑스어 '죽음 부인'.

드높은 모습, 심장 약동의 그것들을,
그들의 탑, 열락으로 지은 그것들을, 그들의
오래전, 바닥이; 전혀 없었던 곳의, 단지 서로
기대는 사다리, 떨며 기대는 그것을, —그리고 *유능*들을,
둘러싼 구경꾼들, 셀 수 없이 많은 소리 없는 죽은 자들
앞에서:
던진다면, 그들이 그때 그들의 마지막, 늘 아껴두었던,
늘 숨겨두었던, 그래서 우리가 모르는, 영원히
가치 있는 동전, 행복의 그것들을 그, 마침내
진실되게 미소 짓는 한 쌍, 충족된
양탄자 위 그들 앞에?

밤에 쾰른 라인교를 건너다

슈타들러

급행열차 더듬으며 나아가고
밀친다 어둠을 그에 따라.
아무 별도 나서지 않는다. 세상 전체가 오직 하나의 좁은,
밤-레일에 둘러싸인 갱도,
그 안에서 때때로 채굴장
푸른빛들이 가파른 지평선을 잡아 찢는다: 불의 영역,
둥근 램프, 지붕, 연통들의
김 내는, 흐르는, 단지 초 단위로……
그리고 다시 일체 깜깜.

마치 우리 가는 게 밤의 내장 속으로 작업 교대 위해서인 듯.
이제 비틀거리며 빛들이 나온다…… 길 잃고, 암담히 고립되어……
몇 개 더. 그리고 모인다. 그리고 촘촘해진다.
해골, 잿빛 집 정면들의 그것, 드러난다,
황혼에 빛 바래는, 죽은—
무엇인가 분명 온다…… 오, 내가 느낀다 그것을 무겁게

이마에. 어떤 긴박이 노래한다 핏속에.
그때 위협한다 바닥이 갑자기 바다처럼:
우리가 난다, 들어 올려져,
왕처럼, 밤이 낚아챈 대기를, 강 위로 높이.
오 곡선, 백만 개 빛들의, 말 없는 불침번의,
그 번개 치는 화려 장관 앞에서
무겁게 물이 굴러 내리고.
끝없는 두 줄 환영 행렬, 밤에 경례로 마련된!
횃불들처럼 휘몰아치는! 기뻐하는 것들!
예포, 배들의, 파란 바다 위에! 별 총총한 축제!
우글거리는, 밝은 눈으로 몰려!
급기야 도시의
마지막 집들이 제 손님을 풀어주는 대목까지.
그리고 그때 그 긴 고독. 벌거벗은 물가.
정적. 밤. 제정신. 명상. 영성체.
그리고 작열과 충동
마지막, 축복하는 것에로의. 생식 축제로의.
관능적 쾌락에로의. 기도로의. 바다에로의.
몰락에로의.

오후에 귓속말로

트라클

태양, 가을이라 가늘고 소심한,
그리고 과일 떨어진다 나무에서.
고요가 살고 있다 파란 방들에
긴 오후 내내.

죽어가는 소리, 금속의;
그리고 하얀 짐승 한 마리 쓰러진다.
고동색 소녀들 조야한 노래가
사라졌다 잎새 떨어짐으로.

이마가 신의 색깔들 꿈꾼다,
감지한다 광기의 부드러운 날개를.
그림자들 회전한다 언덕,
부패가 검게 가장자리 장식한 그것에서.

땅거미, 안식과 포도주 가득 찬;
슬픈 기타들 방울져 떨어진다.
그리고 그 안의 온화한 램프로
다시 돌아온다 네가 꿈속에선 듯.

거세 안 한 수컷 양
(어떤 유대인 얼굴의 뜻)

베르펠

네가 물려받았다 그 위대한 숫양의 면모,
검은 양털로 뒤덮여 야곱의 가축 떼에 동참했던 그것의.
바로 황야에서 찾았다 네가 충분한
엉겅퀴 풀을, 풀들이 바람에 몸을 굽혔고.

너를, 너 착한 짐승아, 양치기가 부르면,
왔다 네가 껑충껑충 뛰며, 마구 쿵쾅거렸다 네 심장이.
종종 춤추었다 네가 그리고 긁어 팠다 발굽으로
그리고 그것에서 나왔지 여전히 오늘날의 네 장난 기질이.

하지만 전사가 말에 강철 단련된 기품으로
오르면, 창을 찌르기 자세로 들고,
그러면 돌진했지 네가 무서워하며 우리 속으로
그리고 메에 울었다 거기서 조용히 그리고 희망 없이.

시인의 소명

니체

내가 어려서, 기분 상쾌해지려,
어두운 숲 가운데 앉았는데,
들었다 재깍 소리, 살살 재깍,
귀염성 있는, 박자와 장단 맞춘 듯한 소리를.
감정 상했다 내가, 찌푸렸다 얼굴을,—
마침내 그러나 내가 한발 물러났다,
급기야 내가 완전, 시인처럼,
나 자신 재깍재깍으로 말했다.

어찌나 내게 그렇게 시작(詩作)의
음절과 음절이 그것들 빨리빨리 재촉해서 분출했던지
나 갑자기 웃을밖에 없었다, 웃을밖에
15분 동안.
네가 시인이냐? 네가 시인이야?
네 머리 상태가 그렇게 나빠?
'그래요, 선생, 당신이 시인이죠'
어깨 움츠린다 딱따구리 새가.

운(韻)이, 내가 생각한다, 화살 같을까?

어찌나 버둥거리나, 떠나, 튀나,
화살이 고상한 부분,
도마뱀 몸의 그곳을 밀고 들어갈 때!
아아 그대 죽는구나 거기서, 불쌍한 난쟁이,
혹은 비틀거리는구나 취한 것처럼!
'그래요, 선생, 당신이 시인이죠'
어깨 움츠린다 딱따구리 새가.

비뚤어진 잠언 짓거리, 서두르고 또 서두른,
취한 말짓거리, 어찌나 몰려드는지!
급기야 너희 모두, 행이 행을 물고,
재깍 사슬 신봉한다.
그리고 있나 지독한 불량배,
이것을—기뻐하는 자가? 시인이—나쁜 놈인가?
'그래요, 선생, 당신이 시인이죠'
어깨 움츠린다 딱따구리 새가.

조롱하는가 너, 새? 네가 장난치려는가?
내 머리 상태가 이미 좋지 않은데,

더 좋지 않은 건가 내 심장 상태가?
두려워하라, 두려워하라 내 원한을! —
하지만 시인 — 운을 깁는다 그가
심지어 원한으로 겨우겨우.
'그래요, 선생, 당신이 시인이죠'
어깨 움츠린다 딱따구리 새가.

니체

게오르게

짙노랑 구름 떠간다 언덕 너머
그리고 서늘한 폭풍 — 반쯤은 가을의 전령,
반쯤은 초봄의…… 이렇게 이 벽이
포위했나 천둥 치는 자를 그가 발군이었는데
수천의, 연기와 먼지 존재들 주위에 두고?
여기서 보냈다 그가 평평한 중부와
죽은 도시에 마지막 무딘 번개를
그리고 갔다 긴 밤을 나와 아주 긴 밤에로.

멍청히 간다 빠른 걸음으로 군중이 저 아래 — 겁주지 마라 그들!
찔러봤자다 해파리 — 잘라봤자지 잡초
아직 얼마 동안 지배한다 경건한 고요와
짐승, 그를 예찬으로 더럽히고
자신을 곰팡 먼지로 계속 살찌우는 그것이
그를 교살하게 도운 자 우선 죽을 것!
그다음에 그러나 선다 그대가 빛 발하며 시대 앞에
다른 지도자가 피 묻은 왕관 쓰고 그랬던 것처럼.

구원자다 그대! 자신은 가장 축복받지 못한—
지고 있는 중압 어떤 제비뽑기의 그것이었기에
그대 그리움의 땅이 웃는 것 한 번도 못 보았나?
만들어냈나 그대는 신들을 오직 그들 무너뜨리기 위해
한 번도 휴식과 건설 즐긴 적 없이?
그대가 그대 자신 내부에 가장 가까운 것을 죽여버렸다
새로이 갈망하며 그런 다음 그것 향해 전율하고
절규하려고, 고독의 고통으로 말이지.

너무 늦게 왔다 애원하며 그대에게 이렇게 말했던 자:
거기 길이 없다 얼음 바위 위로
그리고 보금자리, 잔혹한 맹금의 그것 위로—이제 필요하지:
자기 추방이 동그라미로 사랑을 잠근다……
그리고 가차 없고 고통받은 목소리가
그런 다음 찬가처럼 울릴 때, 파란 밤과
밝은 큰물로 말이지—그러면 탄식하라: 노래했어야지,
말로 하면 안 되는 거였는데 이 새로운 영혼!

여행 노래

호프만슈탈

물이 무너진다, 우리 삼키려고,
구른다 바위들, 우리를 때려 부수려,
온다 벌써 강력한 날개 타고
새들이 이리, 우리 실어가려고.

그러나 그 아래 놓여 있다 육지가,
열매, 끝없이 비치는 곳
나이 없는 호수인 그것들이.

대리석 정면과 분수 가장자리가
오른다 꽃향기 토지에서,
그리고 부드러운 바람 분다.

쥐덫

모르겐슈테른

I

팜슈트룀한테 없다 베이컨이 집에
그러나 쥐 한 마리 있다.

코르프가, 그의 곤경에 감동받아,
지어준다 그에게 격자 방을.

그리고 정교한 바이올린 한 대와 함께
들였다 그가 자신의 친구를 그 안에.

밤이고, 별들 깜박인다.
팜슈트룀 음악 연주한다 어둠 속에.

그리고 그가 연주하는 동안,
온다 쥐가 산책해 들어온다.

그것 뒤로, 비밀리에,
내린다 문이 가볍게 살그머니.

그것 앞에서 가라앉는다 잠 속으로 당장
팜슈트륌의 침묵하는 형태가.

II

아침에 온다 코르프한테서 그리고 싣는다
그 너무나 유용한 기구를

가장 가까운, 말하자면
중간 크기 가재도구 짐수레에,

그리고 그것을 힘세고 활기 찬 말 한 마리가
먼 숲으로 가져간다,

그리고 거기 깊은 고독 속에
그가 그 기묘한 쌍을 놓아준다.

먼저 산책해 나온다 쥐가,
그런 다음 팜슈트륌이, 쥐를 따라.

유쾌히 즐긴다 그 짐승이 새로운
고향을, 두려워하지 않고.

반면 팜슈트륌, 기쁨—정화(淨化)하여,
코르프와 함께 집으로 마차 타고 온다.

내가 소년이었을 때

횔덜린

내가 소년이었을 때,
구해주었다 어떤 신이 나를 종종
고함과 회초리, 사람들의 그것으로부터,
그때 놀았다 내가 안전하고 착하게
숲의 꽃들과 함께,
그리고 하늘의 산들바람이
놀았다 나와 함께.

그리고 당신이 심장,
식물들의 그것을 기쁘게 하듯,
식물들이 당신 향해
그 부드러운 팔 뻗을 때 그러듯,

바로 그렇게 당신이 내 심장 기쁘게 했다,
아버지 헬리오스! 그리고, 엔디미온처럼,
나 당신의 총아였다,
신성한 달이여!

오 모든 그대 진실한,

다정한 신들이여!
그대들이 알았기를,
얼마나 그대들을 내 영혼이 사랑했는지!

그 당시 부르지는 않았지 내가 아직
그대들을 이름으로, 그대들도
부르지 않았다 나를 한 번도, 사람들이 칭하듯,
서로 아는 것처럼 말이지.

하지만 잘 알았다 내가 그대들을
내가 일찍이 그들을 알았던 것보다 더
내가 이해했다 고요, 창공의 그것을,
인간의 말을 이해 못 했다 내가 한 번도.

나를 가르쳤다 쾌적한 소리,
살랑거리는 숲의 그것이,
그리고 사랑을 배웠다 내가
꽃들 사이에서.

신들의 품에 안겨 내가 자랐다 어른으로.

인간성의 경계

괴테

혹시 태고의,
신성한 아버지께서
태연한 손으로
으르렁대는 구름에서
은총의 번개를
대지 위에 뿌린다면,
입 맞추리 나 그 끝
가장자리 술, 그분 의상의 그것에,
어린아이의 전율
진정 가슴에.

왜냐면 신들에
비견하면 안 되리
어느 인간도.
만약 그가 몸을 일으키고
건드리는 것이
정수리로 별들이라면,
어디에도 없지 달라붙을 데 그때
그 위태로운 발바닥이,

그러면 그를 갖고 놀 테고
구름과 바람이 말이지.

서 있단들 그가 단단한,
뼛심 뼈로
바닥 탄탄한,
지속적인 대지 위에 서 있단들,
미치지 못한다 그가,
고작 떡갈나무
혹은 포도덩굴과
비교할 만큼도.

무엇이 구별하나
신들을 인간들한테서?
숱한 물결이
그들 앞에서 변천한다는 거,
영원한 흐름 하나가:
우리를 들어 올린다 파도가,
집어 삼킨다 파도가,

그리고 우리가 침몰한다.

작은 동그라미 하나가
경계 짓는다 우리의 생을,
그리고 숱한 씨족들이
열 짓는다 지속적으로
그들 존재의 끝없는 사슬로.

두이노 성(城) 비가 여섯 번째

릴케

무화과나무여, 어찌나 오랫동안 내게 의미 있었는지,
네가 꽃을 거의 전부 생략하고 약간 이른 단호한 열매 속으로,
다소곳이, 네 순수한 비밀 밀어 넣는 모양이.
분수 파이프처럼 몬다 네 굽은 가지들이
아래로 수액을 위로도: 그리고 그것이 튀어나온다 잠에서,
거의 깨지 않고, 행복, 가장 달콤한 성취의 그것 속으로.
보라: 신(神), 백조 모습의 신 같다.
……그러나 우리는 머문다,
아아, 꽃피는 영광 때문에, 그리고 뒤늦은 내면,
우리 종국의 열매의 그것 안으로 간다 누설당하여.
적어도 오르지 너무 강하게 행동의 쇄도가,
그래서 그들 이미 차례 기다리며 작열하지 심장의 충만으로,
때는 꽃피려는 유혹이, 진정된 밤공기처럼
그들 입의 젊음을, 그들의 눈꺼풀을 건드릴 때:
영웅들에게 아마도 그리고 이른 죽음 정해진 이들,
그들에게 정원사 죽음이 다르게 핏줄을 구부렸다.

이들 폭락해간다: 자신의 미소에
앞서 있다, 마치 그 경주마들이, 그 온화한
카르나크의 주괴(鑄塊) 형상에서 의기양양한 왕 앞지르듯:

놀랄 정도로 가깝지 영웅이야말로 젊어 죽은 자들에. 지속이
상관없다 그와. 자신의 등정이 존재다; 끊임없이
떼어낸다 자신을 그리고 발 딛는다 바뀐 별자리,
자신의 항상 위험의 그것에. 거기서 그를 찾을 수 있는 자 별로 없지. 그러나,
그, 우리를 음산하게 숨기는 자, 그, 갑자기 열광한 운명이
노래로 그를 불러들인다 폭풍, 자신의 솨솨 소리 내며 오르는 세계의 그것 속으로.
듣지 나는 그러나 전혀 그와 다르게. 한꺼번에 관통한다 나를
그 흐르는 공기로 그의 어두워진 음(音)이.

그때, 어찌나 내가 기꺼이 숨는지 그 욕망 앞에서: 오 바라건대 내가,

바라건대 내가 소년이고 여전히 소년 되어 앉았으면,

그 미래의 팔에 받쳐져 그리고 읽었으면 삼손에 대해,

어떻게 그의 어머니가 처음에 무(無)를 그리고 그다음에 전부를 낳았는가를 말이지.

그가 아니었나 영웅이 이미 당신 속에서, 오 어머니, 시작하지 않았나,

거기서 이미, 당신 속에서, 그의 장엄한 선택이?

수천이 태동 중이었다 모태에서 그리고 바랐다 *그가* 되기를,

그러나 보라: 그가 움켜쥐었고 생략했다—, 선택했고 그럴 수 있었다.

그리고 그가 기둥들을 산산이 부순 것은, 부수고 나온 거였다,

당신 몸의 세계에서 그 좁은 세계로, 왜냐면 거기서 그가 계속

선택해오고 그럴 수 있었다. 오 어머니, 영웅의, 오 근원,

잡아 찢는 대하(大河)들의! 당신의 협곡들, 그것들로,
높이 마음 가장자리에서, 울며,
이미 처녀들 무너져 내린, 장차 산 제물, 아들에의 그것들이

왜냐면 휘몰아쳐 가버렸다 영웅이 사랑의 머묾 뚫고,
각자 모두 들어 올려 보냈다 그를, 그를 생각하는 심장 박동 각자 모두가,
이미 몸 돌리고 서 있었다 그가 미소의 끝에, ─다르게.

죽음과의 춤

베르펠

죽음이 나를 춤으로 이리저리 흔들었다.
내가 잘 맞추었다 처음에는 빠른 걸음을
죽음의 춤에서 그리고 스텝 밟았다 능숙하게,
죽음이 박자를 더 사납게 이끌 때까지.

어찌나 신속하게 내가 그때 발이 삐어
꼭두각시 되고, 새 웃음거리 되고,
고작 신 향한 절규 되던지,
더 이상 희망 없이, 그분이 생각할 것에 대하여.

그때 들어 올렸다 죽음이 그리고 높이 돌렸다 나를
하늘로, 신이 자기 때문에 기뻐하라고,
그가 받지 않았으니까, 신이 주지 않은 것을 말이지.

하지만 갑자기 떨어뜨렸다 그가 자신의 노획물을,
왜냐면 최초 침묵의 알파벳으로
했다 그분이 죽음에게 딱 두 마디: 오늘은 아냐!

엘리스

트라클

I

완벽하다 고요, 이 황금의 날들의,
오래된 떡갈나무들 아래
나타난다 너, 엘리스, 안식자지, 둥근 눈의.

눈의 파랑이 비춘다 잠, 연인들의 그것을.
너의 입가에 이르러
말을 잃는다 그들의 장밋빛 한숨이.

저녁에 회수한다 어부가 무거운 그물을.
착한 양치기 하나
이끈다 제 가축 떼를 숲 가장자리로.
오! 어찌나 정의로운지, 엘리스, 모든 너의 나날이.

살그머니 가라앉는다
민숭민숭한 벽 따라 올리브나무의 파란 고요가,
시들어 죽는다 노인 하나의 어두운 노래가.

황금의 거룻배 한 척

흔든다, 엘리스, 너의 심장을 외로운 하늘가에서.

II

부드러운 철금(鐵琴) 소리 난다 엘리스 젖가슴에서
저녁에,
그때 그의 머리가 검은 베개 속으로 가라앉지.

파랑 야수 한 마리
피 흘린다 그윽하게 가시덤불에서.

고동색 나무 하나 서 있다 떨어져 거기;
그것의 파란 열매들 떨어졌다 그것에서.

징표와 별들
가라앉는다 살그머니 저녁 연못에.

언덕 뒤로 겨울 되었다.

파란 비둘기들

마신다 밤이면 얼음 땀을,
엘리스의 수정 이마에서 뚝뚝 떨어지는 것이지.
늘 소리 낸다
검은 벽 따라 신의 외로운 바람이.

사죄

휠덜린

신성한 존재여! 어지럽혔다 내가 당신
황금의 신(神) 휴식을 종종, 그리고 보다 은밀한,
보다 깊은 고통, 생의 그것을
당신이 숱하게 배웠구나 나로부터.

오 잊으시라 그것, 용서하시라! 마치 구름, 저기
평화로운 달 앞의 그것처럼 내가 지나가리니, 당신은
쉬고 빛나시라 당신의
아름다움으로 다시, 당신 달콤한 빛이여!

『계약의 별』 중에서

게오르게

들어감

세계, 형상의
오래도록 안녕히!……
열어라 너를 숲이여,
눈처럼 새하얀 나무줄기들 가득한!
상공의 파랑 속 오직
지고 있다 꼭대기를 이
잎사귀 숲과 열매들을:
황금의 홍옥수.
한가운데 시작한다
대리석 기념비 옆
느린 샘이
꽃향기 놀이를,
흐른다 아치 모양 밖으로
살살 마치 떨어져
쌓이는 것처럼, 곡물과 곡물이
은접시 위에 말이지.
몸서리치는 냉기가

잠근다 반지 하나를,
동트는 이른 아침이
흐리다 나무 꼭대기들에서,
예감하는 침묵이
꼼짝 못 하게 마법 건다 여기 거주자들에게
꿈 날개 살랑거린다!
꿈 하프 울린다!

(중략)

하나가 일어섰고 날카롭기 번개의 도검과도 같았고
틈을 열어젖혔고 진영을 갈랐다
너머를 창조했다 전도(顚倒), 너희 여기의 그것 통하여……
그가 너희 광기를 그토록 오래 너희에게까지 외쳤다
어찌나 매우 그랬던지 그의 목이 터졌지.
그런데 너희는? 혹은 둔감하여 혹은 영리하여 혹은 거짓되어 혹은 순종이라
듣고 보는 것이 마치 아무 일 없었다는 투였다……

너희가 행한다 계속 말하고 새끼를 낳는다.
그 경고자 갔다…… 바퀴, 굴러 내려
공허로 가는 그 살 붙들려 어느 팔도 더 이상 손 내밀지 않는다.

(중략)

누구든 한번 그 불꽃을 돌아 걸은 자
계속 그 불꽃의 위성일지니!
그가 설령 방랑하고 순환한단들:
거기서 여전히 그 빛 그에게 달한다,
길을 잘못 들어 아무리 멀리 갔어도 몇 번이라도.
오직 그의 시선이 그것을 잃었을 때
그 자신의 어스레 빛이 속인다 그를:
없다 그에게 중앙 법칙이
몰아가지 그가 뿔뿔이 흩어지며 전부 속으로.

(중략)

모두에게 동일한 지식을 사기라 부른다.
세 가지다 지식의 등급이. 하나가 올라온다
멍청한 군중의 개념(비난)에서: 배아와 새끼,
모든 깨어 있는 원기, 너희 종족의 그것에.
두 번째를 가져다준다 시대의 책과 학교가.
세 번째가 이끈다 오직 축성 문 통해.
세 가지가 식자의 단계다. 오직 망상이
믿는다 자신이 건너뛸 수 있다고: 탄생과 육체를.
다른 똑같은 필연이 보기와 파악하기.
마지막 것을 안다 오직 신이 동침한 자가.

코르프가 생각해낸다

모르겐슈테른

코르프가 생각해낸다 일종의 농담을,

그런데 그것 많은 시간이 지나서야 비로소 효과를 발한다.

각자 모두 듣는다 그것을 지리하게.

하지만 마치 부싯깃 하나가 고요히 불꽃 없이 타듯,

사람들이 밤에 침대에서 갑자기 쾌활해진다,

지극히 행복하게 미소 지으며, 포식한 젖먹이처럼 말이다.

네 얼굴

호프만슈탈

네 얼굴에 꿈이 완전히 실려 있었다.
내가 침묵했고 보았다 너를 말 없는 전율로.
어떻게 올라왔나 그것! 내가 나를 한번 벌써
이전의 밤들 속으로 온전히 내어주게끔

달한테 그리고 너무 많이 사랑받았던 골짜기한테,
거기 빈 비탈 위에 따로따로
야윈 나무들 서 있고 그 사이
낮은 작은 안개구름들 가고

고요를 가로질러 늘 신선하고
늘 낯선 은백(銀白)의 물을
강이 쏴쏴 소리 내며 흘러가게 했던—어떻게 올라왔나 그것!

어떻게 올라왔나 그것! 왜냐면 이 모든 것들과
그 아름다움—열매 맺지 않았던—한테
내어주었다 내가 나를 엄청난 열망으로 완전히,
어떻게 지금 네 머리카락 보는 것인데

네 눈꺼풀 사이 이런 광채가!

하프 연주자*

괴테

한 번도 자신의 빵을 눈물로 먹어본 적 없는 자,
한 번도 비참에 젖은 밤을
침대 위에서 울며 지새운 적 없는 자,
그는 모르리 그대들, 그대 천상의 권능들을.

그대들이 인도한다 생 안으로,
그대들이 가난한 자 유죄이게 한다,
그런 다음 넘긴다 그대들이 그를 고통받게끔:
왜냐면 모든 죄가 보복된다 지상에서.

* 『빌헬름 마이스터의 수업 시대』 중.

이른 봄

슈타들러

이 3월 밤 나섰다 내가 늦게 집을.

거리를 뒤흔들었다 양춘(陽春) 냄새와 초록 씨앗들 비[雨]가.

바람이 치고 들어왔다. 혼란스럽게 내려앉는 집들 사이로 나갔다 내가 멀리

맨벽까지 그리고 알아챘다: 내 심장에서 부풀었다 새로운 박자가.

산들바람마다 어린 생장이 펼쳐져 있었다.

내가 귀 기울였다, 그 강한 소용돌이들이 내 핏속에서 구르는 것에.

벌써 기지개 켰다 준비된 경작지가. 수평선은 햇볕에 탄 상태였다

벌써 파랑, 드높은 아침 시간의 그것이, 드넓어질 참이었고.

갑문들 삐걱거렸다. 모험이 터져 나왔다 온갖 먼 곳에서.

해협, 어린 출항 바람들이 물결 일으키는 그것 위로, 자랐다 밝은 진로(進路)들이,

그 빛으로 내가 몰아갔고. 운명이 서 있었다 기다리며

온통 바람 부는 별들 속에.

내 심장에 놓여 있었다 질풍, 마치 돌돌 감긴 깃발에서 나온 듯한 그것이.

미스트랄*에게
—무곡(舞曲)

니체

미스트랄 바람, 너 구름 사냥꾼,
슬픔 살해자, 하늘 청소비,
윙윙 소리 내는, 어찌나 사랑하는지 내가 너를!
우리들 아닌가 하나의 모태에서
처음 나온 자, 하나의 운명이
영원히 예정된 자들이?

여기 매끄러운 바위 길에서
달린다 내가 춤추며 너를 향하여,
춤추며, 네가 휘파람 불고 노래하듯이:
너, 배와 키 없이
자유의 가장 자유로운 형제로서
사나운 바다 위를 뛰어오르는.

비몽사몽 중, 들었다 내가 너의 부름을,
내달았다 바위 층계로,
바닷가 노란 벽까지.

* 남프랑스에서 지중해 쪽으로 부는 한랭하고 건조한 북서풍.

만세! 거기에 왔다 네가 이미 밝은
금강석의 급류와도 같이
의기양양 산맥에서 이곳으로.

평평하게 다진 하늘 바닥 위
보았다 내가 너의 말[馬]들 달리는 것을,
보았다 그 수레, 너를 실은 그것을,
보았다 네 자신의 손 경련하는 것을
그것이 말 등을
번개처럼 채찍질할 때.—
보았다 네가 수레를 뛰쳐나와,
더 빠르게 너를 내리 흔드는 것을,
보았다 네가 마치 화살 되려는 듯 짧아져
수직으로 깊이 밀치는 것을,—
황금 광선처럼 장미,
첫 아침놀의 그것 꿰지르는 급강하로 말이지.

춤추라 이제 천 개의 등 위에서,
파도-등과 파도-간계 위에서—

만세, 새로운 춤 창조한 이여!
춤춘다 우리 천 가지 방식으로,
자유-라 부르라 우리의 예술을,
즐거움—우리의 과학을!

꺾자 우리 각각의 꽃나무 모두에서
꽃 한 송이씩을 우리의 명예 위해
그리고 두 잎씩을 더 화관 위해!
춤추자 우리 음유시인들처럼
성자들과 창녀 사이
신과 세상 사이 춤을!

바람과 함께 춤출 수 없는 자,
붕대에 휘감겨야 하는 자,
얽매인, 불구-늙은이,
그때 그 겉치레쟁이들,
명예-바보들, 미덕-거위들 닮는 자,
나가라 우리 낙원에서!

회오리치게 하자 우리 거리의 먼지가
모든 병자들의 코에,
쫓아버리자 우리 병들어 부화한 새끼들을!
떼놓자 우리 해안 전체를
시든 젖가슴의 악취한테서,
용기 없는 눈[眼]한테서!

몰아내자 우리 하늘 흐리는 자를,
세계 검게 하는 자를, 구름 밀치는 자를,
밝히자 우리 하늘 왕국을!
거세게 출렁이자 우리…… 오 모든 자유로운
정신들의 정신이여, 너와 함께 둘이서
거세게 출렁인다 나의 기쁨 폭풍우와도 같이.—

—그리고 영원히 이런 기쁨
기억하기 위해, 받으라 그것의 유산을,
갖고 가라 이 화환을 저 위로!
던지라 그것을 더 높이, 더 멀리, 더 앞으로,
휘몰아쳐 가라 하늘 계단 높이,

걸라 그것을—별에다!

두이노 성(城) 비가 일곱 번째

릴케

구애 더 이상, 더 이상 구애, 성장해버린 목소리
아니어라 네 절규의 성격이. 네가 절규한단들, 순수히 새처럼,
그것을 계절이 들어 올릴 때의, 그, 오르는 것, 거의 잊으며,
자신이 근심하는 짐승이라는 거, 단지 하나의 개별 심장으로,
그것을 청명 속, 친밀한 하늘 속으로 던지는 게 아니라는 것을 말이지. 그것처럼, 너무나
구애하고 싶지 네가 못지않게—, 하여, 아직 안 보이지만,
겪고 싶다 여자 친구, 그 고요한 것, 그 안에서 어떤 답이
천천히 깨어나고 경청을 거쳐 따스해지지,—
너의 대담해진 감정한테 그 달아오른 여성 감정.

오 그리고 봄이 이해했을 터—, 왜냐면 모든 장소가,
띠고 있을 것이다 수태고지의 음(音)을. 우선은 그 작은
묻는 말음(末音), 그리고 그것이, 상승하는 고요로,

도처 둘러싼다 더 순수히 긍정하는 낮을.
그때 그 계단에 올라, 부름-계단에 올라, 꿈꾸던
사원, 미래의 그것에로—; 그때 그 떨림을, 샘에로,
그것들을 쇄도하는 광선 앞에다 이미 추락이 잡아놓고
약속의 놀이로…… 그리고 자신 앞에, 여름을 말이지.

단지 여름의 모든 아침뿐 아니라, 단지
그것이 낮에 접어들며 시작 앞에 빛 발하는 모양뿐 아니라.
단지 그 낮, 꽃들 둘레 애정 깊고, 위로,
형상화한 나무들 둘레, 세고 강력한 그것들뿐 아니라.
단지 그 집중, 이 펼쳐진 세력들의 그것뿐 아니라,
단지 그 길, 단지 그 목초지, 저녁의 그것뿐 아니라,
단지 그, 늦은 천둥 번개 비 이후, 숨 쉬는 날씨 맑음뿐 아니라,
단지 그 다가오는 잠과 예감, 저녁에 그것뿐 아니라……
밤들까지! 그 높은, 여름의,
밤들까지, 별들까지, 대지의 별들까지.
오 죽은 적 있고 그것들이 그것들을 끝없이 안다는 거,

그 모든 별들을: 왜냐면 어떻게, 어떻게, 어떻게 그것들을 잊겠는가!

보라, 그때 불렀다 내가 애인을. 그러나 아니었지 단지 *그녀*만

올 것이…… 올라올 것이었다 허약한 무덤들에서

처녀들이 나와 설 것이었다…… 왜냐면, 어떻게 제한하겠는가 내가,

어떻게, 불리운 이들에게 부름을? 가라앉은 이들 찾는다

여전히 대지를. —너희 아이들아, 단 하나를 이곳에서

이해했다면 숱한 것을 이해한 것일 터.

믿지 말라, 운명의, 밀도가 유년보다 더할 것이라고;

얼마나 능가했던가 너희가 자주 애인들을, 숨 쉬며,

숨 쉬며 좇았지 복 받은 질주를, 다름 아닌, 자유 속으로.

여기 있음 광휘롭다. 너희가 알았다 그것을, 처녀들아, *너희* 또한,

너희한테 결여된 듯했지만, 너희가 가라앉았지만—, 너

희, 아주 사악한

도시의 골목길에서, 화농(化膿)하는 자들, 혹은 함몰에

열린 자들. 왜냐면 한 시간이 있었다 각각의 모두에게,
아마도 한 시간 전부는 아니고, 어떤, 시간 단위로 좀체

측정할 수 없는, 동안과 동안 사이가—, 왜냐면 그들한
테 존재 하나

있었다. 모든 것이. 혈관, 존재 가득한 그것들이.

다만, 우리가 잊는다 너무나 쉽게, 웃는 이웃이

우리에게 입증도 시샘도 않는 그 무엇을. 눈에 띄게

우리가 그것을 들어 올리려 하지, 가장 가시적인 행복
도 우리에게 비로소 인식되는 것은, 우리가 그것을 내적으
로 변형했을 때인데도 말이다.

어디에도 없을 것이다, 애인아, 세계가, 내부 말고는. 우
리의

생이 가버린다 변천으로. 그리고 갈수록 작아지며

사라진다 외부가. 한때 지속적인 집이 있던 곳에,

들어선다 생각해낸 구성물이, 가로질러, 생각해냄에

온전히 속하기, 마치 여전히 일체 두뇌 속에 서 있는 것

과도 같이.

드넓은 곳간, 세력의 그것을 창조한다 직접 시대정신이, 형상 없기가

팽팽한 충동, 그것이 모두한테서 획득한 충동과도 같이.

사원을 모른다 그것이 더 이상. 이런, 마음의, 낭비를

절약한다 우리가 좀 더 내밀하게. 그래, 여전히 견디고 있단들,

한때 기도의 대상이었던 것 하나, 우리가 섬기고, 무릎 꿇었던 하나—

버티고 있단들, 그 상태로, 이미 든 거지 비가시(非可視) 속에. 숱한 이들이 인식 못 한다 그것을 더 이상, 유리한 점도 없지,

그들이 그것을 이제 *내적*으로 짓는다는 점, 기둥과 동상으로 더 크게 말이다!

세계의 곰팡내 나는 역전마다 있다 그런 폐적자(廢嫡者)들이,

그리고 그들에게 이전이 그리고 더군다나 이후가 속하지 않는다.

왜냐면 이후 또한 멀다 인간한테. 안 되지 *우리*를

이것이 헷갈리게 하면; 그것이 강화한다 우리 안에 유지,

여전히 인식된 형태의 그것을. —이것이 서 있었다 한때 인간들 사이,

운명 한가운데 서 있었다 그것, 절멸시키는,

어디로 가는지 모름의 와중 서 있었다 그것이, 마치 존재했던 것처럼, 그리고 구부렸다

별들을 자신에게로 그 확립된 하늘로부터. 천사여,

*네게*도 보여주겠다 내가 그것을, *거기*! 너의 응시 속에

서 있다 그것이 구조되어 마침내, 이제 마침내 똑바로.

기둥, 탑문, 스핑크스, 추구하는 들어 올림,

잿빛인, 사라지는 혹은 낯선 도시에서 나온, 둥근 지붕의.

그것 아니었나 기적이? 오 경탄하라, 천사, 왜냐면 *우리*가 그것이다,

우리가, 오 너 더 큰 자여, 얘기하라, 우리가 그런 것 가능했다고, 나의 숨

충분하지 않다 그 명성에. 그래서 우리가 그럼에도
그 공간 등한시하지 않았다, 이 보증하는, 이
우리의 공간을. (왜 그것이 끔찍할 정도로 커야 하는지,
그것이 수천 년 우리 감정을 포식할 것 아닌데.)
그러나 어떤 탑 거대했지, 아닌가? 오 천사여, 그것이 그랬어,—
거대했지, 네 곁에서도? 샤르트르 거대했다—, 그리고 음악이
달했다 더 위에 그리고 능가했다 우리를. 하지만 정말
단지 사랑에 빠진 여인이라면—, 오, 홀로 밤 창가에서……
달하지 않았나 너의 무릎에—?

생각하지 마라, 내가 구애한다고.

천사여, 그리고 내가 네게 구애한단들! 네가 오지 마라. 왜냐면 나의
부름이 늘 가득 차 있다 꺼져 소리로; 그토록 강한
흐름에 맞서 네가 걸을 수 없을 것. 뻗은
팔과 같다 내 부름이. 그리고 그것의, 잡으라고
우로 열린 손이 머문다 네 앞에

열려 있기, 방어 및 경고와도 같이,

포착하기 힘들게, 드넓게.

외로운 자들의 가을

트라클

어두운 가을 돌아온다 열매와 풍부 가득 차,
누렇게 변한 광택, 아름다운 여름날들의.
순수한 파랑 나타난다 썩은 겉껍질에서;
새의 비상이 소리 낸다 옛 전설을.
짜졌다 포도즙이, 온화한 고요가
채워졌다 그윽한 답변, 어두운 질문으로 그것으로.

그리고 여기저기 십자가, 황폐한 언덕 위에;
붉은 숲에서 길을 잃는다 가축 떼가.
구름이 유랑한다 연못 거울 위로;
쉬고 있다 농부의 편안한 거동이.
아주 희미하게 건드린다 저녁의 파란 날개가
마른 초가지붕을, 검은 대지를.

곧 깃든다 별들이 지친 이 눈썹에;
시원한 방으로 돌아온다 고요히 겸허한 이 하나,
그리고 천사가 나타난다 살그머니 그 파란
눈, 연인들의 그것에서, 왜냐면 그들 더 부드럽게 고통
받는다.

살랑거린다 갈대가; 엄습하지 뼈로 된 공포가,

검게 이슬이 방울져 떨어질 때, 그 민숭민숭한 목초지에서 말이지.

냄새 오르간

모르겐슈테른

팜슈트룀이 만든다 냄새 오르간 한 대를
그리고 연주한다 그것으로 코르프의 재채기 산톱풀 소나타를.

이것이 시작한다 알프스 약초-셋잇단음표로
그리고 만족시킨다 아카시아-아리아 한 곡으로.

그러나 스케르초에서, 갑자기 그리고 의외로,
월하향과 유칼립투스 사이,

따른다 세 마디 유명한 산톱풀-악절이,
소나타 이름을 있게 한 그것이.

팜슈트룀이 거의 떨어질 지경이다 이 B-C# 절분음 대목이면
매번 의자에서, 반면

코르프는 집처럼 편하다, 안전한 책상에 앉아,
잇달아 작품을 종이에 내던진다……

죽음과의 춤 이후 한 시간

베르펠

나 놓여 있었다 심연에, 그리고 거기서 휘감으며 휘감겨
연동적으로 가장 낮은 형태의 생이 밀쳐댔다.
미끈미끈하고 반들반들한 벌레류와 뱀장어류가 서로 뒤얽힌 곳에서,
나 단지 한 마리 벌레였다, 고갈에 압도당한.

만국 표준 한 시간 족히 그 상태 지속되고 나서야 비로소, 어찌어찌,
내 감각 중 하나가 아주 느리게 생겨났다,
청각이. 그것이 엿들었다 스파이처럼, 혹시
그 춤꾼, 죽음이 마침내 멀리로 이리저리 흔들려진 것인지.

숨죽이고 들었다 내가. 거기, 어떤 반음계의 미광이
음침하게 이웃의 열린 창에서 흘러나온다.
아마도 앉아 있는 거다 죽음에 피아노 앞에 시험 중인 조율사로서.

그리고 내 생이 활기 있게 팽창하고 누리는 동안,

느낀다 나 그가 기대어 있는 것을, 딸린 옆방에서,

거기서 그가 보이지 않게 바스락 소리 내며 석간신문 읽고 있고.

지시라, 아름다운 해

횔덜린

지시라, 아름다운 해, 그들이 존중하지
않았다 당신을 별로, 그들이 몰랐다 당신을, 신성한 이여,
왜냐면 힘들이지 않고 고요히 당신은
힘들이는 자들 위에 떴다.

내게 당신이 다정하게 지고 뜨는구나, 오 빛이여!
그리고 잘 알아본다 내 눈이 당신을, 장엄한 이여!
왜냐면 신처럼 고요히 예찬하는 것을 내가 배웠다,
디오티마*가 내 감각을 치유했기에.

오 그대, 하늘의 여천사! 어찌나 귀 기울였는지, 내가 그대에게!
그대에게, 디오티마! 사랑! 어찌나 보았는지 그대로 하여
황금의 대낮을 이 눈이
반짝이고 감사하며 우러러. 그때 콸콸 흘렀지

* 플라톤 『향연』에 나오는 전설상의 무녀. 시인이 만난 운명적인 여인의 별칭.

보다 생동하며 샘이, 불어댔다
어두운 대지의 꽃들이 내가 사랑하며 입김을,
그리고 미소 지으며 은(銀) 구름 위로
기울였다 몸을 축복 내리며 창공이.

감사의 말

게오르게

여름 목초지 말랐다 사악한 불로
해변 오솔길, 토끼풀 짓밟힌 그곳에서
보았다 내가 내 머리, 끈적한 진흙에 온통 엉클어진 그것을
큰물, 먼 데 천둥의 분노로 탁한 붉은 그것에서.
혼란스런 밤들 이후 아침이 악의에 차 있다:
소중한 정원들 습기 찬 짐승 울짱 되었다
가로장들 때아닌 유독성 눈 뒤덮이고
희망 없는 음조로 울랐다 종달새가.

그때 밟고 지나갔다 당신이 그 땅을 가벼운 발바닥으로
그리고 그것이 밝아졌다 당신이 칠한 색깔로
당신이 가르쳤다 즐거운 가지에서 열매를 따고
몰아내라고, 그 그림자, 어둠 속 그르릉거리는 그것들을……
누가 알았겠는가 당신과 당신의 고요한 밝힘—
엮지 않았다면, 내가 감사하려 당신에게 이 화관을:
당신이 내게 온종일 태양보다 더 빛을 발하고
저녁에 온갖 별 띠보다 더 그랬던 것을 말이지.

세계의 비밀

호프만슈탈

깊은 우물이 안다 그것을 익히,
한때 모든 것이 깊었고 말이 없었고,
모두 알았다 그것에 대하여.

마법 주문을, 혀짤배기소리로 따라 외지만
도대체 무슨 뜻인지 모르는 것처럼,
그것 지금 입에서 입으로 떠돈다.

깊은 우물들 안다 그것을 익히;
그것들 안으로 몸을 굽히면, 붙잡는다 그것을 우리가,
붙잡지 그것을 그러고는 잃어버리지.

그리고 잘못 말하고 불렀지 노래로—
그 어두운 거울에 굽혔다
몸을 한 아이가 그리고 넋을 잃었다.

그리고 자랐고 몰랐다 아무것도 자기 자신에 대해
그리고 여자 되어, 누구를 사랑한다
그리고—놀라 다 사랑이 어찌나 베푸는지!

어찌나 사랑이 깊은 알림 베푸는지! —
여자가 그 중요한, 어렴풋이 느끼던 그것을,
사랑의 입맞춤으로 깊이 상기한다……

우리의 말 속에 놓여 있다 그것이,
그렇게 밟은다 거지가 발 딛는 자갈,
보석의 지하 감옥이다.

깊은 우물이 안다 그것을 익히,
한때 그러나 알았다 모두 그것에 대하여,
이제 경련한다 동그라미로 꿈 하나가 둘레에.

베니스

니체

다리에 서 있었다
최근 내가 고동색 밤에.
멀리서 왔다 노래가:
황금 방울들 줄기차게 흘러나왔다
떠는 평지 너머로 갔다.
곤돌라들, 불빛들, 음악—
취하여 그것이 헤엄쳐 나갔다 땅거미 속으로……

내 영혼, 어떤 현악이
노래했다 스스로, 보이지 않게 뜯겨,
은밀히 곤돌라 노래를 거기까지,
다채로운 행복 앞에 떨면서.
—귀 기울였나 누구 하나 그것에?

미뇽*

괴테

아느냐 너, 그 나라를, 거기서 유자나무 꽃 피고,
어두운 잎새 속에 황금 오렌지 작열하는데,
부드러운 바람 파란 하늘에서 불고,
도금양 고요히 그리고 높게 월계수 서 있는데,
아는가 너, 그곳을 익히? 그리로! 그리로
원컨대 내가 너와 함께, 오 내 사랑, 가고 싶구나!

아는가 당신 그 집을? 기둥들 위에 쉰다 지붕이,
반짝인다 홀이, 어스레 빛난다 방이,
그리고 대리석상들이 서서 쳐다본다 나를:
무슨 짓을 사람들이 네게, 불쌍한 아이여, 저지른 게냐?
아는가 너 그곳을 익히? 그리로! 그리로
원컨대 내가 너와 함께, 오 나의 수호자, 가고 싶구나!

아시나요 당신, 그 산과 그 구름 판자다리를?
노새가 찾습니다 안개 속에 제 길을
동굴 속에 살지요 옛 종자 용(龍)들이

* 『빌헬름 마이스터의 수업 시대』 중.

무너집니다 바위들이 그 위에 큰 물결도;
아시나요 당신 그곳을 익히? 그리로! 그리로
향합니다 우리의 길이! 오 아버지, 가십시다!

두이노 성(城) 비가 여덟 번째
—루돌프 카스너*에게

릴케

온갖 눈으로 본다 피조물이
열린 것들을. 그러나 오직 우리의 눈이
거꾸로인 듯하고 일체 그것들을 둘러싸지
덫처럼, 그것들의 자유로운 출구 둘레를.
무엇이 바깥에 있는지를, 우리가 아는 것은 짐승의
안면으로부터 뿐이다; 왜냐면 이미 초창기 아이를
반대방향으로 돌리고 강제한다, 그것이 뒷걸음질로
형상을 보게끔, 그 열려 있는 것들 아니라, 그것들
짐승 얼굴에 그리 깊은데도 말이다. 자유롭다 죽음에서.
그것을 보는 것은 우리뿐; 자유로운 짐승한테는
있다 그것의 몰락이 늘 그것 뒤에
그리고 그것 앞에 신이, 그리고 그것이 갈 때, 그렇게
간다
영원으로, 샘이 가듯이.
우리한테 없지 한 번도, 없다 단 하루도,
그 순수한 공간, 우리 앞에 없다, 그 안으로 꽃들이
끝없이 열리는 그것이. 항상 그것이 세계고

* Rudolf Kassner(1873~1959). 오스트리아 작가, 번역가 및 문화철학자.

단 한 번도 아니다 아님 없는 어디에도 없음이: 그 순수한,
감독되지 않은 것, 사람이 호흡하고
마침내 *아*는데 갈구하지 않는. 어린아이가
길을 잃는 거지 한 번 고요로 이것에 그리고
흔들리는 거지. 혹은 누군가 죽어 *그것이다.*
왜냐면 죽음 가까이서 보지 못한다 사람이 죽음을 더 이상
그리고 응시한다 *밖으로*, 아마도 커다란 짐승 시선으로.
연인들이, 상대방 없다면, 시야를
방해하는 그가 없다면, 가깝다 그것에 그리고 깜짝 놀란다……
어떻게 마치 잘못 본 듯 그들에게 열리는지
상대방 뒤에서…… 하지만 상대방 너머로
나아가지 못하지 아무도, 그리고 다시 생긴다 그에게 세계가.
천지창조에 늘 열중, 본다
우리가 단지 그것 위 반영, 자유로움의 그것을,
그것 우리 때문에 흐려졌고. 혹은 그래서 짐승 하나,

말 못 하는 것 하나, 눈 들어 본다, 평온히 우리를 속속들이.
이것을 부른다 운명이라고: 마주 보는
그 밖에 아무것도 아니고 늘 마주 보는.

우리 유(類)의 의식이라면 그
확실한 짐승, 우리에게 다가오는
다른 방향의 그것이—, 당겨 돌리겠지 그것이 우리를
자신의 추이(推移)로. 그러나 그것의 존재가 그에게
끝없다, 파악 불가고 없다 시선이
자신의 상황에 대해, 순수하기, 자신의 내다봄과도 같다.
그리고 우리가 미래를 보는 곳, 거기서 본다 그것이 모든 것을
그리고 자신을 모든 것에서 그리고 치유 상태다 영원히.

그렇지만 있구나 그 주의 깊은 따스한 짐승 속에
무게와 근심, 커다란 우울의 그것이.
왜냐면 그것한테도 달라붙는다 항상, 우리를

종종 압도하는 것이, —기억,
마치 이미 예전에, 그, 인간이 밀고 나아갔던 것에,
더 가까이 있었다는 듯이, 더 진실되게 그리고 그의 연계
끝없이 애정 깊게 말이지. 여기서 모든 것이 거리고,
거기서 호흡이었다. 첫 고향 이후
그에게 두 번째가 자웅동체고 불확실하다.
오 지복, *작은* 피조물들의,
왜냐면 그것들 항상 *머문다* 자궁, 그것들 잉태하고 달을 채운 그것에;

오 행복, 벼룩의, 왜냐면 그것들 여전히 *내부*를 껑충껑충 뛴다,
심지어 결혼 날에도: 왜냐면 자궁이 모든 것이다.
그리고 보라 그 반(半) 확실, 새의,
왜냐면 거의 양쪽을 안다 자신의 근원에서,
마치 자신이 어떤 에트루리아인의 영혼이고,
죽은 이한테서 나온 그를 공간이 받아들이며
다만 그 쉬는 모습을 덮개 삼았다는 듯이.

그러니 얼마나 당황하겠나 한 마리, 날아야 하고
어떤 자궁에서 태어난 그것. 마치 자기 자신한테
경악한 듯, 관통한다 그것이 대기를, 마치 금 하나
잔에 가듯. 그렇게 찢는다 자취,
박쥐의 그것이 도자(陶瓷), 저녁의 그것 꿰질러.

그리고 우리: 구경꾼이지, 항상, 도처,
모든 것이 그 소속이고, 결코 바깥 아닌!
우리를 너무 채운다 그것이. 우리가 정렬한다 그것을, 그것이 무너진다.
우리가 정렬한다 그것을 다시 그리고 무너진다 스스로.

누가 우리를 이렇게 돌려 세웠기에, 우리가,
무엇을 하든, 자세가
어떤, 떠나가는 자의 그것인가? 마치 그자가
마지막 언덕 위에서, 그것이 그에게 그의 계곡 전체를
한 번 더 보여주는데, 몸 돌리고, 멈추고, 머무는 것처럼,
바로 그렇게 산다 우리가 늘 작별하고.

젊은 처녀

—루드비히 폰 피커*에게

트라클

I

종종 우물가에서, 땅거미 질 때,
보인다 그녀 마법에 걸려 서서
물 긷는 것이, 땅거미 질 때.
두레박 오르고 내린다.

너도밤나무 숲에서 구관조들 날개 푸드덕거리고
그녀가 그림자 같다.
그녀의 노란 머리카락 펄럭인다
그리고 마당에서 큰 소리 지른다 쥐들이.

그리고 부패의 아침에 넘어가
가라앉힌다 그녀가 불붙은 눈꺼풀을.
메마른 풀이 몸을 굽힌다 몰락으로
그녀의 발아래.

* Ludwig von Ficker(1880~1967). 독일 시인, 극작가.

II

고요히 해결한다 그녀가 방에서
마당이 오래전부터 황폐한 상태고.
방 앞 서양말오줌나무에서
애절히 지빠귀 한 마리 피리 분다

은빛으로 쳐다본다 그녀 모습이 거울 속에서
낯설게 그녀를 황혼 빛으로
그리고 흐려진다 납빛으로 거울 속에서
그리고 그녀가 오싹한다 그것의 순수 앞에서.

꿈처럼 노래한다 일꾼 하나가 어둠 속에서
그리고 그녀가 응시한다 고통에 흔들려.
붉음이 방울져 떨어진다 어둠 뚫고.
느닷없이 문을 남풍이 덜컹덜컹 흔든다.

III

밤이면 민숭민숭한 풀밭 위를
어른거린다 그녀가 열병 걸린 꿈으로.

언짢은 투로 징징 짠다 바람이 풀밭에서
그리고 달이 엿듣는다 나무들에서

곧 둘레에 별들이 창백해지고
지친다 불평으로
밀랍처럼 그것의 뺨 창백해진다.
썩은 내 난다 대지에서.

처량히 솨솨 소리 낸다 갈대가 못에서
그리고 그녀가 얼어붙는다 웅크린 채.
멀리 수탉 운다. 못 위로
딱딱하고 잿빛으로 아침이 몸서리친다.

IV

대장간에서 굉음을 낸다 망치가
그리고 그녀가 휙 스쳐 지나간다 문 앞을.
작열 붉게 흔든다 일꾼이 망치를
그리고 그녀 표정이 죽은 것처럼 저쪽이다.

꿈에서인 듯 맞힌다 그녀를 웃음 하나가;
그리고 그녀가 비틀거린다 대장간 안으로,
수줍어 웅그리고, 그의 웃음,
망치처럼 단단하고 난폭한 그것 앞에서 말이지.

밝게 분무한다 그 공간에 불꽃들이
그리고 어찌할 바 모르는 몸짓으로
붙잡으려 한다 그녀가 그 사나운 불꽃들을
그리고 쓰러진다 실신하여 땅에.

V

가냘프게 침대에 드러누운 상태로
깨어난다 그녀가 달콤한 근심 가득 차
그러고 보니 그녀의 더러운 침대
전체를 황금빛이 덮어 감추었다.

물푸레나무, 거기 창가와
파랑 밝은 하늘에.
이따금 실어온다 바람이 창가에

소심한 계속 종소리를.

그림자들 미끄러진다 베개 위로.
천천히 알린다 시계가 정오를
그리고 그녀가 색색거린다 베개에다
그리고 그녀의 입이 상처 같다.

VI

저녁에 떠다닌다 피투성이 아마포가,
구름이 벙어리 숲들 위로,
그것들 덮여 있거든, 검은 아마포에.
참새들 떠든다 들판에서.

그리고 그녀 누워 있다 일체 하얗게 어둠 속에.
지붕 아래 서서히 꺼진다 구구 비둘기 소리.
숲과 어둠 속 썩은 짐승 시체처럼
파리들이 그녀 입 주위를 윙윙 맴돈다.

꿈처럼 울린다 고동색 촌락에서

춤과 바이올린 소리 메아리.
떠간다 그녀 얼굴 촌락을 통과하며,
흩날린다 그녀 머리카락이 잎새 없는 나뭇가지들에서.

나무 속

모르겐슈테른

나무 속, 너 사랑스런 작은 새 거기,
무엇이냐 너의 노래, 너의 노래 근본에서?
너의 작은 노래 신의 말이다,
너의 작은 후두 신의 입이다.

'내가 노래한다' 노래 아직 나오지 않는다 네게서,
울리지 영원한 창조주 권력이
아직 흐려지지 않은 순수 휘황찬란으로
네 안에서, 너 작은 새.

출발

슈타들러

예전에 이미 팡파르가 내 조급한 심장을 피투성이로 찢었다,

그래서 그것이, 한 마리 말처럼 솟으며, 미친 듯 제 재갈을 물어뜯었지.

그때 울렸다 탬버린 행진곡이 폭풍을 모든 길 위에,

그리고 지상의 가장 장려한 음악이었다 우리에게 탄환비[雨]가.

그러다, 갑자기, 정지했다 생이. 길이 통했다 오래된 숲 사이.

여유가 꼬드겼다. 달콤했다, 머무르고 뒤에 처지는 것,

현실로부터 육체를 마치 먼지투성이 갑옷에서인 듯 사슬 벗겨주는 것,

관능-쾌락적으로 자신을 보들보들한 꿈 시간의 솜털 속에 깊이 파묻는 것이.

그러나 어느 날 아침 우르르 울렸다 안개 낀 대기 속에 온통 메아리, 경보의 그것이,

딱딱하게, 날카롭게, 칼자국이 휘파람을 부는 것처럼. 마치 어둠 속에 갑자기 빛들이 빛날 때 같았다.

마치 야영의 이른 아침 도처

나팔 박동들이 쨍그랑댈 때,

잠든 이들 벌떡 일어나고 천막 해체하고 말들한테 마구를 얹는 때 같았다.

내가 대열에 레일로 깔렸다, 아침 속으로 밀치는 대열에, 포화,

헬멧과 등자(鐙子) 위로,

전진, 시선과 핏속에 전투, 고삐가 엄폐.

아마도 우리를 저녁에 승리의 행진곡이 어루만지겠지,

아마도 우리 누워 있겠지 어떤가 시체들 사이 뻗어.

그러나 죽음에 낚아채이기 전에 그리고 침몰 전에

우리의 두 눈이 세계와 태양을 물리도록 그리고 작열하며 마실 것.

운명 여신들의 노래*

괴테

두려워해야지 신들을
인간 종자들은!
그들이 쥐고 있다 지배권을
영원한 손에
그리고 그것을 행사할 수 있다
그들 맘대로.

그들을 두려워해야지 두 겹으로,
그들이 드높이는 자는 더욱!
낭떠러지와 구름 위에
의자가 준비되었니라
황금 탁자 둘레.

이는 것이 갈등이면,
몰락한다 손님들,
치욕과 경멸 입고,
밤의 깊이 속으로,

* 『타우리스의 이피게니에』 중.

그리고 고대하지 헛되이,
어둠에 묶여,
정당한 재판을.

그들 그러나, 그들 머문다
영원한 축제
황금 탁자에서 그것에.
그들 걸어다닌다 산에서
산 너머로:
심연의 목구멍에서
김 뿜는다 그들에게 숨,
숨통 막힌 거인족들의 그것이,
번제물 냄새처럼,
미미한 구름처럼.

돌린다 지배자들이
그들의 축복 내리는 눈을
종(種) 전체한테서
그리고 피한다, 손자에게서

한때 사랑했던
고요한 표현의 생김새,
할아버지들의 그것 보기를.

그렇게 노래했다 운명 여신들이;
듣는다 추방당한 자
밤의 동굴 속에서
늙은 자가, 그 노래를,
생각한다 아이와 손자들을
그리고 흔든다 머리를.

두이노 성(城) 비가 아홉 번째

릴케

왜, 괜찮다면, 이렇게 생애를

빈둥거리며, 월계수처럼 보내는 것이, 조금 더 검게, 모든

다른 초록들보다, 작은 물결을 각각의 모든

잎새 가장자리에 달고 말이지—: 왜 그렇다면

'인간적'들이어야 하나—그리고, 운명을 꺼리며,

갈망해야 하나 운명을?……

오, *아니다*, 행복 *있어서가*,

그건 성급한 이득이지, 가까이 있는 손실의.

아니다 호기심에서가, 혹은 심장의 연습을 향해서가,

그것은 월계수한테도 *있을* 터……

그러나 여기 있음이 대단하므로, 그리고 우리들 보기에

모든 것이 여기 있는 것들을 요하므로, 이 사라지는 것들, 기이하게 우리와 상관있는 것들이. 우리, 가장 빠르게 사라지는 것들을. *한* 번이다

각각 모두, 단지 *한* 번. *한* 번이고 더 이상 없다. 그리고 우리 또한 한 번. 결코 다시는. 그러나 이

한 번 있었다는 거, 단지 *한* 번일지라도:
*지상적*이었다는 거, 보기에 취소될 수 없을 것 같다.

그리고 그렇게 밀어붙인다 우리가 우리를 그리고 수행하려 한다 그것을,
품으려 한다 그것을 우리의 단순한 두 손에,
포식한 시선에 그리고 말 없는 심장에.
그것이 되려 한다. —누구에게 그것을 주지? 최선은
모든 것 영원히 간직하는 것…… 아아, 다른 관계로,
슬퍼라, 무엇을 사람이 갖고 넘어가지? 아니다 그 바라봄, 그것은 여기서
느리게 학습되었지, 그리고 여기서 일어난 일들 하나도. 하나도 아니다.
그러니 고통을. 그러니 무엇보다 고단함을,
그러니 사랑의 오랜 경험을, —그러니
순전한 말 못 할 것들을. 그러나 훗날
별들 사이, 무슨 상관인가: *그것들 더 낫다* 형언불가인 것이.
그렇지만 가져오지 않나 방랑자 또한 산 가장자리 비

탈에서

한 줌의 흙을 골짜기로, 그것이 모두에게 말 못 하지만, 또한

하나의 습득된 단어, 순수한, 노랗고 파란

용담인 것을. 우리가 여기 있는 것 아마도 말하기 위해서인지: 집을,

다리, 샘, 문, 항아리, 과실수, 창을, —

기껏해야: 기둥, 탑을…… 그러나 말하려면, 이해해야지 그것을,

오 말하려면, 정말 그 사물들 자체가 한 번도

진정 그리될 생각 한 적 없는 식으로 말이지. 아닌가 그 은밀한 책략,

이 입 무거운 대지의 그것은, 자신이 연인들 몰아대면,

그들의 느낌으로 각각의 모두와 각각의 모두가 황홀해한다는 것이?

문지방: 무엇인가 두

연인에게, 그들이 그들 자신의 더 오래된 문지방을

약간 닳게 했다는 것이, 그들 또한, 이전의 숱한 이들 후에

그리고 장차의 이들 앞에……, 걸핏하면 말이지.

*여기*가 말할 시간이다, *여기*가 그것의 고향이지.

말하고 천명하라. 전보다 더

떨어져 나간다 사물들, 그 경험할 수 있는 것들, 왜냐면,

그것들을 밀어젖히며 대신 들어서는 것, 행위다, 형상 없는.

행위, 껍데기 아래의, 그리고 그 껍데기 기꺼이 파열한다, 내부에서

행동이 감당 못 할 정도로 커지고 자신의 경계를 다르게 정하자마자.

망치들 사이 존속한다

우리의 심장이, 마치 혀,

이빨들 사이 그것, 그럼에도,

그럼에도 불구하고, 예찬하는 자로 머무는 그것처럼.

예찬하라 천사에게 세계를, 말 못 할 것들 아니라, 그에게

네가 뻐길 수 없지 장엄한 느낌 받았음을; 우주에서,

그가 느끼면서 느끼는데, 너는 초짜인 것. 그러니 보여주라

그에게 단순, 종족 대대로 형성되어,

우리들의 것으로 사는, 손 가까이와 시선 속 그것을.

말하라 그에게 사물들을. 그가 더 경악하여 설 것이다; 마치 네가 섰듯이

로마의 새끼 꼬는 사람 곁에 혹은 나일강가 도공 곁에 말이다.

보여주라 그에게, 어떻게 행복할 수 있는지, 사물 하나가, 어떻게 죄 없고 우리 것일 수 있는지,

어떻게 그 탄식하는 슬픔조차 순전히 형태로 나아갈 결심하고,

하나의 사물로 복무하거나, 하나의 사물 속에서 죽는지—, 그리고 어떻게 피안에서

복 받아 그 바이올린을 모면하는지.—그리고 이, 사망으로

사는 사물들이 안다, 네가 그들 기리는 것을; 덧없이,

기대한다 그들이 어떤 구원하는 것을 우리, 가장 덧없는 이들한테서.

바라지, 우리가 그것들 전체를 보이지 않은 가슴 속에서 변형시켜줄 거라고
뭐냐면 — 오 끝없이 — 우리로! 우리가 결국 누구이건 간에.

대지여, 아니었나 이것, 네가 원하는 게: *보이지 않게*
우리 안에서 소생하는 것? — 그게 너의 꿈 아니었나,
한 번 보이지 않는 것? — 대지여! 보이지 않는!
무엇이, 변천 아니면, 너의 더 시급한 과제인가?
대지여, 너 애인이여, 내가 하겠다. 오 믿으라, 필요 없구나
너의 봄이 더 이상, 나를 네게 얻어가는데—, *하나*,
아아, 단 하나가 이미 피에 너무 많나니.
이름 없이 내가 네게로 마음이 정해졌다, 멀리서부터.
언제나 네가 옳았고, 너의 보다 거룩한 착상이
친밀한 죽음이구나.

보라, 내가 산다. 어디서부터? 유년도 미래도
줄어들지 않는다…… 초과한 존재가

발원(發源)한다 내 심장에서.

동부에서

트라클

사나운 오르간, 겨울 폭풍우의 그것이
인민의 깜깜한 분노 같다,
보라색 파도, 전투의,
낙엽진 별들.

뭉크러진 눈썹, 은빛 팔로
알린다 죽어가는 병사들에게 밤이.
그림자, 가을 물푸레나무의 그것으로
한숨짓는다 유령, 맞아 죽은 자의 그것들이.

가시밭 황무지 띠가 감는다 도시를.
피투성이 단계에서 사냥한다 달이
소스라친 여인들을.
야생 늑대들이 부수고 열었다 대문을.

명성과 영원

니체

I

얼마나 오래 앉아 있었나 너 정말로
너의 불행에?
조심하라! 네가 부화한다 내게 아직
알 하나,
바실리스크 알 하나를
너의 오랜 비참에서.

오 살금살금 걷나 짜라투스트라가 산맥 따라서?—

의심하며, 궤양투성이로, 음울히,
오랜 매복자 하나—,
그러나 갑자기, 번개 하나,
밝은, 두려운, 전기 충격 하나,
하늘로, 심연에서:
산맥 자체가 흔들린다
내장이……

어디냐면 증오와 번개 번쩍이

하나 된, 하나의 *저주*된 곳—,
산맥 위에 거주한다 이제 짜라투스트라의 분노가,
뇌운 하나 살금살금 걷는다 그가 제 길에서.

기어들라, 마지막 담요를 지닌 자!
침대 속으로, 너희 응석받이로 자란 남자들!
이제 우르릉 울린다 천둥이 둥근 천장 위로,
이제 떤다, 들보며 벽이라는 것이,
이제 경련한다 번개와 유황 잿빛 진실들이—
짜라투스트라가 저주한다……

II

이 동전, 그것으로
모든 세상이 지불하는,
명성—,
장갑 끼고 만진다 내가 이 동전을,
구역질하며 짓밟는다 내가 그것을.

누가 지불받고 싶어 하나?

매물(賣物)들……

팔려고 내놓은 상태인 자, 내민다

뚱뚱한 손을

이 평범한 생철(生鐵) 뎅그렁뎅그렁 명성 잡으려!

—네가 그것을 사고 싶나?

그것들 누구나 살 수 있다.

하지만 많이 내겠다 하라!

뎅그랑거려라 꽉 찬 지갑으로!

—네가 강화한다 그것들을 그렇지 않으면,

네가 강화한다 그렇지 않으면 그것들의 *미덕*을……

그것들 모두 미덕이 있지.

명성과 미덕-운이 맞는다.

세상이 살아 있는 동안,

지불한다 그것이 미덕-수다한테

명성-달가닥 소리로—,

세상이 *먹고 산다* 이 소음을……

모든 미덕 있는 자들 앞에서
나 죄 있고 싶다,
죄인이라 불리고 싶다 온갖 대죄(大罪)들로!
모든 명성-확성기 앞에서
내 야심 벌레되고 싶다—

이런 것들 사이에서 강한 욕구가 인다,
가장 낮은 *자* 되고 싶은……
이 동전, 그것으로
모든 세상이 지불하는,
명성—,
장갑 끼고 만진다 내가 이 동전을,
구역질하며 *짓*밟는다 내가 그것을.

III

조용!—
거대한 것에 대하여—내가 안다 거대한 것을!—
우리는 입을 다물어야 한다
거대히 말하거나:

말하라 거대히, 나의 황홀해하는 지혜여!

내가 본다 위를—
거기 넘실댄다 빛 바다가:
—오 밤, 오 침묵, 오 죽음처럼 고요한 소음!……
내가 본다 하나의 표식을—,
가장 먼 먼 데서
가라앉는다 천천히 불꽃 내며 별자리 하나 나를 향하여……

IV

가장 높은 별, 존재의!
영원한 조형물 목록
*네*가 오는가 내게?
아무도 알아보지 못한 것,
너의 말 못 하는 아름다움,—
어떻게? 그것 달아나지 않았나 내 시선에서?
방패, 필연의!
영원한 조형물 목록!

—그러나 네가 안다 그것을 확실히:
모두가 미워하는 것,
홀로 *내*가 사랑하는 것,
네가 *영원*하다는 사실!
네가 *필연적*이라는 사실!
나의 사랑 불타오른다
영원히 오직 필연에.

방패, 필연의!
가장 높은 별, 존재의!
—어떤 소망도 달하지 못하는,
어떤 부정(否定)도 더럽히지 못하는,
영원한 긍정, 존재의,
영원히 내가 너의 긍정이다:
왜냐면 내가 사랑한다 너를, 오 영원이여!—

애인의 가까움

괴테

내가 생각한다 당신, 때는 내게 태양의 어스레 빛이
바다로 빛날 때;
내가 생각한다 당신, 때는 달의 가물거리는 빛이
샘에 채색될 때.

내가 본다 당신, 때는 먼 길 위에
먼지가 일 때,
깊은 밤, 때는 좁은 판자 다리에서
나그네 떨 때.

내가 듣는다 당신, 때는 거기 습기 찬 쇄쇄 소리로
파도가 일 때,
고요한 숲을 가다가 나 종종 귀 기울인다,
때는 모든 것 침묵할 때.

나 당신 곁이다, 당신이 아무리 멀리 있어도,
당신 내게 가깝다!
태양이 진다, 곧 빛날 것이다 내게 별들이.
오 당신이 거기 있다면!

두이노 성(城) 비가 열 번째

릴케

부디 내가 훗날, 출구, 지독한 통찰의 그것에서,

환호와 영예를 노래 불러, 찬성하는 천사들한테 올릴 수 있기를.

부디 분명하게 두들긴 피아노 해머, 심장의 그것들 가운데

하나도 잘못되지 않을 수 있기를, 느슨한, 긴가민가하는, 혹은 끊어지는 줄에 말이지. 부디 나를 나의 흐르는 얼굴이

더 반짝이게 할 수 있기를; 부디 눈에 띄지 않는 울음이

꽃필 수 있기를. 오 어찌나 너희 그때, 밤들이여, 내게 사랑스러워질 것인지,

몹시 슬퍼서. 부디 내가 부디 내가 너희에게 더 무릎 꿇으며 앓기를, 위로가 불가능한 누이들이여,

감수(甘受)하는 일, 앓을 수 있기를, 너희의 풀린

머리카락에 내 몸 풀어 맡기는 일. 우리, 낭비자, 고통의.

어찌나 우리가 그것들을 앞서서 예상하는지, 슬픈 지속으로,

그것들 아마도 끝나지 않을까 하고 말이지. 그것들이

그러나 정말

우리들의 겨울 나는 잎새다, 우리들의 어두운 의미-초록,

하나의 계절, 내밀한 해[年]의 그것이다, 단지

계절 아니라—, 자리다, 정착, 진영, 땅, 주거지다.

확실히, 슬퍼라, 어찌나 낯선지 그 거리, 슬픔-도시의 그것들이,

왜냐면 거기서 가짜인, 더 큰 소리로 들리지 않게 만든 결과인

고요가, 강하게, 거푸집, 주괴(鑄塊)의 공허의 그것을 나와

뽐낸다: 금도금한 소음, 파열하는 기념물.

오, 어찌나 흔적 없이 밟아 으깨고 싶은지, 천사 하나가 그들의 위로(慰勞)-시장을,

왜냐면 그것에 인접한다 교회가, 기성복으로 구매되어:

깨끗하고 닫혔고 환멸을 느끼기 일요일 우체국과도 같지.

밖에서 그러나 곱슬곱슬해진다 항상 가장자리, 대목장

의 그것들이.

그네들, 자유의! 잠수부와 곡예사들, 열심의!

그리고 예뻐진 행복 자태의 사격장,

왜냐면 거기서 그것이 버둥댄다 과녁에 그리고 자기가 양철 꼴 되지

솜씨 더 좋은 자가 맞추면. 갈채에서 사달까지

비틀거린다 그가 계속; 왜냐면 노점, 매(每) 호기심의 그것들이

광고한다, 북 치고 빽빽 소리 지른다. 성인들로서는 그러나,

특히 봐야 할 것이, 어떻게 돈이 늘어나는가다, 해부학적으로,

아니지 단지 오락 목적이: 생식기, 돈의,

모든 것, 전체, 경과—, 교육적이고, 만들어주지

번식력을……

……오 그러나 더 나아가 곧,

마지막 판자, '죽음 없음' 광고 포스터 붙은 그것 뒤에,

그 쓴 맥주, 마시는 자들한테 달콤한 것 같은,

그들이 늘 그러려고 신선한 방심을 씹는다면……

곧바로 그 판자 뒤에, 바로 그 뒤에, 있다 그것이 *실제로*.
아이들 놀고, 연인들 붙잡고 있다 서로를, —옆은,
엄숙하게, 가난한 풀밭, 그리고 개들한테 있다 자연이.
계속 더 끌려간다 청년이; 아마도, 그가 어떤 젊은
비탄을 사랑하려고…… 그녀 뒤에서 나온다 그가 초원
에. 그녀가 말한다:
—멀다. 우리 사는 데는 저기 바깥으로……

어디? 그리고 청년이

따른다. 그를 건드렸다 그녀의 몸가짐이. 그 어깨, 그
목—, 아마도
그녀 고상한 혈통일 것. 그러나 그가 그냥 둔다 그녀를,
돌아간다,
돌린다 몸을, 윙크한다…… 무슨 상관! 그녀가 하나의
탄식이다.

오직 젊어서 죽은 이들이, 첫 상태,
시간 없는 태연의 그것, 습관 벗은 그것으로
따르지 그녀를 사랑하면서. 소녀가
기다린다 그들을 그리고 사귄다 그들과. 보여준다 그들

에게 살그머니,

자신이 걸친 것을. 진주들, 슬픔의, 그리고 고운

베일, 참고 견딤의 그것을.—젊은이들과 함께 간다 그녀가

말없이.

그러나 거기, 그들이 사는, 계곡에서, 좀 더 나이 든 하나, 비탄들 중 하나가,

마음에 들어 한다 청년을, 그가 물었을 때;—우리가 실로,

말한다 그녀가, 위대한 가계였지, 예전에, 우리 탄식들이. 선조들이

종사했다 광업에 저기 거대한 산맥에서; 인간들을 보면

있어 이따금씩 갈고 닦은 원(原)슬픔 한 조각

혹은, 오래된 화산에서 캐낸, 쇠똥 많은 석화(石化)한 노여움이.

그래, 그게 나온 곳이 거기야. 한때 우리는 부자였어.—

그리고 그녀가 그를 이끌고 가볍게 가로지른다 그 넓

은 풍경, 탄식의 그것을,

보여준다 그에게 기둥, 사원의 그것들 혹은 파편,

그 성들의 그것들을, 거기서 탄식-군주들이 나라를

옛날에 현명하게 다스렸던 성들 말이다; 보여준다 그에게 그 높은

눈물-나무들과 들판, 꽃피는 비애의 그것들을,

(산 자들이 알지 그것들을 단지 부드러운 잎으로);

보여준다 그에게 짐승, 비통의, 풀 뜯는 그것들을,—그리고 여러 번

화들짝 놀란다 새 한 마리 그리고 그린다, 평평히 그들의 쳐다봄 뚫고 날며

멀리 그 글씨 형상, 제 고립된 울부짖음의 그것을.—

저녁에 데려간다 그녀가 그를 무덤, 조상들,

탄식-가문, 시빌들과 경고-군주 출신 조상들의 그곳으로.

접근한다 그러나 밤이, 그래서 거닌다 그들 좀 더 살그머니, 그리고 곧

달인 듯 높다, 모든 것을

감독하는 묘비. 형제 같지 저 나일강의,

숭고한 스핑크스와 —: 그 입이 무거운 방의 얼굴과.
그리고 그들이 깜짝 놀란다 그 왕관 머리, 영원히,
말없이, 인간의 얼굴을
별들의 천칭 위에 놓았던 그것에.

파악 못 한다 그것을 그의 시선이, 이른 죽음으로
어지러워. 그러나 그녀의 바라봄이,
이중 왕관 가장자리 뒤에서, 앞으로 겁박한다 부엉이를. 그리고 그것,
가볍게 스치며, 느린 밑줄로 뺨 따라
둥긂이 가장 무르익은 데를 스치며,
선으로 그린다 부드럽게 그 새로운
죽은 자 청각에, 두 겹
열린 꽃잎 거쳐, 그, 형언할 수 없는 윤곽을.

그리고 더 높이, 별들. 새로운. 별들, 슬픔 나라의.
천천히 명명한다 그것들을 탄식이: —여기,
보라구: *말 타는 이*를, *막대기*를, 그리고 더 가득 찬 별자리를

명명한다 그녀가: *과일관(冠)*. 그런 다음, 계속, 극(極)에 다:

요람; 길; 불타는 책; 인형; 창.

그런데 남쪽 하늘은, 순수하기가 내면,

축복받은 손의 그것과도 같은데, 그 맑게 반짝이는 것을 'M',

어머니들(MUTTER)이라는 뜻으로……

하지만 죽은 자 나아가야 하고, 말없이 데려간다 그를 그

나이 더 먹은 탄식이 협곡에까지,

그리고 거기 드러나지 달빛에:

원천, 기쁨의. 외경으로

명명한다 그녀가 그것을, 말한다: —인간들한테는

그것이 나르는 강이야.—

서 있다 산맥 기슭에.

그리고 거기서 포옹한다 그녀가 그를, 울면서.

홀로 올라 그가 사라진다, 산, 원(原)슬픔의 그것 속으로.
그리고 한 번도 그의 발걸음 울리지 않는다 그 소리 없는 운명 밖으로.

그러나 일깨웠다 그들이 우리, 끝없이 죽은 자들에게 하나의 비유를,
보라, 그들이 제시했다 아마도 그 새끼 고양이들, 속 빈 개암의 그, 매달린 것들을, 아니면
가리켰다 비, 연초 검은 토지에 내리는 그것을.—

그리고 우리, 오르는 행복을
기억하므로, 느낄 거였다 그 감동,
우리를 거의 소스라치게 하는 그것을,
행복한 하나가 추락할 때.

히페리온

게오르게

내가 왔다 고향에: 이런 꽃들의 넘실거림
나를 맞은 적 없다 한 번도…… 어떤 두드림, 들판에
내 숲, 잠자는 세력들의 그것에,
내가 보았다 너희 강과 산과 주(州)가
마법에 묶인 것을
형제인 너희, 장차의 태양 상속자로서 형제인 너희도:
너희의 겁먹은 눈에 멈춰 있구나 꿈이
훗날 너희 안에서 피로 생성되리라 열망의 곰곰 생각이……
나의 고통받는 생이 기운다 잠에로
하지만 온화히 보상하지 하늘의 약속이
신앙 깊은 이들한테…… 제국에서 결코 삶을 영위 못 하는 이들:
내가 되리라 영웅 등급, 내가 되리라 흙덩이,
신성한 새싹들이 완성에 접근하는 그것이:
이것으로 온다 두 번째 연대가, 사랑이
낳았다 세계를, 사랑이 낳는다 그것을 새로.
내가 말했다 순환이 완료되었다……
나를 그 어둠이 능가하기 전에 옮긴다

나를 높은 관점이: 금방 통과한다 가벼운 발바닥으로
소중한 평야를 손에 잡히는 광채로 신(神)이.

첫눈

모르겐슈테른

은회색 땅을 걸어 나온다
가냘픈 노루 한 마리
겨울 숲에서
그리고 조사한다 조심스럽게, 한 발 한 발,
그 순수한, 차가운, 갓 내린 눈을.

그리고 너를 생각한다 내가, 가장 우아한 형태여.

생, 꿈과 죽음

호프만슈탈

생, 꿈과 죽음……
어찌나 그 횃불 타는지!
어찌나 그 청동 이륜마차들
청동 교량 위로 날아가는지,
어찌나 그 아래 쏴쏴 소리 내는지,
나무들에 부딪쳐 쏴쏴,
가파른 강가에 매달린 나무들에,
검은 거대 우듬지 위로 쇄도하는지……

생, 꿈과 죽음……
살그머니 몰아간다 보트를……
초록 강둑,
저녁놀에 젖은,
고요히, 말이 목 축이는 곳,
주인 없는 말……
살그머니 몰아간다 보트를……

몰아간다 공원 지나,
붉은 꽃, 5월……

잎 속에 누구?
말해, 누가 자나 풀 속에?
노란 머리카락, 붉은 입술?
생, 꿈과 죽음.

해가 진다

니체

I

오래 목마르지도 않을 것이다 너,
타버린 심장이여!
약속의 분위기 있다,
미지의 입[口]들에서 불어온다 내게,
—엄청난 서늘함이 온다……

나의 태양 떠 있었다 뜨겁게 내 위로 정오:
환영, 너희가 온 것을,
너희 갑작스런 바람,
너희 서늘한 정령들, 오후의!

공기가 낯설고 순수해진다.
흘기지 않나 사팔눈
유혹자 시선으로
밤이 나를?……
계속 강건하라, 나의 용감한 심장!
묻지 마라: 왜?—

II

날, 내 생의!

해가 진다.

이미 매끄러운

큰 물 황금빛이다.

따뜻하게 숨 쉰다 바위들:

잠들었나 정말 정오에

기쁨이 제 정오 잠에?

녹색 빛들로

놀고 있다 기쁨이

날, 내 생의!

향한다 저녁을 그것이?

이미 작열한다 너의 눈이

반쯤 부서져,

이미 솟는다 너의 이슬의

눈물 방울방울이,

이미 깔린다 고요히 하얀 바다 위

너의 사랑의 보라색이,

너의 마지막 망설이는 축복이……

III

명랑, 황금의, 오라!
너, 죽음의
가장 은밀한, 가장 달콤한 맛보기!
잘렸나 내가 너무 민첩하게 내 길을?
지금 비로소, 발이 피로에 찌드니,
따라잡는다 너의 시선이 나를 가까스로,
따라잡는다 너의 기쁨이 나를 가까스로.
주변은 오직 파도와 놀이.
여태껏 무거웠던 것,
가라앉았다 파란 망각 속으로,—
한가한 상태다 지금 나의 거룻배.
폭풍우와 항해—어떻게 잊었을까 배가 그것을!
소망과 희망 익사했다,
매끄러운 상태다 영혼과 바다.

일곱 번째 외로움!
한 번도 느낀 적 없었다 나
내게 더 가까이서 달콤한 안전을,

더 따뜻하게 태양의 시선을.

작열하지 않나 얼음, 내 산꼭대기들의 그것 여전히?

은(銀), 빛, 물고기 한 마리,

헤엄쳐 나간다 이제 내 작은 배.

숲길

바인헤버

숱한 길 나 있다 숲에,

순한 사랑이 찾는다

지치고 눈멀어.

아아, 어찌나 세상이 혹한인지!

언제나 분다 똑같은 나쁜 바람이.

언제나 울린다 똑같은 노래가 들판에서,

똑같은 어두운, 무거운 운(韻)이고:

숱한 길 나 있다 세상에 —

이르지 않나 그런데 하나도 집에?

샤를로테 폰 슈타인에게*

괴테

왜 주는가 너 우리에게 그 깊은 시선을,
우리의 미래를 불길한 예감으로 보라고,
우리의 사랑, 우리의 지상 행복을
축복의 망상을 단 한 번도 믿어버리지 못하게?
왜 주는가 우리에게, 운명이여, 그 느낌,
우리 서로의 심장을 들여다보는,
하여 그 모든 드문 파헤침으로
우리의 진정한 관계를 탐지해내고 말 것 같은 느낌을?

아아, 그 숱한 천의 인간들이 아나,
둔탁히 취생몽사하며, 거의 모르지 그들 자신의 마음을,
떠다닌다 정처 없이 이리저리 그리고 부딪치지
희망 없이 생각 밖 고통에;
환성 지른다 다시, 때는 재빠른 기쁨의
기대 밖 아침놀이 밝아올 때.
단지 우리 불쌍한 사랑 가득한 둘에게만
서로의 행복이 허락되지 않았구나,

* 바이마르 궁정 관리의 아내.

우리를 사랑할 행복, 우리를 이해하지 않고도,
상대에게서 보는 것이, 이전의 그가 전혀 아닌,
늘 참신하게 꿈 같은 행복에 깨어나고,
흔들리는 것 또한 꿈 같은 위험으로인 행복이.

행복하다, 공허한 꿈에 몰두하는 자!
행복하다, 불길한 예감이 허영인 자!
매(每) 현재와 매 시선이 확인시키는구나
꿈과 불길한 예감을 슬프게도 우리에게 가일층.
말하라, 무엇을 운명이 우리에게 준비할 것인가?
말하라, 어찌 엮었나 그것이 우리를 그리 딱 들어맞게?
아아 그대가 노쇠한 시간에
내 누이 혹은 내 아내였구나

알았다 온갖 생김새, 내 존재의 그것을,
살폈지, 가장 투명한 신경이 울리는 모양을,
가능했다 나를 시선으로 읽는 것이,
필멸의 눈이 통찰하기 그토록 힘들었던 나를.
뚝뚝 떨어뜨렸다 완화(緩和)를 그 뜨거운 피에,

바로잡았다 사나운 그릇된 경로를,
그리고 그대의 천사 품에서 안식하며
파괴된 가슴이 소생했다;
유지했다 마법 가볍게 그를 매인 상태로
그리고 요술 부렸지 그에게 숱한 날을.

어떤 천상의 행복이 필적하랴 그 환희의 시간에,
그때 그가 감사히 그대 발아래 누웠는데,
느꼈는데 자신의 가슴이 그대 가슴에 부푸는 것을,
느낌이 그대 눈 속에서 좋았는데,
모든 그의 감각이 환해졌고
진정되었는데 그의 쏴쏴 소리 내던 피가!

그리고 무엇보다, 그에게 떠다니는 회상은
다름 아닌 불확실한 마음에 대해,
느낀다 그 오래된, 영원한 진실을 즉시 내적으로,
그래서 새로운 상황이 그에게 고통으로 된다,
그리고 우리가 보기에 우리 반만 고무된 것 같다,
어두워지고 있다 우리 주위로 가장 밝은 날이.

행복하다, 운명, 우리를 괴롭히는 그것이,
우리를 그럼에도 변경할 수 없다면!

우리가 단지 입이다

릴케

우리가 단지 입이다. 누가 노래하나 그 먼 심장,
건강히 만물의 중심에 머무르는 그것을?
그것의 거대한 박동이 우리 안으로 나뉜다
작은 박동들로. 그리고 그것의 거대한 고통
이, 그것의 거대한 기쁨과 같이, 우리에게 너무 거대하
다.
그래서 뿌리치지 우리가 우리 몸을 거듭거듭
그러니 단지 입.

그러나 한꺼번에 부수고 들어온다
그 거대한 심장 박동이 은밀하게 우리 속으로,
그래서 우리가 비명 지르지—,
그리고 그때 존재, 변형과 얼굴이다.

귀향
—동족들에게

휠덜린

I

알프스 내(內) 아직 밝은 밤이고 구름,

기쁜 것들 지어내며, 그것들이 덮는다 그 안에 하품하는 골짜기를.

여기, 저기 마구 날뛰고 폭락한다 장난치는 산 바람이,

가파르게 전나무 타고 내리며 반짝이고 사라진다 광선 하나가.

느리게 서두르고 싸운다 기뻐 몸서리치는 혼돈이,

형태가 어린, 그러나 강한 그것이, 벌인다 사랑하는 다툼,

바위들 사이 그것의 축제를, 들끓고 비틀거린다 영원한 한계로,

왜냐면 바쿠스 숭배 술 취해 열린다 그 안에 아침이.

왜냐면 발아한다 끝없이 거기서 연(年)과 거룩한

시(時), 날들이, 그것들보다 대담하게 정렬되었다, 섞였다.

그럼에도 알아챈다 시간을 폭풍우 알리는 새가 그리고 산들

사이, 공중에 높이 머문다 그것이 그리고 외친다 그날을.

지금 또한 깨어 있고 쳐다본다 그 안에 깊은 곳에서 작은 마을이

두려움 없이, 높은 분 의지하여, 산꼭대기들 사이 그 위를.

생장을 어렴풋이 느끼며, 왜냐면 이미, 번개처럼, 떨어지는 게 오래된

물 원천이므로, 땅이 그 급강하하는 것들 아래 김을 낸다,

메아리 울린다 사방에, 그리고 그 측량할 수 없는 작업장이

자극한다 밤낮으로, 선물 보내며, 팔을.

II

편안히 그동안 빛난다 은빛 고원들 그 위로

장미 가득하다 이미 그 빛을 내는 눈[雪] 위에.

그리고 그 위로 더 높이 산다 빛 너머로 순수한

거룩한 신이 놀이, 신성한 광선들의 누리며,

고요히 산다 그가 홀로 그리고 맑게 드러난다 그의 얼굴,

그리고 그것이 창공인 듯 보기에 생명 주려 기운 것 같다,

기쁨 창조하려, 우리와 함께, 종종 그랬듯이, 때는, 딱 알맞는 정도로,

숨 쉬는 생명에 딱 맞추어 또한 주저하고 아끼며 신이

정말 탄탄한 행복을 도시와 집들에, 그리고 온화한 비를, 땅 열기 위해, 부화하는 구름을, 그리고 그대들,

너무나 마음 편한 산들바람들을 그런 다음, 그대들, 부드러운 봄들을, 보내고,

느린 손으로 슬픈 이들 다시 기쁘게 할 때,

때는 그가 시간을 갱신할 때, 그 창조적인 자가, 고요한

심장, 노화한 인간들의 그것을 신선하게 하고 사로잡고,

저 아래 깊음으로 작용하고, 열고 밝힐 때,

그리고 싶으니까 말이지, 그리고 이제 하나의 생이 시작된다,

기품이 꽃핀다, 예전처럼, 그리고 현존하는 정신이 온다,

그리고 기쁜 원기가 다시 날개를 부풀린다.

III

많이 말했다 내가 그에게, 왜냐면, 짓는 자가 생각하거나

노래하는 모든 것이 통한다 대개 천사와 그에게;

많이 청했다, 조국 위해, 없도록,

불청객으로 우리를 언젠가 갑자기 덮치는 일, 그 정신이 말이다,

많이 그대들 위해 또한, 조국에서 근심하는,

그리고 거룩한 감사(感謝)가 미소 지으며 망명자들 데려다주는,

동포들! 그대들 위해, 그러는 동안 요람 흔들었다 호수가 나를,

그리고 뱃사공이 앉았다 편안히 그리고 예찬했다 여행을.

넓게 호수 평면에 번졌다 기쁜 물결 하나

돛 아래 그리고 이제 꽃피고 밝아온다 도시가

저기 이른 아침에, 바야흐로 그늘진 알프스에서

나온 거다 인도받아 그리고 쉬는 거다 이제 항구에서 배가.

따스하다 해변이 여기 그리고 다정하다 트인 골짜기들이,

아름답게 오솔길들로 밝아져 푸릇푸릇 어스레 빛난다 내게.

정원들 어울렸고 반짝이는 봉오리들 시작된다 이미,

그리고 새들의 노래 초대한다 나그네를.

모든 것 보기에 친밀하다, 서둘러 지나가는 인사도

보기에 친구의 그것 같다, 보기에 얼굴 표정마다 동족 같다.

IV

물론이지! 태어난 나라, 고향 땅이다,

네가 찾는 것, 그것이 가깝다, 만난다 너를 과연.

그리고 헛되지 않게 선다, 아들처럼, 사방 물결 쏴쏴대는

문에 그리고 보고 찾는다 사랑하는 이름들을 너 위하여

노래로, 여행자 사내 하나가, 지복의 린다우여!

나라의 영빈(迎賓) 현관 중 하나가 이곳,

꼬드기지 나가라고 숱한 약속의 먼 곳으로,

거기, 불가사의가 있는 곳, 거기, 신(神) 같은 야수가
높은 데서 아래 평지 속으로 라인강이 대담무쌍한 길을 트고, 바위 밖으로 환호하는 계곡 펼쳐지는 곳으로,
그 속으로, 밝은 산맥 지나, 코모 향해 이동하라고,
아니면 아래로, 낮이 거닐 듯, 열린 바다 향하라고
그러나 더 꼬드긴다 나를 네가, 축성된 현관이여!
집으로 가라고, 거기 잘 아니까 번창하는 도로를 내가,
거기서 방문하라고 시골과 아름다운 넥카강 골짜기들을,
그리고 수풀들, 초록, 거룩한 나무들의 그것을, 거기서 흔쾌히
떡갈나무가 어울리지 고요한 자작나무와 너도밤나무와,
그리고 산악지대에서 어떤 장소가 다정하게 사로잡는다 나를.

V

거기서 맞아들인다 그들이 나를. 오 목소리, 도시의, 어머니의!

오 네가 적중한다, 네가 일깨운다 오래전 배웠던 내게!

그럼에도 그것들 여전하구나! 여전히 한창이다 태양과 기쁨이 너희에게,

오 너무나 사랑스러운 그대들! 눈에 더 밝고, 전보다.

그래! 옛것 여전하다. 번창하고 무르익는다, 기필코 어느 것도,

살고 사랑했다면, 버리지 않지 신의를.

오히려 최상, 습득, 거룩한 평화의

무지개 아래 놓인, 그것이 청년과 노년에 비축된다.

멍청하구나 내 말. 그것이 기쁨이다. 기필코 내일과 장차

우리가 가서 본다면, 바깥의 그 살고 있는 장(場)을

나무의 꽃들 아래서, 봄 축제 날에 말이지

그때 말하고 희망하리라 나 너희와 많이, 내 사랑하는 이들아! 그것에 대해.

많이 내가 들었다 위대한 아버지에 대해 그리고 오랫동안

침묵해왔다 그에 대해, 그렇지만 그가 그 유랑하는 시간을

저 위 높은 곳에서 신선하게 하고, 지배한다 산맥을
그가 줄 준다 우리에게 곧 천상의 선물을 그리고 외쳐 부른다
보다 밝은 노래를 그리고 보낸다 숱한 훌륭한 정신을. 오 지체 말라,
오라, 보존하는 그대들! 천사 노년의! 그리고 그대들,

VI

천사, 집의, 오라! 생의 모든 핏줄로,
모두 동시에 기뻐하며, 나뉘라 천상의 것들!
고상하게 하라! 되젊어지게 하라! 하여 인간적으로 착한 어느 것도, 하여 하루의
단 한 시간도 즐거움 없지 않도록 그리고 또한
이런, 지금 같은 기쁨이, 때는 보니 내 사랑하는 이들 다시 있을 때,
그들 것인 것처럼, 적절히 신성화하도록.
우리가, 음식을 축복할 때, 누구를 내가 호명할 수 있고 우리가
나날의 생으로부터 쉴 때, 말하라, 어떻게 가져가나 내

가 감사를?

호명하나 내가 높은 분을 그때에? 부적절을 사랑하지 않는다 신이,

그분을 파악하기에는, 대략 우리의 기쁨이 너무 작다.

침묵해야 한다 우리가 종종; 부족하다 신성한 이름들이,

심장 뛰는데 말이 뒤진다?

그러나 현악(絃樂) 하나가 빌려준다 시간마다에 음을,

그리고 기쁘게 한다 아마도 천상의 것들을, 왜냐면 그들 다가온다.

그것이 마련되면 또한 대략 걱정이

이미 진정되지, 그것이 기뻐하는 이들 사이 왔을 텐데.

걱정, 이와 같은 걱정을, 흔쾌히든 아니든, 영혼 속에

지녀야 한다 가수가 더군다나 종종, 다른 것들은 아니지만.

선원

하임

이마, 나라의 그것들, 붉고 고상하기 왕관과도 같은 그것들,
보았다 우리가 사라져버리는 것을, 가라앉는 날 속으로 말이지,
그리고 솨솨 소리 내는 화관, 그것들이 왕좌에 앉아 있었다
포화의 으르대는 날갯짓 아래.

마구 가물대는 나무들을 애도로 검게 하려고,
윙윙거렸다 폭풍우가. 그들이 불타 없어졌다 피처럼,
몰락하면서, 이미 멀리. 죽어가는 심장들 위로인 듯
한 번 더 인다 사랑의 꺼져가는 불타오른 작열이.

그러나 우리 몰아갔다 거기로, 밖으로 바다의 저녁에까지.
우리의 손 타기 시작했다 양초처럼.
그리고 우리가 보았다 핏줄을 그 안에서, 그리고 무거운
피를 태양 앞에, 그 피 둔감히 손가락에서 녹아 없어졌

던 것인데.

밤이 시작되었다. 하나가 울었다 어둠 속에. 우리가 헤엄쳤다
쓸쓸히 기울어진 돛으로 먼 곳에로.
그러나 우리가 서 있었다 뱃전에 침묵으로 함께,
서서 어둠 속을 응시했다. 그리고 빛이 나갔다 우리한테서.

구름 한 점만 서 있었다 먼 곳에 아직 오래,
그다음 밤이 시작되었다 영원한 공간으로,
보랏빛 내며 떠가는 만물로, 마치 아름다운 노래와 함께
영혼의 울리는 기반 위로 꿈이 그러듯.

전쟁 I

하임

기상했다 그가, 오랫동안 잠잤는데,
기상했다 깊은 궁륭들 사이로부터.
땅거미 속에 서 있다 그가, 거대하고 미지(未知)로,
그리고 입을 으깼다 그가 검은 손으로.

저녁 소음, 도시들의 그것 속으로 떨어진다 멀리서
서리와 그림자, 어떤 낯선 어둠의 그것들이.
그리고 시장의 둥근 소용돌이들이 멎어 얼음된다.
고요해진다. 그들이 둘러본다 주위를. 그리고 아무도 모르지.

골목길에서 붙잡는다 그들의 어깨를 가볍게
하나의 질문이. 없다 아무 답도. 얼굴 하나 창백해진다.
멀리서 몸을 떤다 종소리 하나 가늘게,
그리고 수염이 몸을 떤다 그들의 뾰족 턱 둘레.

산맥 위에서 시작한다 그가 이미 춤추기,
그리고 그가 외친다: 너희 전사(戰士)들 모두, 공격 개시!

그리고 그것 울려 퍼진다, 검은 머리를 그가 흔들거리자,
왜냐면 그 둘레 해골 천 개의 시끄러운 사슬이 매달려 있다.

탑에서처럼 걸어 나온다 그가 마지막 작열에서,
거기서 낮이 달아나고, 강이 이미 피로 가득하고,
수없이 시체들이 이미 갈대숲에 뻗어 있고,
죽음의 강력한 새들로 하얗게 덮였는데.

밤에 그가 사냥한다 불을 들판 가로질러,
한 마리 붉은 개, 주둥이 외침이 사나운 그것을.
어둠에서 뛰쳐나온다 밤의 검은 세계가,
화산들이 무섭게 그 가장자리 밝힌다.

그리고 천 개의 높은 뾰족 모자들이 넓게
그 깜깜한 평원에 가물가물 흩어져 있고,
저 아래 거리에서 득실거리며 달아나는 것을 밀친다 그가 불의 숲속으로, 거기서 불꽃들 거세게 출렁이며 앙등

하는데.

그리고 불꽃들 먹어치운다 불타며 숲과 숲을,
노란 박쥐들, 뾰족히 잎을 발톱으로 움켜잡은 그것들을,
자신의 부지깽이를 쑤셔댄다 그가 숯쟁이처럼
나무들 속으로, 불이 제대로 노호하게끔.

거대한 도시 하나 가라앉았다 노란 연기로,
내던졌다 자신을 소리 없이 심연의 배 속으로.
그러나 거인처럼 그 작열하는 폐허 위로 서 있다,
그가 사나운 하늘에서 세 번 자신의 횃불을 돌린다

폭풍우에 갈기갈기 찢긴 구름의 반사(反射) 너머,
죽은 어둠의 차가운 불모지로,
그래야 그가 방화로 널리 밤을 바싹 말릴 수 있으니,
역청과 불을 방울방울 떨어뜨릴 수 있으니, 저 아래 고모라에 말이다.

가을

하임

많은 연(鳶)들 바람으로 서서,
춤추고 있다 드넓은 대기 영역에.
아이들 서 있다 들판에 헐벗은 차림으로,
주근깨 났고 이미 창백하지.

바다, 황금 이삭의 그것에 돛으로 간다
작은 배, 하얗고 가볍게 지은;
그리고 꿈, 자신의 경쾌한 너비의 그것 속으로
가라앉는다 하늘, 구름 너무 파랑인 그것이.

멀리 옮기어 동요 없는 안식으로
서 있다 숲이 붉은 도시처럼.
그리고 가을의 황금 깃발들 걸려 있다
가장 높은 탑들에 무겁고 몹시 지쳐.

횔덜린에게

하임

그리고 당신 죽었나 또한, 당신 봄의 아들도?

당신, 당신의 생이 마치 순수한
빛나는 불꽃, 밤의 궁륭 속 그것 같았고,
그 궁륭에서 인간들이 늘 헛되이
출구와 해방을 구했는데?

당신이 죽었다. 왜냐면 이들이 손을 내밀었다 바보같이
쥐려 했지 당신의 순수한 불꽃을 기어이
그리고 꺼뜨렸다 그것을, 왜냐면 언제나 마련이다
위대(偉大)가 이 짐승들한테 미움의 대상이기.

가라앉혔다 운명 여신들이
끝없는 고통 속으로 당신의 부드럽게 흔들리는
영혼을.
그때 둘러쌌다 신이 자신의 경건한 아들의
고문당한 머리를 어두운 붕대로.

밝은 파랑으로 몽상

하임

온갖 풍경
파랑으로 가득 찼다.
온갖 숲과 나무들 가득 찼다 강들로,
그것들 멀리 북(北)에서 넘치고.

파란 나라들, 구름의,
흰 돛들, 촘촘한,
해변, 하늘의 그것 멀리서
녹아 사라진다 바람과 빛으로.

때는 저녁 내리고
우리가 잠들 때,
들어간다 꿈들, 그 아름다운 것들이,
가벼운 발로.

심벌즈들 울리게 둔다 그것들이
밝은 손으로.
많이들 속삭이고, 멈춘다
양초들이 그것들 얼굴 앞에.

유다

하임

머리카락, 고통의 그것이 뛰어오른다 그의 이마 위로
그 안에 속삭인다 바람이, 그리고 숱한 목소리
물처럼 헤엄쳐 지나가는 그것들이.

하지만 그가 뛴다 자신 곁에서 개처럼
그리고 그가 쪼아 올린다 말씀들을 진창에서.
그리고 그가 달아보니 그것들 무겁다. 그것들 죽었다.

아아, 주님이 갔다 하얀 들판 건너
부드럽게 내려갔다 떠가는 저녁 시간을
그리고 이삭들이 노래 불러 예찬했다,
그의 발 작은 날개 같았다,
황금의 하늘빛으로.

나무들 삐걱 소리 낸다

하임

나무들 삐걱 소리 낸다, 혼비백산하여,
그것들 모르지, 무엇이 그것들 갈라놓는지,
그것들의 머리카락 없는 정수리를.

그리고 까마귀들, 숲 위로 털을 곤두세운 그것들,
배회한다 눈 덮인 속으로 멀리,
탄식하는 무리가.

꽃들 죽는다 황금의 시간에
그리고 겨울이 사냥한다 우리를 어두운 대지 너머로.

생의 그림자

하임

사람들 서 있다 앞을 향해 거리에서
그리고 본다 위로 그 위대한 하늘 징후를,
왜냐면 거기서 유성들이 불[火] 코를 하고
뾰족탑들 둘레를 위협하며 살금살금 돈다.

그리고 모든 지붕이 가득 찼다 점성가들로,
그들 하늘에다 커다란 대롱들 찔러놓았고,
그리고 마법사들, 땅 구멍에서 자라 나오며,
어둠에다 비스듬히, 그것들로 별 하나 마법으로 불러내려고.

질병과 기형이 대문들을 통과한다 기어서
검은 헝겊 차림으로. 그리고 침대들에 실려 있다
뒹굶과 한탄, 오래 병들어 누운 자들의 그것이,
그리고 그것들 달린다 시신(屍身) 들것 들고.

자살자들 몰린다 밤마다 거대한 떼로,
그들이 찾지 자기 앞에 그들의 잃어버린 존재를,
허리 굽혀져, 남과 서로, 그리고 동과 북으로,

먼지를 샅샅이 쓸어내며, 양팔-빗자루로 말이지.

그들이 먼지와 같다, 유지되는 게 오직 잠시인,
머리카락 떨어진다 벌써 그들의 길에,
그들이 도약한다, 죽으려고, 이제 서둘러,
그리고 죽은 머리로 들판에 놓여 있다.

아직 여러 차례 버둥거리며. 그리고 야수들이
서 있다 그들 둘레 눈멀어, 그리고 찌른다 뿔로
그들의 복부를. 그들이 뻗는다 모든 팔다리를
파묻혀, 샐비어와 가시덤불 아래 말이지.

해[年]가 죽었고 비어 있다 바람 없이,
그리고 외투처럼 걸려 있다 물방울에 흠씬 젖어,
그리고 영원한 날씨, 그것이 탄식하며 돌아가다
구름 낀 깊음에서 다시 깊음으로.

바다들 그러나 멎는다. 파도 속에
배들 걸려 있다 썩고 언짢아하고,

산산이 흩어져, 그리고 어떤 흐름도. 끌어당기지 않고
모든 하늘 궁전이 닫혔다.

나무들 교체하지 않는다 시간들을
그리고 머문다 영원히 저들의 최후로 죽은 상태에
그리고 붕괴한 길 위로 펼친다
그것들이 목재로 저들의 긴 손가락-손들을.

죽는 자, 세운다 자신을, 자신을 들어 올린다,
그리고 가까스로 그가 한마디 했다.
갑자기 그가 가버렸다. 어디 있나 그의 생?
그리고 그의 눈 유리처럼 산산조각 났다.

그림자들 숱하다. 음울하고 숨겨져 있다.
그리고 꿈들, 말 없는 문 앞을 미끄러져가는,
그리고 잠 깬 자들, 다른 아침들에 짓눌려,
의당 무거운 잠을 잿빛 눈꺼풀에서 문질러내야 한다.

왜 오는가 너희, 흰 나방들

하임

왜 오는가 너희, 흰 나방들, 그리도 자주 내게?
너희 죽은 영혼들, 왜 팔랑거리며 떨어지나 너희 그리도 자주
내 손에, 너희 날개에서
달라붙는다 그때 자주 약간의 재가.

너희, 유골 단지 곁에 사는, 거기 꿈들이 쉬고
영원한 그늘로 등 굽혀져, 모호한 공간으로,
지하 납골당에 박쥐들처럼,
밤마다 야단법석인 그것들 말이다.

내가 듣는다 자주 수면 중 뱀파이어 연거푸 짖어대는 소리,
음침한 달의 벌집에서 웃음처럼 나는 그것을,
그리고 본다 텅 빈 동굴 속 깊이
고향 없는 그림자들의 빛을.

무엇인가 생이? 오래 안 가는 횃불 하나,
둘레를 비죽이며 웃는 것이 찌푸린 낯, 검은 어둠에서

나온 그것들인,
그리고 많이들 온다 이미 그리고 뻗는다
마른 손을 불꽃 향해.

무엇인가 생이? 작은 배, 좁은 골짜기,
잊혀진 바다의 그것 속의. 굳은 하늘의 공포.
혹은 밤에 민숭민숭한 들판에서
버림받은 달빛이 방황하고 사라지는 것.

슬프다 그, 언젠가 누가 죽는 것을 본 자,
그때 보이지 않게 가을의 서늘한 정적으로
[죽음이 발디뎠다 환자의 젖은 침대에
그리고 그에게 떠나라 명했다, 그때 그의 목구멍이]

녹슨 오르간 (오한 그리고) 파이프처럼
마지막 숨을 쌕쌕 내쉬었지.
슬프다 그, 죽는 것을 본 자. 그가 지니고 다닌다 영원히
하얀 꽃, 납의 공포의 그것을.

누가 열어주나 우리에게 죽음 이후 나라들을,
그리고 누가 대문, 그 엄청난 루네 문자의 그것을.
무엇을 보기에 죽어가는 자들, 그들이 그리도 끔찍하게
잘못 돌이키나, 그들 눈의 눈먼 흰자위를.

더 청명하게 간다 이제 날들이

하임

더 청명하게 간다 이제 날들이
부드러운 저녁놀 속으로
그리고 울타리들 성깃해졌다,
거기 도시의 탑들 꽂혀 있고
지붕 다채로운 집들도.

그리고 달이 잠들었다
거대한 하얀 머리로
거대한 구름 한 점 뒤에.
그리고 거리들 관통한다
집과 정원들을.

목매달려 죽은 자들 그러나 흔들린다
다정하게 저 위 산맥에서
검은 실루엣으로,
그리고 그 둘레 교수형 집행자들 누워 잔다,
팔 밑에 도끼를 끼고.

오필리아

하임

I

머리카락 속에 둥지, 어린 물쥐들의,
그리고 반지 낀 손, 큰물 위에
지느러미와도 같이, 그렇게 헤치고 간다 그녀가 그림자,
거대한 원시 숲의, 물속에 쉬는 그것들을.

마지막 태양, 어둠 속으로 잘못 들어 헤매이는데,
가라앉는다 깊이 자신의 두뇌의 비명 속으로.
왜 그녀가 죽었지? 왜 그녀가 그리 홀로
물속을 몰아가지, 양치(羊齒) 및 잡초와 뒤엉켜?

무성한 갈대숲에 서 있다 바람이. 그것이 쫓아버린다
손 하나처럼 박쥐들을.
어두운 날개, 물에 젖은 그것으로
서 있다 그것들 연기처럼 어두운 물길 속에,

밤 구름처럼. 더 긴, 더 하얀 뱀장어 한 마리
미끄러져간다 그녀 젖가슴 위를. 개똥벌레 한 마리 빛
난다

그녀 이마 위에. 그리고 수양버들 한 그루 운다
잎새, 그녀와 그녀의 말 없는 고통 위에.

II

낟알, 씨앗들 그리고 정오의 붉은 땀.
들판의 노란 바람 잔다 고요히.
그녀가 온다, 한 마리 새, 잠들기 원하는.
백조 날개가 지붕으로 덮는다 그녀를 하얗게.

파란 눈꺼풀이 그늘 드리우며 내린다.
그리고 큰 낫, 적나라한 선율의 그것 덕에
꿈꾼다 그녀가 한 번 입맞춤의 연지(臙脂)에 대해
영원한 꿈, 그녀의 영원한 무덤 속 그것을.

사라졌다, 사라졌다. 강가에서 위협하는 게
음향, 도시들의 그것인 곳. 둑을 통해 강제하는 것이
하얀 강인 곳. 반향이 울려 퍼진다
광대한 메아리로. 아래로 울리는 것이

음향, 거리들로 충만한 그것인. 종과 초인종들.
기계들 새된 소리. 투쟁. 서쪽에서 위협하는 것이
눈먼 창유리 속 저녁놀인 곳,
거기서 크레인 하나가 거인 팔로 위협하고,

검은 이마로, 강력한 폭군 하나,
몰록*이, 그 둘레 검은 노예들이 무릎을 꿇고 말이지.
짐, 무거운 교량들의, 교량들이 가리는,
강 위에 사슬과, 견고한 파문처럼 말이다.

눈에 안 보이게 헤엄친다 그녀가 큰물의 향도(嚮導) 속에.
하지만 그녀가 몰아가는 곳에서, 사냥한다 멀리 그 인간 무리를 거대한 날개 달고 어두운 비탄이,
그것이 그늘지게 하고, 양쪽 강가 걸쳐 넓게.

사라졌다, 사라졌다. 왜냐면 어둠에 바쳐졌다

* 페니키아 불의 신. 소 모습이고 제물로 사람을 바쳤다.

서쪽 한낮, 늦여름의 그것이,

그리고 거기 목초지의 어둔 초록 속에 서 있다

먼 저녁의 애정 깊은 피로가.

강이 실어 나른다 멀리 그녀를 계속, 그리고 그녀가 잠수한다,

여러 해 겨울의 애도 충만한 항구 통하여.

시간 아래로. 영원 뚫고 계속,

그 때문에 수평선 불처럼 연기 나고.

한숨

모르겐슈테른

한숨이 지쳤다 스케이트를 밤의 얼음 위에서
그리고 꿈꾸었다 사랑과 기쁨을.
도시 성벽에서였고, 눈처럼 하얗게
반짝였다 도시 성벽 건축물이.

한숨이 생각했다 한 소녀를
그리고 계속 작열하며 서 있었다.
그때 녹아서 없어졌다 스케이트장이 그 밑에서—
그것이 가라앉았고— 한 번도 눈에 띈 적 없고.

방문

게오르게

좀 더 부드러운 태양이 진다 비스듬히
너의 날카로운 벽 타고
너의 작은 정원에
그리고 네 집 울타리에.

난리다 새들 널찍한 데서,
움직인다 덤불 작은 가지들이:
간다 낮의 작열 향해
첫 나그네가 길을.

채우라 양동이를 이제 즉시!
적시라 오솔길에 조약돌들
다발과 화단, 초원의
걸린 장미와 황금빛 계란풀을!

그리고 벽 가까이 의자에 앉아
찢으라 너무 엉클어진 깔개를!
뿌리라 꽃들을 양탄자 되게!
향기로우라 그것 시원하고.

구(舊) 오타크링*

바인헤버

아직 살고 있는 것은, 꿈이다.

아아, 어찌나 그것 아름다웠는지!

젊은이들 좀체

그 시절 이해 못 할 것이다,

작은 교회 서 있고,

집들, 매끈매끈한,

박공 가장자리 아래,

지녔다 포도덩굴을.

그리고 가을이면 더군다나,

포도즙 향

떠 있었으니, 파란 청명,

경쾌한 대기의 그것에 말이지!

언덕에서 소박하게

들려온다 포도 농사꾼 노래가,

거기는 도시가 아직

잿빛으로 초록을 침범 안 했지.

* 오스트리아 빈 외곽 지역.

지금은 돌[石] 구역,
다른 곳과 마찬가지로,
그리고 오직 부드러운 산맥이
내보낸다 전처럼 내음,
과일과 포도의 그것을,
골목길에다,
그리고 햇빛이
놓인다 오래된 집 위에.

여기저기 문이
여전히 넓게
흔들린다,
초록 숲이 그 앞에서
초대한다 전처럼 한잔하자고,
그리고 저녁이 되면
오래전 과거의 것들이 가까워진다,
연주한다 젊은이 하나가 감동하여
손풍금을

『아나톨』 서시

호프만슈탈

높은 격자, 주목(朱木) 울타리 출입구,
문장(紋章), 한 번도 금도금된 적 없는,
스핑크스, 덤불 뚫고 깜박이는……
……, 삐걱이며 열린다 문들이.—
너무 자는 인공 폭포와
너무 자는 해신(海神)들 있는,
로코코, 먼지투성이고 사랑스러운,
봐…… 빈이다, 카날레토의,
빈, 1760년대의……
초록, 고동의 고요한 연목들,
매끄럽고 가장자리가 대리석 하양인,
그 안에 물의 요정 판박이로
놀지 금붕어 은붕어들……
매끄럽게 깎은 잔디 위에
놓여 있다 부드럽게 똑같은 그림자,
날씬한 협죽도 줄기의 그것들이;
가지들 몸 굽게 휘어 아치 이룬다,
가지들 몸 굽혀 오목한 데 만든다
빳빳한 연인 쌍 위해,

여주인공과 남주인공들……
돌고래 세 마리가 붓는다 속삭이며
큰 물을 조가비 수조에……
향기로운 밤꽃들
미끄러진다 시끌벅적 아래로
그리고 익사한다 수조에……
……주목 벽 뒤에서
울린다 바이올린, 클라리넷,
그리고 그것들 보기에 그 우아한
큐피드 상들에서 새 나오는 것 같다,
그것들 테라스 둘레 앉아 있고,
바이올린 켜거나 꽃들 엮으며,
그들 자신 갖가지 꽃들로 둘러싸여 있고,
그 꽃들 대리석 꽃병에서 흘러나오고:
금빛 니스와 재스민과 라일락이……
……테라스, 그들 사이
앉아 있다 또한 교태 부리는 여인,
보랏빛 가톨릭 고위 성직자들이……
그리고 풀밭, 그들 발치에

그리고 방석에, 계단에
기사와 수도승들이……
다른 이들이 들어 올린다 다른 여인들을
향수 뿌린 가마에서—
가지들 사이 부서진다 빛이,
가물거린다 금발 머리들 위에,
빛난다 갖가지 방석 위에,
미끄러진다 자갈과 잔디 위를,
미끄러진다. 비계(飛階),
우리가 잠시 세운 그것 위를.
포도나무와 메꽃이 오른다 위로
그리고 에워싼다 밝은 들보를,
그리고 그것들 사이 빛깔 무성하게
펄럭인다 융단과 벽지가,
양치기 장면이, 멋지게 직조되어,
귀염성 있는 바토 도안으로……

정자 하나, 무대 대신에,
여름 해, 램프 대신에,

그렇게 공연한다 우리가 연극을,
공연한다 우리 자신의 작품을,
설익고 부드럽고 슬프게,
희극, 우리 영혼의,
우리 느낌의 오늘과 내일을,
너 엉성한 것들의 예쁜 상투(常套)를,
매끄러운 말을, 여러 가지 형상을,
반쪽들을, 은밀한 느낌을,
고뇌를, 에피소드들을……
많이들 귀를 기울인다, 다는 아니고……
많이들 꿈꾼다, 많이들 웃는다,
많이들 먹는다 얼음을. 그리고 많이들
말한다 여성에게 매우 친절한 내용들을……
……정향나무 흔들린다 바람에,
꽃자루 높은 하얀 정향나무들이,
하얀 나비 떼처럼,
그리고 볼로냐 원산 강아지 한 마리
짖는다 공작새한테 놀라.

노래와 형성물

괴테

하라지 그리스인 자기 점토로
모양을 쥐어짜라지,
자신의 손이 빚은 아들에
맘껏 황홀해하라지;

하지만 우리한테 더할 나위 없는 기쁨은
유프라테스강에 손 집어넣고
액체 원소 속을
이리저리 왔다 갔다 하는 것.

내가 그렇게 끄는 것이 영혼의 불이라면,
노래, 그것이 울려 퍼질 것;
긷는 것이 순수한 시인의 손이라면,
물이 둥글게 뭉쳐질 것.

원시어(原始語)들. 오르페우스 비의적(秘儀的)

괴테

ΔAIMΩN, 악령

그날, 너를 세상에 내놓은 그날,
태양이 서서 식물의 인사를 받았으니,
너 즉시 또 두고두고 성장하였다
그 법칙, 네가 따라 시작했던 그것을 따라서.

그래야지 너, 네게서 네가 달아날 수 없느니,
그렇게 말했다 이미 시빌들이, 그렇게 예언자들이;
그리고 어떤 시간도 어떤 권력도 잘게 나눌 수 없다
각인된 형태를, 왜냐면 그것 살아서 발전한다.

TYXH, 우연

그 엄혹한 한계를 그치만 비껴간다 기분 좋게
어떤 변천, 우리와 함께 그리고 우리 주변에 변천하는 것이;
아니다 고독 상태가 너는, 형성하지 너를 사교적으로,
그리고 행동한다 익히, 다른 이가 행동하듯이:
생의 일이란 금방 호의적이다가, 금방 악의적인 법,
보잘것없다 그렇게 장난감 취급당할 것이고.

이미 되었다 세월 순환의 마무리가,

등잔이 기다린다 불꽃, 불붙일 그것을.

ΕΡΩΣ, 사랑

그건 더 이상 오지 않는 것 아니지! — 그가 몰락한다 하늘로부터 아래,

그가 자신을 옛 황폐에서 휘둘러냈던 곳으로,

그가 떠온다 이쪽으로 공기의 깃털 타고

이마와 가슴 둘레 봄날 따라서,

도망치는 듯하더니, 도망에서 돌아온다 그가 다시:

그때 생성되지 행복이 고통으로, 그리 달콤하고 근심스럽게.

정말 많은 가슴이 마구 떠다닌다 일반 속을,

하지만 바친다 자신을 가장 고결한 자는 단독에게.

ΑΝΑΓΚΗ, 강제

그러니 그렇다면 다시, 별들 하고 싶은 대로다;

조건과 법칙; 그리고 모든 의지란

단지 그러고 싶음이다, 왜냐면 우리가 바로 그래야 한다,

그리고 의지 앞에 입을 다문다 임의가 고요히;

가장 사랑하는 것이 가슴에서 책망받아 나갈 것,

무정한 당위를 마지못해 따른다 의지와 변덕이.

그렇게 우리는 겉보기만 자유롭다 그렇다면, 숱한 세월 후,

더 좁을 뿐이다 그 점에서, 우리가 처음에 그랬던 것보다.

ΕΛΠΙΣ, 희망

그치만 이런 한계, 이런 청동 벽의

가장 혐오스런 문도 빗장 열리게 된다,

그것이 버티는 게 오래된 바위 끈기로란들!

한 존재가 움직이지 가볍게 또 구속 없이:

구름 덮개, 안개, 소나기 밖으로

들어 올린다 그녀가 우리를, 그녀와 함께, 그녀로 날개 달아,

너희가 알지 그녀를 익히, 그녀가 우글거리지 온갖 대(帶)에—

날갯짓 한 번—그러면 우리 뒤에 영겁!

달아나라 가벼운 거룻배 타고

게오르게

달아나라 가벼운 거룻배 타고
취한 태양 세상을
하여 항상 더 온화한 눈물이
너희에게 너희 도망을 갚게끔.
보게끔, 이 도취, 금발의
연한 파랑의 꿈 세력들과
취한 큰 기쁨이
황홀 없이 펼쳐지는 것을.
하여 없게끔, 그 달콤한 몸서리가
새로운 슬픔으로 너희 덮는 일—
고요한 비애가
이 봄 채우게 하라.

배우 미터부르처* 추모

호프만슈탈

그가 한꺼번에 꺼졌다 빛이 그러듯.
우리가 입었다 모두 번개에서 인 듯
반사 빛을 창백으로 얼굴에.

그가 쓰러졌다; 그때 쓰러져버렸다 모든 인형들이,
왜냐면 그것들 핏줄에 그가 자신의 생명 피를
부은 터였다; 소리 없이 죽었다 그것들,
그리고 그가 누운 곳, 거기 놓였다 한 무더기 시체가,
허섭스레기로 뻗어: 무릎, 술꾼 하나의 그것이
왕 하나의 눈에 박혔다, 돈 필립이
칼리반을 악령으로 제 목에 둘렀지,
모두 죽었고.

그때 알았다 우리, 누가 우리한테서 죽었는지:
마법사, 그 위대한, 위대한 요술쟁이!
그리고 집 밖으로 나왔다 우리가
그리고 말하기 시작했다, 누구였는지 그가.

* Friedrich Mitterwurzer(1844~1897). 배우.

누구였는가 그러나 그가, 그리고 누구 아니었는가 그가?

그가 기었다 한 가면에서 다른 가면 속으로,
아버지 몸을 튀어나와 아들 몸으로 들어왔고
바꾸었다 옷처럼 형태들을.

칼로, 그것을 그가 어찌나 빠르게 돌렸는지,
아무도 그 날이 불꽃 내는 것 못 보았는데,
잘랐다 그가 자신을 조각조각: 이아고가
아마도 그 하나, 그리고 다른 반쪽들을
주었지 달콤한 바보나 몽상가한테.
그의 육체 전체가 마법의 베일 같았다,
그 주름 속에 온갖 것들 살고 있었으니:
그가 끄집어냈다 짐승을 자신한테서:
양, 사자, 아둔한 악마와
무서운 악마, 그리고 이런 자와, 저런 자,
그리고 너와 나를. 그의 몸 전체가 작열했다,
내면의 운명들로 속속들이

석탄처럼 작열 중이었고, 그가 살았다 그 안에서
그리고 보았다 우리를, 우리가 집에서 살고 있으니,
그 침투하기 어려운 시선,
불 도롱뇽의 그것으로, 불 속에 살고 있었으니.

그가 야만의 왕이었다. 엉덩이 둘레
걸쳤다 알록달록 조가비 실에 꿴 것처럼
진실과 거짓, 우리 모두의 그것들을.
그의 눈에서 날았다 우리의 꿈들이
지나갔지, 야생 새 무리들
비친 상(像)이 깊은 물에서 그러듯.

여기 등장했었다 그가, 바로 이 지점,
내가 지금 서 있는 곳에, 그리고 소라 속에
바다의 소음이 사로잡혀 있듯,
있었다 그의 안에 목소리, 온갖 생의 그것이;
그가 커졌다. 그가 숲 전체였다,
그가 땅이었다, 그것 뚫고 길들이 난.
아이들 눈을 하고 앉았다 우리가

그리고 보았다 그를 올려다 마치 비탈,
거대한 산의 그것 보듯이: 그의 입 안에
내포(內浦) 하나 있었고, 그 안에서 포효했다 바다가.

왜냐면 그의 안에 있었다 어떤, 숱한 문
열고 숱한 공간 날아 넘는 것이:
위력, 생의, 이것이 있었다 그의 안에.
그런데 그를 압도했구나 죽음의 위력이!
불어 꼈구나 그 눈을, 그것의 내적 핵심이
비밀의 부호로 덮여 있었는데,
졸라 죽였구나 천의 목소리 목을
그리고 죽여버렸구나 그 육체를, 그것 팔다리마다
실려 있었는데, 태어나지 않은 생이.

여기 서 있었다 그가. 언제 올 것인가 그에 필적할 사람?
하나의 정신, 우리 가슴의 미로를,
이해할 수 있는 형상들로 가득 채우고,
새로이 전율의 기쁨에로 열어젖히는 정신이?
그가 우리에게 준 것들을, 우리가 지닐 수 없고

응시한다 이제 그의 이름의 울림에

심연 저 아래를, 그것들을 우리한테서 집어삼킨 심연 말이다.

조각하는

모르겐슈테른

팜슈트룀이 도려낸다 자신의 깃털 침대에서
소위 대리석 인상들을:
신들, 인간들, 짐승과 악마들.

즉석에서 표현한다 그가 솜털,
깃털 이불의 그것으로 그리고 뒤로 튀어, 검사한다,
촛대 흔들며, 자신의 창조자 기분을.

그리고 연출, 빛과 그림자의 그것으로
본다 그가 제우스, 기사와 혼혈들,
호랑이 머리, 벌거벗은 동자상과 성모들을……

꿈꾼다: 조각가가 이 모든 것들을 실제로 창조하면,
그것들이 고대의 명성을 보존하겠지,
로마와 그리스보다 더한 명성이겠지!

디오티마를 애도하는 메논*의 탄식

횔덜린

I

날마다 외출하고, 찾는다 또 다른 것을 언제나,

내가 벌써 그녀에게 물었다 시골의 모든 오솔길을;

거기 그 시원한 고지 위, 그늘을 모두 방문했다,

샘들도; 위로 길을 잃는다 정신이 아래로도,

안식을 청하며; 그렇게 달아나지 명중된 야수가 숲에서,

그러지 않았다면 정오 무렵 안전히 숲 어둠 속에 쉬었을 텐데;

그러나 결코 생기 나게 못 하지 그 푸른 보금자리가 그의 시장을,

한탄과 불면으로 몰아세운다 독침이 사방팔방으로.

안 된다 빛의 따스함과, 밤의 시원함도 도움이,

그리고 폭풍우 파랑에 잠긴다 상처가 헛되이.

그리고 그것한테 쓸데없이 대지가 그녀의 즐거운 약초를

건네고, 들끓는 피를 어떤 미풍도 진정시키지 않듯,

그렇게, 그대 내 사랑! 내게도 그렇게 보이려는가, 그리

* 플라톤 『대화』 및 크세노폰 『아나바시스』에 등장하는 테살리아 출신 군인이자 정치가. '메노'라고도 읽으며 『대화』의 원제(原題)이기도 하다.

고 아무도

내 이마에서 가져갈 수 없나 그 슬픈 꿈을?

II

그렇다! 소용없지 또한, 너희 죽음의 신들! 한 번

너희가 그를 붙잡아, 좌지우지한들, 그 정복당한 사내를,

사악한 너희가 저 아래 소름 끼치는 밤으로 그를 데려가

거기서 찾고, 애원하거나 화내거나 너희한테,

혹은 참지만 무서운 마법에 갇혀 살고,

미소 지으며 듣게 한들, 너희한테서 그 말짱한 노래를 말이지.

그럴 것이면 잊는 거지 너의 치유를, 그리고 자는 거지 울림 없이!

그러나 그래도 샘솟아 오른다 소리 하나가 희망하며 네 가슴에서

결코 네가 아직, 오 나의 영혼! 아직 네가

길들 수 없다, 그래서 꿈꾼다 철(鐵)의 잠 한가운데!

축제 기간 내게 없지만, 그래도 나 화관 장식하겠다 머리카락에;

나 홀로가 아닌가 그렇다면? 그러나 다정한 이 하나 분명
멀리서 내게 가까이 있으리, 그러니 나 미소 지을밖에 그리고 놀랄밖에,
어찌나 복 받은 건지, 고통 한가운데서도 내가.

III

빛, 사랑의! 빛나는가 너 그렇다면 죽은 자들에게도, 너, 황금의!
형상들, 보다 밝은 시대에서 나온, 빛 발하는가 너희가 내게 밤에?
사랑스런 정원들이거라, 너희 저녁놀 붉은 산들,
잘 왔다 그리고 너희, 침묵하는 오솔길, 숲의,
탄생시킨다 천상의 행복을, 그리고 너희, 높이 보는 별들,
내게 그 당시 너무나 자주 축복하는 시선을 베풀었지!
너희, 너희 연인들 또한, 너희 아름다운 아이들, 메이데이의,
고요한 장미들과 너희, 백합들, 호명한다 내가 여전히

자주!

잘 나아간다 봄이, 1년이 밀어젖힌다 다른 연(年)을,

바꾸고 싸우며, 그렇게 마구 날뛰며 위에서 지나간다 시간이

필멸의 머리 위로 그렇지만 아니지 축복받은 눈앞에서는,

그리고 연인들에게는 다른 생이 선사되었다.

왜냐면 그것들 모두, 나날과 연(年)들, 별들의, 그것들

디오티마! 우리 둘레 밀접하게 또 영원히 하나로 뭉쳐 있었다;

IV

그러나 우리, 흡족히 어울려, 마치 사랑하는 백조들이,

호수 위에 쉴 때, 혹은 파도 요람 위에 흔들릴 때,

물속을 내려다보면, 거기에 은빛 구름들 비치고,

창공의 파랑이 배로 가는 그 아래 물결치듯이,

그렇게 지상에서 인생 항로를 걸었다 우리. 그리고 위협했다 북쪽 또한,

그자, 연인들한테 적이고, 탄식 마련하는 자가, 그리고

떨어졌다

가지들에서 잎새가, 그리고 날았다 바람에 비[雨]가,

편안히 미소 지었지 우리, 느꼈다 우리 자신의 신(神)을

마음 터놓은 대화 사이; 한 곡의 영혼 노래로,

완전히 우리와 화평하여 천진과 즐거움이 다인 그를.

그러나 그 집 적막하다 내게 지금, 그리고 그들이 내 눈을

빼갔다, 또한 나를 내가 잃어버렸다 그녀와 더불어.

그래서 헤맨다 나 이리저리, 그리고 정말, 그림자처럼, 그렇게 내가

살아야 하고, 무의미하게 보인 지 오래다 나머지 것들이 내게.

V

축제 벌이고 싶지만; 무엇 때문에? 다른 이와 더불어 노래하고도 싶지만,

너무나 홀로라 없다 각각의 모든 신성이 내게.

이것이다, 이것 나의 결함, 내가 알지, 그것이 마비시킨다 나의 저주를

그러므로 갈망을, 그리고 내던진다, 내가 시작한 곳으로, 나를,

그래서 내가 느낌 없이 앉아 있다 종일, 그리고 벙어리이기 아이들과도 같이,

오직 내 눈에 차갑게 종종 눈물이 여전히 몰래 빠져나가고,

들판의 식물들과, 새들의 노래 나를 음울케 한다,

왜냐면 기쁨한테 그것들 또한 사자(使者), 천상 존재들의 사자지만,

내 소름 끼치는 가슴에서는 그, 혼을 불어넣는 태양이,

냉담하고 열매 없이 땅거미 진다, 밤의 광선처럼,

아아! 그리고 실질 없고 텅 비어, 감옥 벽처럼, 하늘이

허리 휘는 짐을 내 머리 위에 내려뜨린다!

VI

다른 때는 내가 달리 알았다! 오 젊은이여, 그리고 기도가 데려다주지

않나 너를 다시, 너를 결코? 데려가지 않나 어떤 오솔길도 나를 도로?

그 꼴이겠구나 나 또한, 신앙 없는 자들 꼴, 이전에
반짝이는 눈을 하고 축복받은 식탁에 앉기도 했지만,
곧 물려버린, 열광하는 손님들,
이제 벙어리 상태고, 이제, 미풍의 노래 아래,
꽃 피는 대지 아래 영면 상태다, 급기야 훗날 그들을
어떤 불가사의의 힘이 그들, 가라앉은 자들을, 강제로,
귀환케 하고, 새롭게, 푸릇푸릇해지는 땅에서 인생 항로를 걷게 한다.—
거룩한 숨이 관류한다 신처럼 그 청명한 형태를,
때는 축제가 고무되고, 홍수, 사랑의 그것 북받치고,
하늘에 취하여, 솨솨 흐르는 것 생동하는 강일 때,
때는 그것이 저 아래서 울리고, 그녀의 보물들한테 밤이 경의를 표하고,
시내 위로 반짝이는 것이 매장된 황금일 때.—

VII

그러나 오 그대, 그대가 이미 갈림길에서 내게 그때에,
내가 그대 앞에 가라앉았기에, 위로하며 더 아름다운 것을 가리켰지,

그대, 위대를 보는 것과, 보다 기쁘게 신들 노래하는 것을,

말없이, 그들처럼, 내게 예전에 고요히 감격케 하며 가르쳐주었지;

신의 아이! 나타나는가 그대 내게, 그리고 인사하는가, 예전처럼, 내게,

말하는가 다시, 예전처럼, 보다 높은 것들을 내게?

보라! 울어야 한다 그대 앞에서, 그리고 탄식해야 한다, 지금도,

보다 고상했던 시절 생각하면, 그것을 영혼이 부끄러워하니까.

왜냐면 그토록 오래, 그토록 오래 맥 빠진 오솔길, 대지의 그것들 위에서,

내가, 그대 익숙하여, 그대를 틀린 데서 찾아다녔구나,

기뻐하는 수호신! 그러나 헛되이, 그리고 세월이 수포로 돌아갔다,

우리가 어렴풋이 느끼며 우리 둘레 빛나는 저녁을 본 이래.

VIII

그대를 오직, 그대를 보존한다 그대의 빛이, 오 여성 영웅! 빛으로,

그리고 그대의 인내가 보존한다 사랑하며, 오 착한 이, 그대를;

그리고 한 번도 없다 그대 홀로인 적; 놀이 친구 넉넉하지,

그대가 꽃 피고 쉬는, 한 해의 뛰어난 장미들 사이;

그리고 아버지, 그 자신이, 숨결 부드러운 뮤즈들 통해

보낸다 애정 깊은 자장가를 그대에게.

그렇다! 아직 그녀 그것이다 일체! 아직 아른거린다 머리부터 발바닥까지,

고요히 변천하며, 예전처럼, 내 앞에 아테네 여인이.

그리고 어찌나, 다정한 정신이여! 명랑한 감각의 이마에서

축복 내리며 또 확실하게 그대의 광선이 필멸 인간들 사이 내리는지;

그렇게 입증한다 그대가 그것을 내게, 그리고 말한다 내게 그것을, 내가 그것을 다른 이에게

다시 말하게끔, 다른 이 또한 믿지 않거든 그것,
더 불멸이라는 거 그래도, 걱정과 분노보다, 기쁨이,
그리고 황금의 낮이 날마다 결국 여전하다는 것 말이다.

IX

그러니 나의 의지로, 그대 천상의 존재들이여! 그렇다면
또한 감사하련다, 그리고 마침내
내쉬련다 더 가벼운 가슴으로 다시 가수의 기도를.
그러면 어찌나, 때는 내가 그녀와 함께, 양지바른 고지 위에 그녀와 함께 섰을 때,
말하는지 활기 주며 어떤 신이 사원 안에서 내게.
살련다 나 그렇다면 또한! 이미 푸릇푸릇하다 그것! 거룩한 칠현금에서인 듯
부른다 그것이 은빛 산맥, 아폴로의 그것에 앞서!
오라! 그것 꿈과 같았다! 피 흘리는 날개들 그렇다
이미 나았다, 되젊어져 살고 있다 희망들 모두.
위대를 찾는 일 많다, 많이 아직 남아 있고, 그토록
사랑했던 자, 가고 있다, 그래야지, 가고 있다 신들에게로 길이.

그리고 안내해다오 우리를 너희 축성의 시간들이여! 너희 진지한,

젊음들이여! 오 머물라, 거룩한 예감, 너희

경건한 청원들이여! 그리고 너희 영감들과 모든 너희

선한 정령들이여, 너희가 기꺼이 연인들과 함께 있으므로;

머물라 아주 오래 우리와 함께, 급기야 우리가 공동의 바닥 위,

거기, 복 받은 자들이 모두 낮게 돌아올 준비가 된 곳에서,

거기, 독수리들이, 별자리. 아버지의 사자들인 곳에서,

거기, 뮤즈들이, 거기로부터 영웅이고 연인들인 곳에서,

거기서 우리를, 아니면 또한 여기, 이슬 내리는 섬에서 만날 때까지,

우리 것들이 최초로, 꽃피며 정원에서 어울리는 곳,

노래들이 진실되게, 더 길에 봄들이 아름답고,

새롭게 한 해, 우리 영혼의 그것이 시작되는 곳에서.

『일곱 번째 반지』 중에서*

게오르게

I

이것은 노래다, 너만을 위한;

유치한 망상에 관한,

경건한 눈물에 관한……

아침 정원에 온통 울린다

가볍게 날개 달린 그것.

오직 너에게만

그것이 건드리는 노래일 수 있다.

II

바람의 길쌈으로

나의 질문

단지 꿈이었다.

단지 미소였다

네가 준 것이.

젖은 밤에서

광채 하나 빛났다—

* 베베른(Anton Webern, 1883~1945)이 뽑아 곡을 붙이고 〈노래 다섯 곡 OP.3〉으로 발표했다.

이제 재촉한다 5월이,
이제 나 완전히
너의 눈과 머리카락을
온종일 갈망하며 살아야 한다.

III

개울가
유일하게 일찍
개암나무 꽃 핀다.
새 한 마리 휘파람 분다
시원한 목초지에서.
빛 하나가 붙든다
따뜻하게 한다 우리를 부드럽게
그리고 움찔, 빛 바랜다.—
들판이 휴한(休閑)이다,
나무나 아직 잿빛……
꽃들 뿌리겠지 아마도 양춘(陽春)이 우리를 향해.

IV

아침 이슬 속에

나타난다 네가

버찌 만발

나와 함께 보려고,

향기 들이마시려고

잔디밭의.

멀리 날아간다 꽃가루……

자연 통틀어

아직 아무것도 번성하지 않았다

열매와 잎에서 —

주변에 꽃들뿐……

남풍 분다.

V

벌거숭이로 뻗는다 나무가

겨울 연무 속으로

얼어붙는 생을.

네 꿈이

고요한 여로에서
그것 앞에 고양되게 하라!
그것이 뻗는다 팔을—
곰곰 생각하라 그것을 자주 이 은총으로,
그것이 비탄 속에서
그것이 얼음 속에서
여전히 봄을 희망했다는!

경험

호프만슈탈

은회색 훈김으로 골짜기
어스름의 그것 가득 차 있었다, 마치 달이
구름을 스며 나올 때처럼. 하지만 아니었다 밤이.
은회색 훈김, 어두운 골짜기의 그것으로
불분명해졌다 나의 땅거미 지는 생각들이,
그리고 고요히 가라앉았다 내가 그 직조하는,
투명한 바닷속으로 그리고 떠났다 생을.
어찌나 놀라운 꽃들이 피었는지 거기
꽃받침 어둡게 작렬하며! 식물들의 미로,
그것을 어떤 황적(黃赤)의 빛, 마치 토파즈에서인 듯
따뜻한 흐름으로 관통했고 희미하게 빛났고. 전체가
충만했다 깊은 팽창,
우울한 음악의 그것으로. 그리고 이것을 알았다 내가,
비록 내가 그것 이해 못 했지만, 내가 알았다:
그것이 죽음이었다. 죽음이 음악 되었다,
강력히 갈망하는, 달콤하고 어둡게 작열하는.
가장 깊은 우울과 근친인.
　　　　그렇지만 기이해라!
이름 모를 향수(鄕愁)가 울었다 소리 없이

내 영혼 속에서 생을 향하여, 울었다,
마치 울듯이, 때는 우리가 커다란 함선,
노란 돛 거대한 그것 타고 저녁 무렵
어두운 파랑의 바다 위로 그 도시,
고향 도시 지나갈 때. 그때 본다 우리가
거리를, 듣는다 샘물 솨솨 소리 내는 것을, 맡는다
라일락 숲 향기를, 본다 우리 자신을,
한 아이, 해변에 서 있는 것을, 아이 눈,
겁먹었고 울고 싶은 그것으로, 그가 들여다본다
열린 창 통해 자신의 방 불빛을—
거대한 함선 그러나 데려간다 그를 계속
어두운 파랑의 물위 소리 없이 미끄러지며
노란, 낯선 형태의 거인 돛으로.

형상들

모르겐슈테른

형상들, 그것들을 우리가 거꾸로 매달면,
머리를 아래로, 발을 위로 매달면,
달라진다 종종 불가사의하게 그 가치가,
왜냐면 환상의 제국에까지 들어 올려졌다.

팜슈트룀, 그가 이미 옛날에 그런 사실 알고 있었던바,
채웠다 상응하여 방 하나의 벽들을,
그리고 화가, 위대한 주제의 그것으로서
그가 거기서 열광적으로 발견을 거듭했다.

밤 생각

괴테

너희를 불쌍히 여기노라 내가, 불행한 별들이여,
너희가 아름답고 그리 장엄하게 빛나,
어려움에 처한 선원을 기꺼이 비춰주지만,
보상받지 못하는구나 신들한테 그리고 인간들한테:
왜냐면 너희 사랑하지 않는다, 몰랐니라 결코 사랑을!
쉴 새 없이 이끈다 영원한 시간이
너희 대열을 드넓은 하늘 통해.
어떤 여행을 너희가 이미 완수했단 말인가,
내가, 내 가장 사랑하는 이의 팔에 머무느라,
너희와 한밤중을 잊은 이래!

민들레*

바인헤버

어떤 꽃병도 너를 지니려 하지 않는다.
그러나 네 씨앗들의 공[球]이
가장 아름다운 구름 모양이다, 세상의.

아니, 네게 없지 밀려난 느낌이,
왜 힘을 꼭 동네방네 떠들어야 하나?
너의 쓴 즙이 증오이기는커녕,
지혜다, 건강, 인내다.

백합, 튤립과 수선화:
명성에 뒤덮인 그것들 언제나
지들 양심 위로 넘쳐 피라지!
너 여기 있다, 백만의 힘으로,
강하지 피가, 원초의 표식 있고.

말해다오, 어떤 경이였겠는가 너,
너를 높은 곳이 낳았다면,

* Löwenzahn. '사자 이빨'.

홀로, 멀리, 계절의 맨 먼저?

아아, 그러면 울었을 것이다
너에 대해 영혼 충만한 이들이,
그리고 수레 행상인이 셌으리라 너의
천 개 신성한 꽃잎을,
인민의 아들이여!

토끼 세 마리

모르겐슈테른

토끼 세 마리가 춤춘다 달빛 받으며
목초지 구석진 곳 호숫가에서:
하나는 사자군,
다른 하나는 갈매기고,
세 번째는 노루야.

묻는 자, 방향이 있다,
여기서 논평할 것은 아니다,
여기서는 자체로 시가 된다,
하지만 네가 느끼는 게 의무라면,
들어 올려라 그것들을 4각형에로
그리고 끼워 맞춰라 거기다 땅딸보,
공중제비에서 나온 그를,
그리고 끌어내라 전체에서 뿌리를
그리고 꿈꿔라 엑기스를 꿈으로.

그러면 네가 토끼들 볼 것이다,
목초지 구석진 곳 호숫가에서,
어떻게 그것들이 은빛 발가락 딛고

달 속에서 놀랍게 빙그르르 도는지
사자, 갈매기와 노루로 말이지.

여전히 강제한다 나를

게오르게

여전히 강제한다 나를 성심이 그대 감사하게끔
그리고 그대 인내의 아름다움 때문에 내가 머물밖에 없고,
나의 거룩한 애씀이 나를 슬프게 만들어
내가 더 진실한 그대 슬픔을 나누려는 것이다.

결코 따뜻한 부름이 나를 맞이하지 않을 것,
늦은 시간, 우리 동맹의 그것에 이르기까지
내가 인식해야 한다 헌신적인 근심으로
혹독한 운명, 겨울 발견의 그것을.

추억 약간

호프만슈탈

네 꼬마 여동생이
그녀 묶지 않은 머리카락을
살아 있는 베일처럼
향기 나는 생울타리처럼
치렁치렁 앞으로 내려뜨렸지
그리고 보았어, 그런 눈이라니!
향기 나는 베일 구석구석,
어두운 울타리 구석구석……
어찌나 달콤한지, 생각만 해도
이 꼬마 아가씨를 말이지.

모든 연모하는 나뭇가지들,
네 밤 정원의 그것들에
열매들 열렸다,
초롱들, 붉은 열매처럼,
그리고 몸을 흔들고 빛을 발한다
연모하는 나뭇가지들에,
거기에 밤바람 바스락대지
너의 작은 정원에……

어찌나 달콤한지, 생각만 해도
이 꼬마 아가씨를……

축복받은 갈망

괴테

말하지 마라 아무한테도, 오직 현자들한테만,
왜냐면 대중은 즉시 비웃는다:
살아 있는 자들을 내가 예찬하겠다
불타 죽기를 갈망하는 자들 말이다.

사랑의 밤들의 냉각으로,
그것이 너를 생산했고, 그 안에서 네가 생산했건만,
그것으로 엄습한다 너를 낯선 느낌이
고요한 양초가 빛을 발할 때.

더 이상 네가 에워싸인 상태 아니다
어둠의 그늘에,
그리고 너를 잡아 찢는다 새로운 열망,
더 드높은 성교(性交) 향한 그것이.

어떤 먼 거리도 너를 힘들게 않지,
네가 온다 날아서 또 매혹되어,
그리고 마침내, 불을 탐욕,
네가 나비다, 불에 타 없어진.

그리고 네가 모르는 것이
이것인 한: 죽어서 창조되라!
너는 우울한 손님일 뿐이다,
어두운 지상의.

그렇다 만세와 감사를

게오르게

그렇다 만세와 감사를 너에게 네가 축복 가져왔으니!
네가 재웠다 늘 시끄러웠던 두드림을
너의 기대로—소중한 이—살살
이 광채 충만한 죽음 주간(週間)에.

네가 왔고 우리가 우리를 껴안고 있다,
내가 부드러운 말을 너 위해 배울 것이고
일체 마치 네가 멀리 있는 그분과 같은 것처럼
너를 예찬할 것이다 태양 도보여행에서.

철학의 탄생 행위

모르겐슈테른

깜짝 놀라 응시한다 황야의 양이 나를,
마치 그것이 내게서 본 게 최초의 인간 사내인 것처럼.
그것의 시선이 감염된다; 우리가 서 있다 잠 속인 듯;
내가 보기에, 내가 본 것 같다 처음으로 한 마리 양을.

곰곰 생각

호프만슈탈

왜냐면 내가 그리도 불확실하고 비교, 과거와의 그것이 곧장 현재를 투명하게 만든다, 왜냐면 내가 홀로 있으면 스스로 별빛에 명중되는 느낌이고 나를 어둠, 조가비의 그것 속에 잃고, 숱한 것들 사이 두렵다 집어삼켜질까 봐, 하나가 다른 하나에게 강한 욕구를 느끼는 까닭, 왜냐면 단어 하나가 나를 어둡게 한다 마법의 약초에서 나온 연기처럼 나의 시(詩)들 그러나 섬뜩하다 숲보다 더 노출되어 있다 한 척의 배보다 더, 그래서 생각한다 내가 너와 네 입맞춤을 입김 되어버린 자, 나무 되어버린 자로, 그가 어떤 소녀 팔에 안긴 순간 말이다. 내가 네게 입 맞출 때 수축한다 나의 흔들리는 자아, 눈 전체가, 보석 한 개로.

로마 애가(哀歌) V

괴테

즐겁게 느낀다 내가 나, 지금 고전의 토대 위에 영감받은 나를,

전대—및 동시대 사람들이 말을 건다 맑고 매력적으로 내게.

여기서 따른다 내가 충고*를, 넘기며 대충 읽지 옛 사람들 작품을

부지런한 손으로, 매일 새롭게 즐기며.

그러나 밤에는 새도록 아모르**가 날 다른 일로 바쁘게 했다;

반만 배웠지만, 나 두 겹으로 행복하다.

그리고 배우는 것 아닐까 나, 내가 사랑스런 가슴의

형태를 엿보는 동안, 손을 엉덩이 아래로 이끄는 동안?

그때 이해한다 내가 대리석을 처음으로 옳게; 내가 생각하고 비교한다,

번다 느끼는 눈으로, 느낀다 보는 손으로.

훔쳐 간단들, 나의 가장 사랑하는 이가 비록 내게서 하루 몇 시간을 그런단들,

* 호라티우스의.

** 로마신화 사랑의 신. 그리스신화 에로스.

주는 것이다 그녀가 밤의 시간을 내게 그 보상으로.
아니다 항상 입 맞추는 것도, 이성적인 대화도 나눈다;
그녀를 잠이 엄습하면, 눕는다 내가 그리고 생각한다
나 혼자 많이.
종종 내가 또한 이미 그녀 품에 안겨 시를 지었고
6보격 박자를 부드럽게, 손가락으로 만지작거리며
그녀 등에다 셌다. 그녀가 숨 쉰다 사랑스런 잠으로
그리고 빨갛게 달군다 그녀의 숨이 가장 깊은 곳까지
가슴을.
아모르가 돋운다 등잔불을 그동안 그리고 생각한다 그
시절,
그가 동일한 봉사를 그의 3인방*에게 해주었던 그때를.

* 카툴루스, 티불루스와 프로페르티우스.

정화(淨化)한 밤

데멜

두 사람이 통과한다 민숭민숭한, 차가운 숲을;
달이 간다 함께, 그들이 들여다본다.
달이 간다 키 큰 떡갈나무 위로,
구름 한 점도 흐리게 하지 않는다 하늘빛을,
그것에 검은 나무 끝 가닿고.
여자 목소리가 말한다 여인 목소리가 말한다:

제가 아이를 배었어요, 당신 아이 아니고요,
제가 건네요 죄를 짓고 당신 곁에서.
제가 끔찍한 잘못을 범했어요 제게.
제가 믿지 않았지요 더 이상 행복을

그렇지만 있었지요 무거운 갈망이,
삶에 가장 중요한, 모성의 행복과

의무에 대해; 그래서 제가 감히,
그래서 허락했어요 전율하며 제 성(性)을
낯선 사내가 포옹하게끔,
그리고 저를 게다가 그 일로 축복했지요.

이제 생이 복수했네요:
이제 제가 당신과, 오 당신과, 만났으니.

그녀가 간다 뻣뻣한 걸음으로,
그녀가 올려다본다; 달이 함께 간다.
그녀의 어두운 시선이 빠진다 빛에,
사내 목소리가 말한다:

그 아이, 당신이 임신한,
그 아이 당신 영혼에 아무 짐도 아니기를,
오 보시오, 얼마나 맑게 우주가 빛나는지!
광채가 모든 것을 둘러쌌구려;
당신이 나와 함께 찬 바다 위를 가지만,
고유한 온기가 가물거려요
당신한테서 내게로, 내게서 당신에게로.
그것이 그 낯선 아이를 정화할 거요,
당신이 그 아이를 내, 나의 아이로 낳을 것이오;
당신이 그 광채를 내 안으로 가져왔소,
당신이 나 자신을 아이로 만들었소.

그가 껴안았다 그녀의 튼실한 엉덩이를.

그들의 숨결이 입 맞춘다 서로 산들바람으로.

두 사람이 통과한다 높은, 밝은 밤을.

너무나 내가 슬퍼

게오르게

너무나 내가 슬퍼
아는 것 오직 한 가지다:
내가 생각한다 나 네 곁에 있다고
그리고 부른다 네게 노래 한 곡을.

거의 듣는다 내가 그때
네 목소리 울림을,
멀리서 따라 부른다 그것이
그리고 줄어든다 나의 비탄이.

음악에

릴케

음악: 호흡, 조각상들의. 아마도:

침묵, 그림들의. 너 언어, 언어가

끝나는 곳에서의. 너 시간,

수직으로 서 있는 데가 방향, 필멸 심장들의 그것 위인.

느낌, 누구 쪽으로의? 오 너 느낌들의

변형, 무엇으로의?—: 귀에 들리는 풍경으로의.

너 낯섦: 음악. 너 우리가 감당할 수 없을 만큼 성장한

마음 공간. 가장 안[內], 우리의,

그리고 그것이, 우리를 능가하며, 한꺼번에 몰려 나가

지,—

거룩한 떠남:

우리의 내부에 둘러서거든,

가장 익은 멀리 있음으로, 다른

쪽, 공기의 그것으로:

순수하게, 엄청나게,

더 이상 그 안에 거주할 수 없게.

덧없다는 모든 것이*

괴테

덧없다는 모든 것이
하나의 비유일 뿐;
미비(未備),
여기서는 그것이 벌어진 바이다;
형용불가,
여기서 그것이 행해졌다;
영원-여성이
이끈다 우리를 위로.

* 『파우스트』 마지막 합창.

너희가 다가갔다 화덕에

게오르게

너희가 다가갔다 화덕에
거기 모든 작열 죽은 터였고.
빛이 있었다 오직 땅에,
시체색 달빛이.

너희가 담갔다 재 속에
창백한 손가락을
찾았다, 만졌다, 붙잡았다—
그것이 다시 한번 빛을 냈다!
보라 위안의 몸짓으로
달이 너희에게 조언하는 것을:
물러나라 화덕에서
그것 늦고 말았다.

만남들

호프만슈탈

어디 있나 황홀, 노 젓는 이의, 그것 어두운 호수 위에서? 그 이 안에 아니면 관찰자-방랑자, 먹구름 보고, 바다 거품 끓는 소리 듣는 그 이 안에 아니면 매, 생각 없이 휘몰아쳐 사라지는 그 새 안에? 어부, 자신의 그물 들여놓고 그물 막대기 사이 자신의 화덕 불 보는 그 이 안에? 소년, 갈대숲에 놓인 통에 못질하고 그 널 안을 엿보는 그 아이 안에?

갈매기 노래

모르겐슈테른

갈매기들 보기에 모두,
이름이 엠마인 것 같다.
그것들 하얀 솜털 입었고,
산탄으로 쏠 것들이다.

나 쏘아서 아무 갈매기도 죽이지 않았다,
나 그것들 살아 있게 하는 게 더 좋다—
그리고 먹이로 준다 검은 빵과
불그레한 건포도를.

오 인간이여, 나 결코 나란히
갈매기와 날게 되지 못하리.
네가 엠마로 불릴 경우, 만족
하라, 그들과 같은 것에.

뿌리에서

바인헤버

운명, 그 누구도 소용없지 않다, 어머니한테서 나오는 자는;
그리고 헛되다 오직 이 지상성 없는 자가.
왜냐면 인류가 머물고,
지속하게끔, 견딘다 어머니들이 그것을.

연연하지 않나 월계수에 피가? 불타오르게 하지 않나 명성이 화재, 대지를 파괴하는 그것을? 그러나 어머니들한테 남는다,
고요히 그 모독 행위 속죄하는 일,
그리고 그녀들의 자궁, 오점 없는 그것에.

어떻게 살겠나 그들이 그렇지 않다면 죽음 너머로,
그녀의 열매보다 더 오래: 추락한 자보다 더 오래?
불굴 용기, 상실에의 그것이 먹여 살린다 사나운 영역, 행위의 그것을.

젖가슴뿐 아니라, 준비된 입 아니라:
가장 깊게 충만된 것: 평형, 어떤 미결의 존재가 어머니

들; 빵이자
항아리고, 고요이자 꿈이자 무덤이지.

언제나 씨 뿌린다 그들이 거대하게 우리의 맨 심장을,
그것이 고통받고 배우게끔. 미혹되지 않고 나아가며, 신성하게, 경작지
대지 너머로, 내 자신의 걸음처럼 말이지.

신들이 인간을 벌주고 싶으면, 운명으로 정하지,
나쁜 길로 빠진 종족이 자신의 기원(起源)을 배척하게끔:
왕관이자 고통, 어머니들의.
이것이 밤이다. 그리고 그것 내려 사라진다.

찬가, 밤에게

노발리스

I

어떤 살아 있는 것들, 감각 갖춘 것들이 사랑하지 않겠는가 말이다 모든 놀라운 현상, 자신을 둘러싼 널리 퍼진 공간의 그것 앞에 그 극한 기쁨의 빛을—그 색깔, 그 광선과 파동을; 그 온화한 편재, 깨우는 낮으로서 그것을. 생의 가장 내밀한 영혼처럼 호흡한다 그것을 부단한 항성들의 거대 세계가, 그리고 헤엄친다 춤추며 그것의 파란 큰물에서— 호흡한다 그것을 불꽃 내는, 영원히 쉬는 돌이, 곰곰 생각하는, 빨아들이는 식물이, 그리고 사나운, 불타는, 숱한 형용의 짐승이—무엇보다 그러나 그 위풍당당한 이방인, 감각 충만한 눈과, 하늘거리는 걸음과, 상냥히 닫힌, 가락 풍부한 입술 지닌 그것이. 지상(地上) 자연의 왕처럼 그것이 소환한다 각각의 자연 세력 모두를 셀 수 없는 변형들에로, 매듭짓고 푼다 끝없는 동맹을, 걸쳐 있다 그것의 천상적인 형상이 각각의 모든 지상적 존재에.—그것의 현존이 홀로 드러낸다 불가사의 장엄, 세계 왕국들의 그것을.

옆으로 돌아 내가 향한다 그 거룩한, 형언할 수 없는, 비밀 가득한 밤을. 멀리 놓여 있다 세상이—깊은 지하납골당에 잠겨—황량하고 고독하다 그 장소. 심금에 분다 깊은 비애가. 나 기꺼이 이슬 방울 속으로 나 가라앉고 싶다 그리고 재와 섞이고 싶다.—멀리 있음, 추억의, 소망, 청춘의, 유년의 꿈, 긴 생애 전체의 짧은 기쁨과 헛된 희망이 온다 잿빛 복장으로, 저녁 안개, 일몰 후 그것처럼. 다른 공간들에 쳐놓았다 유쾌한 텐트를 빛이. 그것 결코 제 아이들한테 돌아오지 않는 건가, 그 아이들 결백의 믿음 갖고 그를 기다리건만?

무엇이 샘솟아 오르는가 한꺼번에 그토록 예감 가득히 가슴에서, 그리고 삼키는가 비애의 부드러운 공기를? 너도 마음에 드는가 우리가, 너 어두운 밤도? 무엇을 네가 네 의상 아래 지녔기에, 그것이 보이지 않는 세력으로 내 영혼을 상관하는가? 진귀한 향유가 듣는다 네 손에서, 그 양귀비 다발에서. 무거운 날개, 마음의 그것을 네가 들어 올린다. 어둡고 형언할 수 없이 느낀다 우리가 감동을—진지한 얼굴 하나 본다 내가 기쁨 경악하여, 그것이 부드럽고 경건히 내게 기울고, 끝없이 얽힌 머리카락 사이 어머니의 사랑스런 젊음을 보여주고. 어찌나 불쌍하고 어려 보이던지 내게 빛이 이제—어찌나 즐겁고 지복인지 낮의 떠남이.—밤이 너에게 등지게 한 것이 시중들이었던 까닭만으로, 네가 우주의 광활에다 빛 발하는 공들을, 뿌려 알린다 너의 전능(全能)—너의 귀환—을 네가 멀어지는 시간에. 천상적이기, 저 번쩍이는 별들보다 더한 것 같다 그 끝없는 눈, 밤이 우리 안에 뜨게 한 그것이. 더 멀리 본다 그것이 가장 창백한 저 셀 수 없는 대군(大群) 너머를—빛 필요 없이 꿰뚫어 본다 그것이 깊이, 사랑하는 마음의 그것을—더 높은 공간을 형언할 수 없는 환락으로 채우는 그것. 예찬, 세계 여왕에게, 더 신성한 세계를 알리는 그녀에게, 지복의 사랑을 보살피는 그녀에게—사랑이 보낸다 내게 너를—상냥한 연인—사랑스런 태양, 밤의—이제 깨었다 내가—왜냐면 내가 너의 것이고 나의 것—네가 밤을 나의 생에 알렸다—나를 인간으로 만들었다—소모했다 영혼의 작열로 나의 육체를, 그래서 내가 공기처럼 너와 내적으로 나를 섞고 나서 영원히 신혼의 밤 유지한다.

II

꼭 언제나 아침이 다시 와야 하나? 끝나지 않나 결코 지상적인 권력이? 거룩하지 않은 분주(奔走)가 소모한다 천상적인 비상(飛上), 밤의 그것을. 결코 사랑의 은밀한 희

생이 영원히 불타는 법 없을까? 정해졌다 빛에 빛의 시간이 그러나 시간이 없고 공간이 없다 밤의 지배는.—영원하다 잠의 지속이, 신성한 잠—행복하게 한다 너무 드물지 않게 밤에 봉헌된 자들을 이 지상적인 일과 속에. 오직 바보들이 잘못 본다 너를 그리고 모른다 도대체 잠이라는 것을, 그 그림자, 네가 저 황혼, 진정한 밤의 그것으로 불쌍히 여겨 우리에게 던져주는 그림자 말고는. 그들이 못 느낀다 너를 황금빛 충일, 포도의 그것에서—편도나무의 마법 기름과 갈색 즙, 양귀비의 그것에서. 그들이 모른다, 네가 그것이라는 사실, 그것이 상냥한 처녀 가슴 감돌고 하늘이게 무릎을 만드는데—감을 못 잡지, 옛날이야기에서 네가 하늘 열며 등장하여 열쇠를 준 거지, 복 받은 이들의 그곳으로 가져가는 거, 끝없는 비밀의 말없는 전령이라.

Ⅲ

언젠가 나 쓰라린 눈물 흘렸을 때, 고통에 녹아 내 희망이 흔적 없었을 때, 그리고 나 외로이 섰던 불모의 언덕, 좁은, 어두운 공간에 형상, 내 생의 그것이 숨겨진 곳이었는데—고독하기, 여태껏 어느 고독자도 그런 적 없을 정도로, 형언할 수 없는 불안에 내몰려—기운 없이, 오직 비참의 생각만 남아—어찌나 내가 그때 도움을 찾아 두리번거렸는지, 앞으로 못 가고 뒤로 못 가고, 달아나는, 꺼져버린 생에 끝없는 열망으로 매달렸던지:— 그때 왔다 푸르른 먼 곳에서—높은 곳, 내 오래된 지복의 그곳에서 황혼의 전율이 그리고 대번에 잡아 찢었다 속박, 탄생의 그것을 빛의 족쇄를. 날아가버렸다 지상적인 부귀영화가 내 슬픔도 데리고—함께 흘렀다 비애가 하나의 새로운, 헤아리기 어려운 세계로—너 밤의 영감, 하늘의 잠이 엄습했다 나를—주위가 부드럽게 고양되었다, 그 위로 떠다녔다 나의 풀려난, 새로 태어난 정신이. 먼지 구름 되었다 언덕이 그 구름 통해 보였다 내게 이상화한 용모, 연인의 그것이. 그녀 두 눈에서 안식했다 영원이—내가 잡았다 그녀 두 손을, 그리고 눈물이 불꽃 내는, 끊을 수 없는 끈 되었다. 수천 년이 내려갔다 먼 곳으로, 폭풍우처럼. 그녀 목에다 터뜨렸다 내가 새로운 생에 황홀해하는 눈물을.—그것이 첫,

유일한 꿈이었다.—그리고 그때부터 비로소 느낀다 내가 영원한, 변함없는 믿음 밤의 하늘과 그 빛, 연인에 대한 믿음을.

IV

이제 안다 내가, 언제 마지막 아침 있을지 — 언제 빛이 더 이상 밤과 사랑을 겁주어 쫓아버리지 않을지 — 언제 잠이 영원하고 오직 무진장의 꿈 있을지. 천상적인 피로를 느낀다 내가 내 안에. — 멀고 지겨워졌다 내게 그 순례, 신성한 무덤으로의 그것이, 점점 더 짓눌렀고 십자가가. 수정의 파도가, 보통의 감각으로 알아챌 수 없지만, 그 언덕의 어두운 무릎에서 샘솟는다, 그 발치에 지상적인 큰물 부서지고, 그 파도 맛본 자, 서 있는 곳이 세상의 경계산맥 위이고, 본 것이 저 건너 새로운 땅, 밤의 거주지인 자 — 진실로, 그자가 돌아가지 않는다 세상의 재촉 속으로, 그 땅, 빛이 영원한 노심초사로 거주하는 그곳으로.

위에 짓는다 그가 오두막, 평화의 오두막을, 갈망하고 사랑한다, 본다 건너편을, 급기야 가장 반가운 시간이 저 아래 샘물로 잡아끈다 — 지상적인 것들이 헤엄친다 맨 위에 태풍에 뒤로 밀리지만, 사랑의 접촉으로 신성해진 것이, 흐른다 풀어져서 숨겨진 길로 저쪽 영역에로, 그리고 거기서 그것이, 아지랑이처럼, 자신을 영면(永眠)한 사랑과 섞는다.

아직도 깨운다 너, 쾌활한 빛이, 피로를 노동에로—흘러든다 즐거운 생이 내 안으로—그러나 네가 꾀내지 못한다 나를 추억의 이끼 낀 기념물로부터. 기꺼이 내가 근면한 두 손을 움직이겠다, 도처를 둘러보겠다, 어디서 네가 나를 필요로 하는지 기리겠다 너의 광채 가득한 화려를—물리지 않고 추구하겠다 너의 기술적인 작업의 아름다운 연관을—기꺼이 눈여겨보겠다 너의 강력한, 빛 발하는 시계의 의미 있는 걸음을—탐구하겠다 평형의 힘과 법칙, 숱한 공간과 그 시간의 불가사의한 작동의 그것을. 그러나 충실하다 밤에게 여전히 나의 은밀한 가슴이 창조하는 사랑, 밤의 달에게도. 가능한가 네가 내게 영원히 진실한 가슴 보여주는 일이? 있는가 너의 태양한테 친절한 눈, 나를 알아보는 그것이? 잡는가 너의 별들이 나의 바라는 손을? 되돌려주었는가 내게 그 상냥한 악수와 달콤한 말을? 네가 색깔과 가벼운 윤곽으로 밤을 장식했나—아니면 바로 밤이, 너의 치장에, 더 높은, 더 사랑스런 의미를 부여했나? 어떤 환락, 어떤 즐거움을 너의 생이 제공하여, 능가한다는 건가 죽음의 황홀을? 지니고 있지 않나 모든,

우리를 고취시키는 것이, 밤의 색깔을? 밤이 담지한다 너를 어머니처럼, 그리고 밤 덕분이다 너의 모든 광휘가. 네가 사라질 것이다 네 자신 속으로—끝없는 공간 속으로 녹아버린다 네가, 만일 밤이 너를 붙들고 있지 않았다면, 너를 동이지 않았다면, 네가 따뜻해지고 활활 타오르며 세상 낳을 수 있게 말이다. 참으로, 내가 있었다, 너 있기 전에—어머니가 보냈다 나의 형제자매와 함께 나를, 살라고, 너의 세계에, 그것을 사랑으로 거룩하게 하라고, 하여 그것이 영원히 볼만한 기념물 되게끔—심으라고 거기에 시들지 않는 꽃들을. 아직 무르익지 않았다, 이 신성한 생각들—아직 자취, 우리 계시의 그것 미미하다.—언젠가 가리킨다 너의 시계가 시간의 끝을, 그때 네가 우리 중 하나처럼 되어, 갈망과 열정 가득한 채, 꺼져 죽을 것이고. 내 안에 느낀다 내가 너의 분주의 끝을 천상적인 자유, 축복받은 귀환을. 사나운 고통으로 내가 인식한다 너의 멀어짐, 우리 고양으로부터의 그것을, 너의 저항, 그 오래된, 장엄한 하늘에 맞선 그것을. 너의 분노와 너의 광란이 헛되다. 타버리지 않고 서 있는 것이 십자가다—승리의 깃발, 우리 종족의.

너머로 순례한다 내가,
그리고 각자의 고통 모두
된다 장차 가시,
환락의 그것이.
얼마 안 있어,
그렇게 내가 풀려나고
눕는다 사랑에
취하여 무릎에.
끝없는 생이
물결친다 힘차게 내 안에
내가 본다 위에서
아래로 너를.
저 언덕에 이르러
꺼진다 너의 광채가—
그림자 하나가 가져온다
시원하게 해주는 화관을.
오! 빨아들이라, 연인아,
강력하게 나를,
내가 영면하고

사랑할 수 있게끔.
내가 느낀다 죽음의
젊게 하는 흐름,
향유와 에테르로
변형한다 나의 피가—
내가 산다 낮에
믿음과 용기로 가득 차
그리고 죽는다 밤마다
거룩한 작열로.

V

인간의 널리 퍼진 부족들을 지배했다 태고에 철의 운명이 벙어리 폭력으로. 어떤 어두운, 무거운 끈이 둘러쌌다 그들의 근심하는 영혼을.—끝없었다 대지가—신들의 체류지이자 그들의 고향. 영원 이래 서 있었다 그들의 은밀한 건축물이. 아침의 붉은 산들 너머, 바다의 신성한 무릎에 거주했다 태양, 모든 것에 불붙이는, 살아 있는 빛이.

늙은 거인 하나가 졌다 그 거룩한 세계를. 단단히 고정되어 산맥 아래 누워 있었다 원(原)아들, 어머니 대지의 그

가. 누워 있었다. 무력했다 파괴적인 분노, 새로운 장엄한 신(神) 종족과 그 친척들에 맞선 그것에서, 그 유쾌한 인간이. 바다의 어두운, 초록 심연이 한 여신의 무릎이었다. 수정의 동굴들에서 포식했다 화려한 족속이. 강, 나무, 꽃과 짐승들한테 있었다 인간의 지각 능력이. 달콤한 맛이었다 포도주, 눈에 보이는 젊음 충만의 선물인 그것이—신(神) 하나, 포도 속에—사랑하는, 어머니 같은 여신, 꽉 찬 황금 볏단으로 자라 오르는—사랑의 신성한 명정(酩酊) 달콤한 시중, 신들의 가장 아름다운 여인의—영원한 신들 여인의—끝없이 다채로운 축제, 하늘의 자식과 대지 거주자들의 그것을 솨솨 소리 내며 흘렀다 생이, 봄과도 같이, 몇 세기에 걸쳐. 모든 종족들이 숭배했다 어린아이처럼 그 상냥한, 천 겹 불 꼴을 세상의 최고 존재로. 하나뿐인 생각이었다 그것, 엄청난 환상이었다.

그 무시무시한 것이 즐거운 식탁 쪽으로 가까이 왔고
분위기를 사나운 경악으로 덮었다.
이 사태에 신들 자신도 답이 없었다,
답답한 가슴을 위로로 채워줄 말이.

비밀투성이였다 이 악마 다니는 길이,
그의 분노를 어떤 간청도 어떤 공물도 진정 못 시켰다;
그것이 죽음이었다, 이 즐거운 연회를
불안과 고통과 눈물로 중단시킨.

영원히 이제 모든, 여기서 가슴을 달콤한
환락으로 불러일으켰던 것과 작별한 채,
연인들과 분리되어, 이생에서 허락된 갈망이, 긴 슬픔 일으킨다.
보기에 맥 빠진 꿈 같았다 죽은 자한테 오직 해당되는,
무력한 투쟁이 오직 그를 죽였으니.
산산이 부서졌다 즐김의 파도가
바위, 끝없는 짜증의 그것에.

용감한 정신과 드높은 의식의 열정으로
면했다 인간이 끔찍한 애벌레 신세를,
온화한 청년 하나가 꼈다 빛을 그리고 쉬었다—
온화해졌다 최후가, 바람에 하프 소리처럼.
기억이 녹았다 서늘한 그늘-큰물로,

그렇게 불렀다 노래를 슬픈 결핍한테.
하지만 해독되지 않은 상태였다 계속 그 영원한,
진지한 조짐, 멀리 있는 권력의 그것이.

종말로 기울었다 낡은 세계가, 젊은 종족의 기쁨 정원이 시들었다—위로 더 트인, 황량한 공간에서 매진했다, 어린아이 같지 않은, 성장하는 인간이. 신들이 사라졌다 종자들과 함께—외롭고 생기 없이 서 있었다 자연이. 쇠사슬로 묶었다 그것을 메마른 수(數)와 엄혹한 잣대가. 먼지와 공기로인 듯 허물어졌다 어두운 말[言]로 그 헤아릴 수 없는 꽃, 생의 그것이. 도망쳐버렸다 맹세하는 믿음과 모든 것을 변형하는, 모든 것을 형제자매로 만드는 하늘의 동반녀, 상상이, 쌀쌀맞게 불었다 차가운 북풍이 굳어버린 평원 위로, 그리고 굳어버린 불가사의 고향이 휘발했다 에테르로. 하늘의 먼 곳이 가득 찼다 빛 발하는 세계들로. 더 깊은 성지 속으로, 심정의 더 높은 공간으로 나아갔다 제 세력들 데리고 세계의 영혼이—그리고 지배했다 세계 장엄의 동이 틀 때까지. 더 이상 아니었다 빛이 신들의 체류지나 천상의 표식이—밤의 장막으로 덮었다 그들이 자신들을. 밤이 계시의 강력한 자궁 되었다 그 안으로 귀환했다 신들이—잠들었다, 새로운, 더 장엄한 모습으로 나와 변화한 세계를 넘기 위해. 사람들, 무엇보다 너무 일찍 성숙하여 그 결백, 청춘에 그것에 낯설어지는 것을 경멸한 사람들 사이에, 나타났다 처음 보는 면모의 새로운 세계가 시적인 오두막의 가난으로—한 아들, 최초 숫처녀이자 어머니의 아들이—비밀 가득한 포옹의 영원한 열매가. 아침의 나라의 예견하는, 꽃 만발한 지혜가 알아보았다 처음으로 새로운 시간의 시작을.—왕의 겸허한 요람으로 가는 길을 가리켜주었다 별 하나가. 먼 미래의 이름으로 그들이 경배했다 그들이 그에게 광채와 향기로 가장 드높은 경이, 자연의 그것으로. 홀로 펼쳐졌다 그 천상의 심장이 꽃잔 전능한 사랑의 그것 향해—아버지의 드높은 얼굴을 향한 자세로, 그리고 쉬면서, 거룩한 예감의 젖가슴, 상냥히 진중한 어머니의 그것에 기대어 말이지. 신화(神化)하는 열심으로 쳐다보았다 그 예언하는 눈, 꽃피는 아이의 그것이 미래의 날들을, 찾아보았다 그의 연인을, 새싹, 자신의 신(神) 부족의 그것들을, 걱정하지 않고, 자신의 나날의 지상적인 운명을 말이다. 곧 모여들었다, 가장 어린아이 같은 사람들이, 내적인, 불가사의한 사랑에 사로잡혀, 그의 주변에. 꽃처럼 싹텄다 새로운 낯선 생이 그의 근처에. 무진장의 말[言]과 가장 즐거운 소식이 생겨 나왔다 불꽃, 신성한 정신의 그것들처럼 그의 다정한 입술에서. 먼 해변에서, 고대 그리스의 청명한 하늘 아래 태어나, 왔다 가수(歌手) 하나 팔레스타인으로 그리고 맡겼다 자신의 심장 전체를 그 기적의 아이한테:

그 청년이구나 당신, 오래전부터
우리들 무덤 위에 서서 생각에 깊이 잠긴;
위로를 주는 기호, 어둠 속에서의—
더 높은 인간성의 환희로운 시작.
우리를 깊은 슬픔에 가라앉혔던 것이,
우리를 끌어낸다 달콤한 열망으로 이제 거기에서.
죽음으로 영원한 생이 알려졌다.
당신이 죽음이고 만든다 우리를 처음으로 온전하게.

그 가수 계속 갔다 기쁨에 가득 차 힌두스탄으로—가슴이 달콤한 사랑에 취하여, 그리고 쏟아냈다 불같은 노래들로 그것을 저 부드러운 하늘 아래 죄다, 그래서 천의 심장들이 그에게 기울고 기쁜 소식이 천의 가지로 솟구쳐 자랐다. 가수의 고별 이후 곧 되었다 그 진기한 생이 제물, 인간의 심각한 타락의 그것으로.—그가 죽었다 젊은 나이에, 찢겨 떼어졌다 사랑하는 세계로부터, 우는 어머니와 겁내는 친구들로부터. 형언할 수 없는 슬픔의 어두운 잔을 비웠다 그 사랑스러운 입이.—엄청난 불안 속에 다가왔다 그 시간, 새로운 세계 탄생의 그것이. 격렬하게 싸웠다 그가 오래된 죽음의 공포와.—무겁게 눌렀다 늙은 세상이 그를. 한 번 더 그가 찾아보았다 다정하게 어머니를 그때 왔다 영원한 사랑의 풀어주는 손이—그리고 그가 영면했다. 며칠 동안만 드리워져 있었다 깊은 장막이 파도 거세게 출렁이는 바다 위에, 몸을 떠는 땅 위에—셀 수 없는 눈물을 흘렸다 연인들이.—풀렸다 비밀의 봉인이—천상의 정신이 들어 올렸다 태고의 돌을 어두운 무덤에서. 천사가 앉았다 잠든 이 곁에—그의 꿈으로 상냥히 빚어져.—새로운 신성 장엄으로 깨어나 올라갔다 그가 새로 탄생한 세계의 높은 곳까지—묻었다 자신의 손으로 늙은 시체를 버려진 동굴에 그리고 놓았다 전능한 손으로 돌,

어떤 힘도 들 수 없는 그것을.

아직도 흘린다 당신의 사랑이 눈물, 기쁨의, 눈물, 감동과 끝없는 감사의 눈물을 당신의 무덤에다—본다 당신을, 여전히 기쁜 경악으로, 당신의 부활을—그리고 더불어 자신의 부활을; 본다 당신이 우는 것을, 달콤한 열심으로 어머니의 복 받은 젖가슴에다 말이지, 진지하게 친구들과 거니는 것을, 말하는 것, 마치 생명의 나무에서 딴 것 같은 말을 하는 것을, 본다 당신이 서두는 것을, 충만한 갈망으로 아버지 품으로, 가져오느라, 젊은 인간성과 황금빛 미래의 고갈되지 않는 잔을 말이다. 어머니가 곧 급히 당신 뒤를 쫓는다—천상적인 승리감으로.—그녀가 첫 번째였다 새로운 고향에서 당신 곁에. 긴 시간이 흘러갔다 그 이래, 그리고 갈수록 드높은 광채로 활기를 띠었다 당신의 새로운 창조가—그리고 수천이 벗어났다 고뇌와 아픔을, 믿음과 열망 그리고 당신 향한 신의로 가득 차—순례한다 당신과 그리고 천상의 처녀와 함께 사랑의 왕국에서—헌신한다 사원, 천상적인 죽음의 그곳에서, 그리고 영원으로 당신 것이다.

들렸다 돌이—
인간성이 부활했다—
우리 모두 머문다 당신 것으로
그리고 느끼지 않는다 아무 속박도.
가장 혹독한 비애가 달아난다
당신의 황금 접시 앞에서,
대지와 생이 연해지는
최후의 만찬 때.

결혼식으로 부른다 죽음이—
등잔불 탄다 밝게—
처녀들 도착했다—
기름이 충분하다
울리기 시작한다 그러나 먼 곳이
당신의 용모에 대해 이미,
그리고 부른다 우리를 별들이
인간의 언어와 소리로.

당신 향해, 마리아, 들렸다
이미 천의 심장들이.
이 그림자 생에서
필요로 한다 그들이 오직 당신을.
그들이 희망한다 낫기를
예감 가득한 즐거움으로써—
당신이 그들을 꼬옥 안는다면, 신성한 존재여,
당신의 진실한 가슴에 말이다.

너무나 많은 이들이, 자신을 쓰라린 고통으로
작열하며 소모하고
이 세계에서 도망쳐
당신을 향한다;
당신이 자비롭게 나타났다 우리의
숱한 역경과 고통 속에—
우리가 간다 이제 그대에게
가서 영원히 있으려고.

이제 울지 않는다 어떤 무덤에서도,

고통 때문에, 사랑하며 믿는 자.
사랑의 달콤한 재산을
아무도 빼앗기지 않을 것—
그의 갈망을 누그러뜨리려고
영감을 준다 그에게 밤이—
진실한 하늘 아이들이
그의 심장을 깨운다.

위로받으라, 생이 걸어서
영원한 생한테로 사라진다:
내적인 작열로 넓어져
밝다 우리의 감각이.
별 세계가 녹아
황금의 생명 포도주 될 것이다,
우리가 그것을 누리고
밝은 별들 되리라.

사랑이 대가 없이 주어진,
어떤 이별도 없다 더 이상.

물결친다 충만한 생이
끝없는 바다처럼.
오직 하루의 밤, 더할 나위 없는 기쁨의
한 편의 영원한 시!
그러면 우리의 그 모든 태양이
하느님 얼굴이다.

VI

죽음을 갈망

저 아래 대지의 자궁 속,
길, 빛의 왕국을 벗어나는,
고통의 격분과 사나운 밀침을 벗어나는,
그것이 더 즐거운 출구 표시다.
우리가 온다 좁은 거룻배 타고
신속히 하늘 해변에.

찬미받으라 우리의 영원한 밤,

찬미받으라 영원한 잠.
정말 낮이 우리를 따스하게 했지,
그리고 시든다 오랜 시름이.
열락, 낯선 것들의 그것이 나간다 우리를.
아버지 찾아 우리가 집에 가고 싶다.

어쩌겠는가 우리가 이 세상에서
우리의 사랑과 진실됨을.
오래된 것들 제쳐진다.
어쩔 것인가 우리가 그런 다음 새롭단들.
오! 홀로이고 몹시 슬프다,
뜨겁고 경건하게 태고를 사랑하는 자.

태고, 거기서 감각들이 밝게 드높은 불꽃으로 탔다,
아버지의 손과 얼굴이
인간을 아직 알아보았다.
그리고 드높은 감각들이, 한 겹으로,
아직 많은 점에서 자신의 원형에 달했다.

선사, 거기서 아직 만개한
태초 부족들이 굉장하고,
아이들이 하늘나라 위해
고통과 죽음을 필요로 했다.
그리고 쾌락과 생을 말했단들,
숱한 가슴이 사랑 때문에 찢어졌다.

선사, 거기서 젊음 작열로
하느님 자신이 자신을 알렸고
이른 죽음에 사랑하는 마음으로
바쳤다 자신의 달콤한 생명을.
그리고 불안과 고뇌가 괜히 다그쳐,
그가 우리에게 오직 소중하게 남지 않았다.

초조한 갈망으로 본다 우리가 태고, 그것이
어두운 밤에 싸인 것을.
이 세상사로 결코
뜨거운 갈증 진정되지 않는다.
우리가 고향으로 가야 한다,

가서 이 신성한 시간을 보아야 한다.

아직 우리의 귀환을 막는 것,
우리의 연인이 쉬고 있다 이미 오래.
그녀의 무덤이 닫는다 우리의 인생 행로를,
이제 슬피 또 초조히 우리가
찾아다닐 일 없다 더 이상—
가슴이 배부르다—세상이 텅 비었다.

끝없이 그리고 신비로이
관류한다 우리를 달콤한 전율이—
내 생각에, 깊은 먼 곳에서 울렸다
메아리, 우리 슬픔의 그것이.
사랑이 그리워한다 스스로 또한
그리고 보냈다 우리에게 갈망의 숨을.

저 아래 그 달콤한 신부에게로,
예수, 사랑하는 이에게로—
위로받으라, 땅거미 진다

사랑하는 이들, 슬픈 이들한테
꿈이 부순다 우리의 굴레를
그리고 보낸다 우리를 아버지의 무릎에.

등 꿈

보르헤르트

나 죽으면,
되고 싶다 나 아무튼
그래서 하나의 등(燈)이,
그리고 그것이 네 문 앞에 있어야겠지
그리고 흐릿한
저녁을 비춰 무색하게 해야 한다.

아니면 항구에,
거기 커다란 기선(汽船) 잠들고,
거기 처녀들 웃고,
나 깨어 있겠다
어떤 좁고 더러운 물길 옆에
그리고 눈짓하는 자 옆에, 그가 홀로 가고.

어떤 비좁은
골목길에 나 걸리고 싶다
붉은 양철 등으로
어떤 선술집 앞에 —
그리고 생각과

밤바람으로 흔들리고 싶다
그들의 노래에 맞춰.

아니면 한 여인 되고 싶다, 그녀를 아이가
눈 크게 뜨고 찌르지,
아이가 소스라쳐, 발견하거든,
자신이 혼자라는 것을 그리고 왜냐면 바람이
그토록 고성방가 한다 미닫이창에 대고—
그리고 꿈들이 바깥에서 유령으로 돌아다닌다.

그래, 나 되고 싶다 아무튼,
나 죽으면,
그래서 하나의 등이,
그리하여 밤이면 완전 혼자서,
모든 것이 지상에서 잠자더라도,
지상에서 잠잘 때,
달과 오손도손 이야기하고 싶다—
당연히 '너'로.

네가 한 송이 꽃처럼

하이네

네가 한 송이 꽃처럼,
그토록 사랑스럽고 아름답고 순수하기에;
내가 본다 너를, 그리고 비애가
가만가만 내 마음에 스민다.

느낌, 내가 손을
네 머리에 얹어야 할 것 같은,
기도하며, 신께서 너를 계속
그토록 순수하고 아름답고 사랑스럽게 해주시기를.

가문비나무 한 그루 서 있다 홀로
북쪽 민둥산 꼭대기에.
졸립지; 하얀 이불로
에워싼다 그것을 얼음과 눈이.

그것이 꿈꾼다 종려나무 한 그루,
멀리 아침의 나라에서
홀로 그리고 말없이 슬퍼하는
불타는 암벽 위 그것을.

저녁 노래

보르헤르트

왜, 아아, 말하라, 왜
계속되는 거지 지금 태양이?
잠들거라, 얘야, 그리고 꿈꾸거라 부드러이,
그것의 출처야말로 어두운 밤,
그때 계속된다 태양이.

왜, 아아 말하라 왜
되었나 우리의 도시가 이리 고요하게?
잠들거라, 얘야, 그리고 꿈꾸거라 부드러이,
그것의 출처야말로 어두운 밤,
왜냐면 도시가 그때 잠들려 한다.

왜, 아아 말하라, 왜
타는 거지 등불이 그토록?
잠들거라, 얘야, 그리고 꿈꾸거라 부드러이,
그것의 출처야말로 어두운 밤,
그때 탄다 등불이 등불이 활활!

왜, 아아 말하라, 왜

가는 거지 숱한 이들 손에 손잡고?
잠들거라, 얘야, 그리고 꿈꾸거라 부드러이,
그것의 출처야말로 어두운 밤,
그때 간다 사람들이 손에 손잡고.

왜, 아아 말하라, 왜
우리의 심장이 이렇게 작지?
잠들거라, 얘야, 그리고 꿈꾸거라 부드러이,
그것의 출처야말로 어두운 밤,
그때 우리가 완전 혼자다.

애도

실러

아름다움도 죽어야 하다니! 그것이 인간과 신들을 극복하는,

그것이 움직이지 못한다 무쇠 가슴, 명부의 제우스의 그것을.

단 한 번 부드럽게 했다 사랑이 그 어둠 지배자를,

그리고 바로 문턱에서, 엄혹히, 도로 불렀다 그가 제 선물을.

달래주지 않는다 아프로디테가 그 아름다운 아이의 상처,

그 사랑스런 몸에 끔찍하게 수퇘지가 새긴 그것을.

구해주지 않는다 그 신 같은 영웅을 불멸의 어머니가,

그가, 스케이 대문에서 쓰러지며, 자신의 운명을 실현할 때.

그러나 그녀가 오른다 바다에서 네레우스의 딸들 모두 데리고,

그리고 애도를 시작한다 영광에 빛나는 아들 위해.

보라! 거기 울고 있다 신들이, 울고 있다 여신들 모두,

아름다움이 사라지는 것을, 완벽이 죽어버리는 것을.

애가를 사랑받는 이의 입으로 부르는 것도 장엄하지,

왜냐면 평범은 애도 없이 저승 땅에 떨어진다.

힐데브란트의 노래

작자 미상, 810~820년

내가 듣기로,

도전자가 일대일로 결투했다:

힐데브란트와 하두브란트가 양쪽 군대 사이.

아들과 아버지가 갖추었다 군장을,

고쳤다 전투 복장을, 찼다 칼을,

영웅들이, 군장 위로, 그리고 전투에 나섰다 말 타고.

힐데브란트가 말했다, 헤리브란트의 아들, 그가 연장자,

삶의 경험이 더 많은 자였다, 그가 묻기 시작했다,

짤막하게, 그의 아버지가 누구인지

하고많은 사람 중에……

"……혹은 어느 족 출신인지 네가

어느 족인지 말하면, 알리라 내가 나머지

왕국 사람들을, 알고 있느니라 내가 모든 사람들을."

하두브란트가 말했다, 힐데브란트의 아들이:

"그랬소 내게 고향분들이,

나이 들고 현명한, 전부터 이미 거기 살던 분들이,

힐데브란트가 내 아버지 이름이라고, 내 이름은 하두브란트.

이전에 그가 동쪽으로 말 타고, 피해 갔답디다 오도아

케르의 분노를,

그리 갔소 테오드리크 및 그의 숱한 전사들을 데리고.

그가 방치했소 비참하게

아내를 오두막에 어린 아들도

상속재산 없이 그 말 타고 동쪽으로 가버렸소.

그래서 견뎌야 했소 그 이래 디트리히가 부재(不在),

내 아버지의 그것을: 그토록 친구 없는 사내였소.

그가 노했소 오도아케르한테 엄청나게,

테오드리크의 가장 총애받는 전사였던 그가.

늘 부대 선봉에 섰소, 전투라면 언제나 환영이었소,

알려졌답디다…… 가장 용감한 자로.

나 생각 안 하오, 그가 아직 살아 있다고……'

"맙소사 하느님" 말했다 힐데브란트가, "저 위 하늘에서,

설마 이런 혈연의 사내들을

이 지경에 빠지게 하다니!"

그가 그러더니 풀었다 팔에 감긴 사슬을,

왕, 훈족의 지배자가 하사한 황실 금으로

만든 것을. "이것을 주겠다 네게 우정의 선물로!"

하두부란트, 힌데브란트의 아들이 말했다:

"창을 들고 선물을 받으려면,

창끝 대 창끝이지!

당신은 자신이, 훈족 늙은이, 꽤나 영리하다는 생각이군.

꼬드기는 거지 나를 당신의 말로, 던지려는 거야 당신 창을 내게.

당신 그토록 오래 산 게, 항상 속임수를 썼기 때문이군.

그랬다 내게 뱃사람들이,

대양 건너 서쪽에서, 그가 전사했다고:

죽었다 힐데브란트, 헤리브란트의 아들은!"

힐데브란트, 헤리브란트의 아들이, 말했다:

"잘 알겠다 너의 군장을 보니,

고향의 네 주군이 선하다는 거,

네가 이 왕국에서 아직 한 번도 추방된 적 없다는 것을.

그런데, 하느님 역사(役事)로 이제" 말했다 힐데브란트가,

"재앙이 있구나:

내가 떠돌았다 서른 번 여름과 서른 번 겨울을 나라 밖에서;

거기서 사람들이 나를 늘 돌격 부대에 편성했지.

내게 어떤 성(城)도 죽음을 초래하지 못하였거늘:

이제 나를 나의 자식이 칼로 치고,

칼날로 으깨갰지, 아니면 내가 그를 죽이는 자 되거나.

네가 쉽사리—네 힘이 넉넉하다면—

이리 늙은 자의 군장 취할 수 있다,

전리품 약탈할 수 있다, 네게 모종의 권리가 있다면.

하지만 지금 가장 비겁한 자이리라" 말했다 힐데브란트가, "동쪽 사내 중에,

네게 지금 전투를 거절한다면, 네가 그토록 강하게 원하는데,

둘의 결투를 말이다; 이제 누구든,

둘 중 하나가 전투복을 버려야 하고

둘 다의 갑옷을 차지할 것이다."

그런 다음 우선 둘의 물푸레나무 창이 파열되었다

지독한 전투로, 그리고 방패에 꽂혔다.

둘이 올라탔다 서로에게, 쪼개졌다 색깔 있는 방패가,

쳐댔다 무섭게 하얀 방패를,

급기야 둘의 보리수 방패가 부서졌다,

박살 났다 무기로…… *

* 20행가량 분실됨. 아마도 아버지가 아들을 죽이는 장면.

밤에로

슈토름

지났다 낮이! 이제 두라 나를 막힘없이
즐기게끔, 이 시간의 가득 찬 평화를!
이제 우리가 우리다; 파렴치한 세상한테서
마침내 우리한테 그 거룩한 밤이 분리되었다.

하라 한 번 더, 네 두 눈 감기기 전에,
사랑의 빛줄기가 망설임 없이 불붙게;
한 번 더, 꿈으로 그것이 잊히기 전에,
내가 네 목소리의 사랑스런 음(音)을 느끼게!

무엇이 더 있나! 고요한 소년이 손짓한다
제 해변으로 꾀며 사랑스럽게;
그리고 네 가슴이 숨 쉬며 부풀고 가라앉는데,
실어간다 우리를 잠의 파도가 온화히 저쪽으로.

누가 알았던 적 있나 생을 제대로

플라텐

누가 알았던 적 있나 생을 제대로 움켜쥐는 법,
누가 절반을 그중에서 잃지 않았나
꿈으로, 열병으로, 바보들과의 대화로,
사랑의 아픔으로, 공허한 시간 낭비로?

그렇다, 심지어 그, 편안하고 태연히,
무엇을 할 것인지 의식을 갖고 태어난,
일찌감치 생의 경로를 선택한 자도,
생의 모순 앞에서 창백해질밖에 없다.

왜냐면 누구나 희망한다, 행운이 그에게 웃어주리라,
다만 그 행운을, 그것이 정말 왔을 때, 감당하는 게,
전혀 인간의 일 아니다, 하느님 일이지.

오지도 않는다 결코, 우리가 바란다 순전히 그리고 무릅쓴다:
잠자는 자에게 떨어지지 않는다 그것이 결코 지붕에서,
그리고 달리는 자도 그것을 사냥하여 잡지 못할 것이다.

로렐라이

하이네

모르겠다, 무슨 뜻이길래,
나 이토록 슬픈지;
동화 하나, 옛날의,
그것이 떠올라 떠나지 않는다 뇌리를.

공기 상쾌하고 날이 어두워지고,
편안하게 흐른다 라인강;
산꼭대기 깜박인다
저녁놀 속에.

아름답기 짝이 없는 그 처녀 앉아 있다
그 위에 놀라운 모습으로,
그녀의 황금 장신구 반짝인다,
그녀가 빗고 있다 그녀의 금발을.

그녀가 빗는 빗은 황금 빗,
그리고 부른다 노래 한 곡 곁들여;
기이한,
강력한 선율이다.

작은 배 탄 뱃사람을
장악한다 그것이 광포한 슬픔으로;
그가 보지 않는다 암초를,
그가 본다 오직 저 위 꼭대기를.

내 생각에, 파도가 집어삼킨다
결국 뱃사람과 거룻배를;
그리고 그게 자신의 노래로
로렐라이가 한 짓이다.

그래 꽃이 풀밭 밀어젖히고 나와

포겔바이데

그래 꽃이 풀밭 밀어젖히고 나와,
짓는 미소가 눈부신 태양을 향한 것 같은,
5월 어느 날 이른 아침,
작은 새들 노래도
최상이지, 그들이 알고 있는,
어떤 기쁨을 이것에 비길 수 있나?
정말 반(半)은 천국.
하지만 말이 나왔으니, 무엇이 그것에 비길 수 있는지
말해주겠네 무엇이 더 많은 기쁨을
내 눈에 주었는지,
그리고 줄 것인지 여전히, 내가 그것을 본다면.

때는 고상한 아름다운 여인, 순결한 그녀가,
잘 차려입고 잘 여민,
머리부터 발끝까지로,
재미 삼아, 당당하게, 홀로 아니고,
두리번거리며 사람들 사이 들어가니,
별들 사이 태양 같을 때,—
5월이 연출하는 그 온갖 놀라움 가운데,

무엇이 정말 놀라운가,
그녀의 유쾌한 입술만큼?
우리가 모든 꽃들 불러 세워
경탄케 한다 그 찬란한 여인한테.

자, 그대들 진짜를 보고 싶다면,
가자 우리 5월 축제로!
그것이 전력(全力) 갖추고 와 있나니.
보라 그것을 그리고 보라 아름다운 여인을,
어느 쪽이 더 우월한지:
더 나은 쪽을, 내가 선택하지 않았는지.
오 누가 내게 선택하라 한다면,
설령 그것으로 다른 하나를 포기해야 한단들,
아주 신속하게 고를 것이다 내가!
5월 선생, 당신이 3월이어야,
비로소 내가 내 여인 대신 당신을 택하리라.

죽음과 소녀

클라우디우스

소녀: 지나가! 아아, 지나가요!
　가라니까, 사나운 해골!
　난 아직 어려요, 가주세요, 당신!
　건드리지 마세요 나를 절대.

죽음: 다오 네 손을, 아름답고 상냥하게 생겼구나!
　친구란다 꾸짖으러 온 게 아니고.
　착하지! 나 사납지 않단다,
　아무렴 솔솔 내 품에 안겨 자거라!

행운은 경솔한 매음부

하이네

행운은 경솔한 매음부라서
머물지 않는다 흔쾌히 같은 장소에;
그녀가 쓰다듬어 정돈한다 네 머리를 이마에서
그리고 입 맞춘다 네게 재빨리 그리고 훨훨 날아가버린다.

불행 부인이 오히려
너를 사랑하지 찰싹 심장에 달라붙어;
그녀가 말한다, 그녀가 전혀 서두르지 않는다고,
네 침대 옆에 앉는다 네 침대 옆에 그리고 뜨개질한다.

기도

뫼리케

주여, 보내소서 뜻대로,
사랑할 것이든 슬퍼할 것이든!
저는 만족입니다, 둘 다
당신 손에서 샘솟는 것에.

원컨대 기쁨으로
그리고 원컨대 슬픔으로
저를 덮어버리지 마소서!
그 한가운데
놓여 있음입니다 사랑스러운 겸손이.

주님의 탄생에

그리피우스

그 본질적인 말씀, 영원 속에,

시간이 탄생하기 전에, 하느님이고, 하느님을 보았던,

그 말씀, 그것 통해 하느님이 지상의 집을 지으신,

그것 통해 하늘이 섰던, 그 빛, 우리를 인도해줄,

(그, 밝음 이상의 빛), 손과 발이 미끄러질 때,

그 앞에서 아무것도 어둡지 않은, 그 앞에서 지옥이 전율하고

더 어둡다는 것도 그리하는, 그것이 세상에 비밀을 털어놓고

입었다 우리의 육(肉)과 무거운 시간의 짐을.

그것은 영광의 왕좌를 떠나 눈물 계곡에 도착한 것,

그리고 이 육신의 천막을 거처로 삼았던 것,

아무리 그것의 소유물이 항상 그것을 거역하더라도 말이지.

이 손님을 맞는 자, 순식간에 깨달을 것이다

얼마나 찬란한지 그의 은혜, 그가 사랑으로 불타오를 것,

사랑, 기쁨을 두고두고 주는 그것으로 말이다.

2행 시편

실레시우스

하느님이 가장 가난한 것, 그가 일체 벗고 자유인 상태지:
그래서 말한다 내가 진실로 분명히, 가난이 신성하다고.

인간이여, 되라 본질적으로; 왜냐면 세상 사라지면,
그렇게 탈락한다 우연이, 본질, 그것이 존속한다.

태연(泰然) 가능하다 하느님; 그러나 하느님 자신을 그냥 두는,
태연을, 몇 안 되는 사람만 이해한다.

꽃피라, 얼어붙은 기독교인, 5월이 문 앞에 와 있다,
네가 영원히 죽은 처지다, 꽃피지 않는다면, 지금 그리고 여기서.

인간이여, 네가 사랑하는 것, 그것에로 네가 변형될 것
하느님 된다 네가, 사랑하는 게 하느님이라면, 그리고 대지 된다, 사랑하는 게 대지라면.

내가 거대하다 하느님만큼이나, 하느님이 나만큼이나 작다,

하느님이 내 위일 수 없다, 내가 하느님 아래일 수 없다.

하느님으로 아무것도 인식되지 않는다: 하느님이 통일된 하나다.

우리가 하느님으로 인식하는 것, 그것은 분명 우리 자신이다.

아무것도 없다 너를 움직이는 것, 너 자신이 바퀴다,

자진해서 돌고 전혀 쉬지 않는.

너 자신이 만든다 시간을, 시계 톱니바퀴 장치가 감각기능들이지.

불안을 억제하면, 시간이 여기 없다.

친구, 그것으로 족하다. 더 읽고 싶다면,

가서 되어라 스스로 그 문서가 그리고 스스로 본질이.

이별

클롭슈토크

당신이 분명 너무 진지해졌다, 운구
행렬이 지나갔을 때;
두려워 당신 죽음이? "죽음은 아냐!"
뭐가 두려운 건데 당신 그럼? "죽는 거!"

나 자신은 그것도 아니고, "당신 두려운 게 그러니까 아무것도 없어?"
슬퍼라, 내가 두려운 건, 내가 두려워하는 것은…… "짜증 나네! 뭔데?"
이별, 친구들을 떠나는!
그리고 나의 이별뿐 아니라, 그들의 이별도!

그래서, 내가 한층 더 진지해졌지 당신보다,
그리고 영혼 더 깊어졌고, 운구
행렬 지나갔을 때.

국외(國外)에서

하이네

내게 있었다 예전에 아름다운 조국이.
떡갈나무
자랐다 거기서 아주 높이, 제비꽃 끄덕였다 부드러이.
그것은 꿈이었다.

그것이 입 맞추었다 내게 독일어로 그리고 말했다 독일어로
(사람들이 좀체 믿으려 들지 않는다,
얼마나 좋게 들리는지) 그 말: '내가 사랑해 너를.'
그것은 꿈이었다.

묘비명

—조카딸 마리안느

그리피우스

태어났다 도피 중에, 칼과 불에 둘러싸여,

연기에 질식사할 뻔, 어머니의 혹독한 담보,

아버지의 가장 큰 불안, 빛에로 내몰린,

그 격노한 백열이 내 조국 집어삼켰을 때:

내가 이 세상을 눈여겨보았고 곧 작별의 성호를 그었다,

왜냐면 내게 하루아침에 세상의 온갖 공포가 닥쳤다;

사람들이 날짜를 세는 곳에서는, 내가 어려서 돌아갔다,

아주 늙었지, 감안한다면, 내가 어떤 공포를 감수했는지.

모주꾼의 죽음에

헤벨

그들이 방금 내가 알던 사람을 묻었다.
딱하지 그의 각별한 재능이.
눈 씻고 찾아봐도, 그런 사람 없다!
그가 돌아갔다, 그를 다시 못 볼 것.

그가 점성술에 밝았다.
온갖 마을 돌아다니며
살폈다 집집마다 가서:
아무도 *별자리* 모릅니까?

그가 꽤 저돌적인 기사였다.
온갖 마을 돌아다니며
물었다 줄기차게:
"사자자리나 곰자리 있소?"

그리고 착한 기독교인이었다, 그랬지.
온갖 마을 돌아다니며
밤이건 낮이건
십자가 향해 조용히 참회 순례했다.

그의 이름을 도시와 농촌의
대단한 분들이 잘 알았다.
그가 가장 총애하는 동료가
언제나 *왕(王) 세 명*이었다.

이제 잠들었다 그가 그리고 모른다 더 이상,
때가 되면, 모두 그렇게 간다는 사실을.

아스라족 사내

하이네

날마다 오르내렸다 비길 데 없이 아름다운
술탄의 딸이
저녁 무렵 분수가를,
왜냐면 거기서 하얀 물이 첨벙거린다.

날마다 서 있었다 노예 청년이
저녁 무렵 분수가에,
왜냐면 거기서 하얀 물이 첨벙거린다;
날마다 그가 창백해지고 더 창백해졌다.

어느 날 저녁 나타났다 군주가
그에게 다그쳤다:
"너의 이름을 대라,
네 출신과, 네 혈통을 대라!"

그리고 그 노예가 말했다: "제 이름은
모하메트, 제 고향은 예멘이고,
제 혈통은 저 아스라족,
죽음에 이르지요, 사랑에 빠지면."

저녁 세레나데

브렌타노

들리나, 슬피 운다 그 플루트가 다시,
그리고 서늘한 샘들이 솨솨거린다,
황금빛으로 탄식한다 그 소리 낮게;
조용, 조용, 귀를 기울이자구!

귀여운 간청, 온화한 요구,
어찌나 달콤히 가슴에 말하는지!
밤을 뚫고, 밤이 나를 포옹했건만,
보낸다 시선을 내게 그 소리 빛이.

씨 뿌리는 사람이 뿌린다 씨를

클라우디우스

씨 뿌리는 사람이 뿌린다 씨를,
대지가 받아들인다 그것을, 그리고 얼마 안 되어
싹터 오른다 꽃들이—

네가 사랑했다 그녀를. 이 생이 그 밖에도
줄 수 있는 것들 하찮게 여겨졌다 네게,
그리고 그녀가 영면했다 네게서!

왜 우는가 네가 무덤 곁에서,
그리고 들어 올리는가 두 손을 구름, 죽음과
부패의 그것에게 드높이?

들의 풀처럼 인간이
사라진다 잎새처럼! 고작 며칠 동안만
나타난다 우리가 차려입고!

독수리가 찾아온다 대지를,
하지만 꾸물거리지 않는다, 털어낸다 날개에서 먼지를
그리고

돌아간다 태양한테로!

모르핀

하이네

엄청 비슷하다 두 아름다운
청년의 모습, 한쪽이 금방 봐도
훨씬 더 창백하지만, 다른 쪽보다, 훨씬 더 엄하게도 생겼고,
거의 말할 수 있지 훨씬 더 고상해 보인다고
저 다른 쪽보다, 하지만 그쪽이 나를 친밀히
품에 안았다— 너무나 사랑스럽고 부드러웠어
그때 그의 웃음이, 그의 눈빛 너무나 행복해했고!
그때는 정말 가능했다, 그가 머리에 쓴
양귀비 화관이 내 이마에도 와닿고
기묘한 향내 풍기며 모든 고통을 내 영혼에서
쫓아내는 일이— 하지만 이런 진통(陣痛)은,
오래 못 가지; 완전한 회복을
내가 할 수 있는 것은 오직, 자신의 횃불을 낮출 때다,
그 다른 형제, 그토록 진지하고 창백한 그가.—
좋아 잠이, 죽음이 더 좋고—물론
최선은, 태어난 적이 없는 거겠지.

대장장이

울란트

들린다 내 애인,

망치를 그가 휘두른다,

그것 솨솨거린다, 그것 울린다,

그것 스며든다 멀리

종소리처럼

거리와 광장에 온통.

검은 벽난로 곁에,

거기 앉아 있다 내 연인,

하지만 내가 그리 건너가면,

풀무가 난리를 치네,

불꽃이 벌컥 화를 내고

타오르네 그의 둘레.

위로(慰勞)

슈토름

오라지, 뭐든 올 테면!
네가 살아 있는 한, 낮이다.

그리고 세상 속으로 나간단들,
네가 내게 있는 곳, 나의 집이다.

내가 본다 네 사랑스런 얼굴을,
내가 보지 않는다 미래의 그림자를.

내가 오 어린 양

하이네

내가, 오 어린 양, 양치기로 임명되어,
지켰다 너를 이 세상에서;
네게 내 빵을 먹였다,
떠 온 샘물로 네 원기를 돋우었다.
차갑게 겨울 폭풍 노호할 때,
내가 너를 가슴에 안아 따스하게 했다.
여기서 유지했다 내가 단단히 너를 붙어 있는 상태로;
호우 쏟아지고,
늑대와 급류가 다투어
울부짖는 어두운 바위 침대에서도,
네가 근심하지 않았다, 떨지 않았다.
심지어 가장 키 큰 전나무를 박살 내는
번개 때도 내 품에서
네가 잤다 고요히 그리고 걱정 없이.

내 팔 약해진다, 살금살금 다가온다
창백한 죽음이! 양치는 일,
전원극에, 끝이 있다.
오 하느님, 제가 놓습니다 당신 손에

되돌려 지팡이를. 지켜주소서 당신이
내 불쌍한 어린 양을, 제가 안식을 위해
묻혀 있을 때 그리고 용납 마소서,
어디선가 가시 하나가 그것 찌르게끔
오 보호하소서 그 모피를 가시울타리로부터
그리고 또한 늪으로부터, 더러워지지 않게;
어디서나 그것의 발치에
아주 멋진 여물 생겨나게 하소서;
그리고 그것이 잠들게 하소서, 걱정 없이,
예전에 그것이 내 품에서 잠들었던 것처럼.

착한, 씨 뿌리는 사람의 일요일에

그리피우스

듣지 못합니다 전혀, 당신에 제게 들으라 하셔도:
당신의 소중한 씨가 맺지 못해요 별 열매를
제 안에서! 아아, 주여, 지옥의 새가 찾습니다
당신의 말씀을 제 안에서 교활하게 해칩니다.
설령 꽃들이 내 정신 속에서 늘어나려 한단들,
병들게 합니다 저를 열(熱)이, 그리고(제가 종종 저주하는)
가시 공포가(아아, 날카로운 가시 품종)
질식시킵니다 내 안에 거의 모든 훌륭한 가르침을.
겁주소서 그 새, 주여, 저를 약탈하는 그것한테,
제가 시련 속에서도 당신을 믿게 하소서,
그리고 떼어내소서 그 엉겅퀴, 제 심장 전체를 둘러싼 그것을.
제가 은총의 비로 생기 나게 하소서,
주소서 인내를, 십자가가 짓누를 때,
하여 가시 대신 당신 말씀이 제 안에 살 수 있도록!

장미 띠

클롭슈토크

봄 그늘 속에 보니 있었다 그녀가;
그때 묶어주었다 장미 띠를.
그녀가 그것을 느끼지 못하고 계속 잤다.

살폈다 그녀를; 내 생이 달렸다
이 시선으로 그녀의 생에!
내가 그것을 제대로 느꼈고 알지 못했다 그것을.

하지만 속삭였다 그녀에게 말없이
그리고 솨솨 소리를 냈다 장미 띠로:
그때 깨어났다 그녀가 잠에서.

살폈다 나를; 그녀의 생이 걸렸다
이 시선으로 내 생에,
그리고 우리 주변이 엘리시움 되었다.

은둔

뫼리케

그냥, 오 세계여, 오 그냥 나를 두라!
꼬드기지 말라 사랑의 선물로!
그냥 이 가슴이 홀로 지니게 하라
제 더할 나위 없는 기쁨, 제 고통을!

무엇을 내가 슬퍼하는지, 모른다 내가:
그것이 미지(未知)의 아픔이다;
항구적으로 눈물을 통해 본다
내가 태양의 사랑스런 빛을.

종종 내가 나를 좀체 모른다,
그리고 청명한 기쁨이 경련한다
곤란, 나를 누르는 그것 사이로,
더없이 즐겁게 내 가슴에서.

그냥, 오 세계여, 오 그냥 나를 두라!
꼬드기지 말라 사랑의 선물로!
그냥 이 가슴이 홀로 지니게 하라
제 더할 나위 없는 기쁨, 제 고통을!

황혼 속

아이헨도르프

우리가 고통과 기쁨을 뚫고
왔다 손에 손잡고,
방황 끝에 이제 다다랐다
고요한 대지에

사방에 계곡 경사지고
하늘이 벌써 어두워지고
두 마리 종달새
밤 꿈꾸며 날아오른다

오라 그리고 새들 날개 치게 하라
이제 곧 잠들 시간이니, 더 이상
외로이 방황할 일 없을 것이다.

오 드넓고 고요한 평화여!
저 깊은 저녁노을 방황에
이리 지친 우리—
이것이 어쩌면 죽음일까?

낙담하여

포겔바이데

낙담하여
내가 앉아 생각했다,
그녀한테 바치는 노력을 그만둘까,
그러다 위로가 다시 돌아왔다.
위로라고 부르기는 좀 그렇지, 무슨!
정말 작은 위로라고 하기도 힘들다,
너무나 작아서, 말하면 네가 비웃을 것.
하지만 누구도 즐겁지 않다, 궁금증 풀리지 않으면.

나를 풀 줄기가 유쾌하게 했다:
그것이 말했다 내가 은총 받게 되리라고.
내가 셌다 바로 그 작은 짚을,
전에 보았거든 아이들이 그러는 것을.
자 어디 보자, 그녀가 나를 사랑하는지:
'한다, 하지 않는다, 한다, 하지 않는다, 한다.'
몇 번을 해봐도, 항상 결과가 좋았다.
그것이 위로가 된다: 믿어야 소용 있겠지만.

눈부신 계절 오월에

하이네

I

눈부신 계절 오월에,
온갖 꽃망울 벌어지고,
그때 마음속에
피어났네 사랑.

눈부신 계절 오월에,
온갖 새들이 지저귀고,
그대에게 고백했네
나의 그리움과 욕망.

II

눈물에서 솟아나네
피어나는 꽃들,
토하는 내 한숨은
밤꾀꼬리 합창.

그대 나를 사랑한다면,
그 모든 꽃 보내리,

그대 창가에 밤 꾀꼬리
밤새 지저귀리.

III

장미와, 백합과, 비둘기와, 태양과,
그 모든 사랑의 기쁨 한때 그랬지.
지금은 작은 것, 고운 것, 순결한 것,
고독만을 사랑하지;
그녀는 온갖 사랑의 기쁨,
장미와 백합과 비둘기와 태양.

우울

슈트람

걷다 매진하다
살아가다 그리워한다
몸서리치다 서다
바라보다 뒤지다
죽다 성장한다
그것 오다
외친다!
깊은
벙어리인
우리

풀 속

드로스테-휠스호프

달콤한 휴식, 달콤한 현기(眩氣), 풀 속에,
약초 향 중에 은은한,
깊은 충일(充溢), 깊게 깊게 취한 충일,
구름이 창공에서 연기로 사라질 때,
지친, 헤엄치는 머리로
달콤한 웃음 팔랑거리며 내릴 때,
사랑스런 목소리 살랑대고 방울방울 듣는다
보리수꽃 무덤에서 듣듯이.

그런 다음 가슴속 죽은 이들,
시신이 각각 모두 몸을 뻗고 움직이면,
살며시, 살며시 숨을 쉬면,
닫힌 속눈썹 꿈틀대면,
죽은 사랑, 죽은 기쁨, 죽은 시간이,
그 모든 보물, 파편으로 파헤쳐진 그것들이,
맞닿는다 수줍은 울림으로
작은 종을, 바람이 변주하는 것과도 같이.

시간들, 더 덧없다 너희가 입맞춤,

광선의 슬퍼하는 호수에 대한 그것보다,
이동하는 새들의 노래,
위에서 내게 진주처럼 내리는 그것보다,
현란한 딱정벌레 전광(電光),
햇빛 오솔길을 급히 지나갈 때의 그것보다,
뜨거운 손잡음,
마지막으로 머무르는 그것보다.

그렇지만, 하늘이여, 언제나 내게 오직
이것 하나: 오직 노래,
창공의 모든 자유로운 새들의 그것 위한
영혼 하나만, 그것과 함께 이동할 수 있게,
오직 각각의 모든 약소한 광선,
내 색깔 현란한 가장자리 술의 그것 위한
각각의 모든 따스한 손잡음,
그리고 각각의 모든 행복 위한 꿈 하나만.

아아 내 사랑

오피츠

아아 내 사랑, 서두릅시다,
우리한테 있어요 시간이라는 게:
손해죠 지체가
우리 둘 다에게.

고상한 아름다움이라는 신의 선물
달아나거든요 한 발 한 발,
그래서 모든, 우리가 가진 것,
사라질밖에 없답니다.

두 뺨의 자랑거리 창백해지죠,
머리카락 백발 되고요,
두 눈의 불 약해집니다,
욕정이 얼음 되지요.

작은 산호 입,
모양이 흉해져요
두 손, 눈[雪]처럼, 쇠약해지고,
당신이 늙을 거예요.

그러니 우리 지금 즐기자구요
청춘의 열매를,
우리가 좇을밖에 없기 전에,
세월의 도주를 말이죠.

당신이 당신 자신을 사랑하는 대목,
바로 그렇게 사랑해주세요 나를.
주세요 제게, 그리하여, 당신이 줄 때,
잃게끔, 나 또한 말이에요.

이 시에서 성숙한 상태인 것

브렌타노

이 시에서 성숙한 상태인 것,
웃으며 손짓하고 교묘히 간청하는 것,
그것이 어떤 아이도 슬프게 하지 않을 터;
단순이 그것을 씨 뿌렸다,
우울이 온통 불고 지나갔다,
그리움이 그것을 다그쳤다.
그리고 논밭이 장차 베어지면,
여자인 가난이 뒤진다 밑동들을,
찾는다 이삭, 남아 있는 것들을;
찾는다 사랑, 그녀 위해 몰락하는 그것을,
찾는다 사랑, 그녀와 함께 소생하는 그것을,
찾는다 사랑, 그녀가 사랑할 수 있는 그것을.
그리고 홀로 업신여겨져,
밤새도록, 감사 기도 올리며,
곡식을 문질러 깨끗이 한 후,
읽는다 그녀가, 일찍 수탉이 꼬끼오 울 때에,
사랑을 보존했던 것, 슬픔을 불어 날렸던 것,
논밭 십자가에 새겨졌던 글귀를:
'오, 별과 꽃, 정신과 옷,

사랑, 슬픔과 시간과 영원이여!'

저녁 노래

클라우디우스

달이 떴다,
황금빛 작은 별들이 굉장하다
하늘에 밝고 맑다;
수풀 어둡고 말이 없다,
그리고 목초지에서 오른다
하얀 안개가 신비하게.

어찌나 세상이 고요하고
황혼에 싸여
그리도 친밀하고 그리도 호의적인지!
하나의 조용한 방처럼,
거기서 그대들이 하루의 탄식을
잠으로 잊게 되지.

보는가 그대들 달이 저기 뜬 것을?—
반만 보인다,
그렇지만 둥글고 아름답다!
그렇다 정말 많은 일들이,
그것들을 우리가 태연히 비웃지,

우리의 눈이 그것들을 보지 못하기에.

우리 오만한 인간들이
허황된 불쌍한 죄인들이고,
아는 게 많은 것이 전혀 아니다;
우리가 짓는다 공중누각을
그리고 좇는다 숱한 술책을
그리고 더 멀어진다 목표에서.

하느님, 우리가 당신의 구원을 보게 하소서,
덧없는 아무것도 신뢰하지 않게 하소서,
허영을 즐기지 않게 하소서!
우리를 단순해지게 하시고,
당신 앞에 여기 지상에서
아이처럼 온순하고 즐겁게 하소서!

앙망하노니 마침내 비탄 없이
이 세상에서 우리를 데려가소서
온화한 죽음 통하여!

그리고, 당신이 우리를 데려가셨을 때,
우리를 천국에 들게 하소서,
당신 우리 주님 그리고 우리 하느님!

그러니 누우라, 그대 형제들,
하느님의 이름으로;
차다 저녁 미풍이.
면해주소서, 하느님! 우리가 받을 벌을,
그리고 우리를 편안히 잠들게 하소서!
그리고 우리의 병든 이웃 또한!

유언

휠티

친구들, 걸어다오, 내가 죽으면,
작은 하프를 제단 뒤,
　벽에 근조 화환,
　　숱한 죽은 처녀들의 그것이 어스레 빛나는 그곳에.

묘지기가 보여주겠지 다음에 친절히 여행자들한테
그 작은 하프를, 만지작댄다 붉은 리본,
　그것이, 하프에 단단히 묶여,
　　황금빛 현 아래 팔랑대는데.

종종, 말한다 그가 어리둥절, 울리지요 황혼녘
저절로 현들이, 그윽하기 벌 소리와도 같이;
　아이들이, 교회 묘지에서 꾀어드는데,
　　들었어요 그 소리, 그리고 보았죠, 화환들 떠는 모양을.

저녁

실러

가라앉으라, 빛 발하는 신(神)—평야가 목말라한다
생동케 하는 이슬을, 인간이 쇠약하다,
　　몹시 지쳐 끈다 말들이—
　　가라앉히라 수레를 아래로!

보라, 누가 바다의 수정(水晶)의 큰 파도에서
사랑스럽게 웃으며 네게 손짓하는지! 알아보는가 너의 가슴이 그녀를?
　　더 빠르게 날아간다 말들이,
　　테티스, 그 신성한 요정이, 손짓한다.

재빨리 수레에서 내려 그녀 품속으로
뛰어든다 모는 이가, 그 고삐를 쥔다 큐피드가,
　　고요히 정지한다 말들이,
　　마신다 그 시원한 큰 물결을.

하늘 위로 살그머니 걸으며
온다 향내 나는 밤이; 밤을 따른다 그 달콤한
　　사랑이. 안식하고 사랑하라!

포이보스, 사랑하는 자가, 안식한다.

지구에 관하여

그리피우스

대지의 둥근 집, 짐승과 인간을 품고 있는,
그것 우리가 아직 온전히 살피지 못했지만, 온전히 잿다.
한 번도 육체가 제압한 적 없지만, 정신이 소유했다,
땅과 바다의 끝 간 데가 이 안에, 없는 채로, 놓였다.

천구(天球)에 관하여

그리피우스

보라 여기 하늘의 형상, 이것을 한 인간이 생각해냈다,
대지에 앉아서도! 오 너무나 위대한 의식,
왜냐면 그것이 더, 눈으로 보는 것보다 더, 탐구만으로 달성한다!
이것이 천상적 아닐 것인가, 스스로 하늘을 만드는데!

마리아에게

그리피우스

여기 방이 없다 당신이 묵을, 집이 인산인해다:
왜냐고, 그, 당신이 품은, 그에게 세상이 너무 좁다.

시간을 관찰함

그리피우스

내 것 아니다 그 세월, 내게서 시간이 앗아간,
내 것 아니다 그 세월, 어떻게 올 수 있을;
순간이 나의 것, 그리고 내가 주목한다 그것에,
그러니 내 것이다, 그것이 연(年)과 영원을 만들었고.

은자(隱者)

아이헨도르프

오라, 세계의 위로(慰勞), 너 고요한 밤!
어찌나 살살 오르는지 네가 산맥에서,
미풍들 모두 잠들고,
뱃사람 하나만 아직, 여행에 지쳐,
노래한다 바다 너머로 자신의 저녁 노래를
항구의 하느님 예찬으로.

세월이 구름처럼 떠가고
나를 여기 홀로 서 있게 한다,
세상이 나를 잊었다,
그때 다가오지 네가 기적처럼 나에게,
내가 여기 수풀 살랑거리는 곁에서
생각에 잠겨 앉아 있을 때.

오 세계의 위로, 너 고요한 밤!
낮이 나를 너무나 지치게 했다,
드넓은 바다 벌써 어두워진다,
푹 쉬게 해다오 나를 쾌락과 궁핍으로부터,
영원한 아침놀이

고요한 수풀 구석구석 불꽃 튈 때까지.

새로운 사랑

뫼리케

한 인간이 다른 인간에게 지상에서도
온전할 수 있나, 바라는 만큼?—
긴긴밤 곰곰 생각했다 홀로 그리고 말해야 했다: 아니오!

그래서 내가 아무도 부를 수 없나 지상에서,
그리고 아무도 나의 것 아닌가?—
어둠에서 밝게 내 안으로 번쩍했다 환희의 빛이:

내가 하느님과 가능하지 않을까,
내가 원하는 만큼, 내 것 당신 것 하는 일?
무엇이 나를 가로막나, 내가 오늘 그리되지 못하게?

어떤 달콤한 경악이 관통한다 내 뼈를:
놀랍구나, 내게 놀라워 보이다니,
하느님 자신을 지상에서 소유했다는 것이!

2행 시편 II

실레시우스

나 또한 하느님의 아들이다, 내가 앉아 있다 그분 손바닥에:

그분의 정신, 그분의 육(肉)과 피가 그분에게 나로 하여 인식된다.

시간이 영원과 같고 영원이 시간과 같다,

오직 우리 자신이 구분하지 않으면 될 일.

장미는 '왜'가 없다, 꽃 피는 거다, 꽃 피니까,

유의하지 않는다 자기 자신을, 묻지 않는다, 사람들이 자기를 보는지.

아아, 너의 가슴이 구유 될 수만 있다면,

하느님이 되었을 텐데 다시 한번 이 지상의 한 아이.

세상 그것이 유지하지 않는다 너를, 너 자신이 세상이다,

네가 네 안에 너와 함께 너무나 강력히 갇힌 상태로 유지하는.

아무것도 아닌 것, 피조물이, 자신을 하느님 앞에 둔다면,

꽝이지; 그분 뒤에 선다면, 그때 비로소 가치를 인정받는다.

악마가 착하다 본질상 너만큼.

무엇이 그를 그렇다면 모자라게 만드나? 죽어버린 의지 그리고 평안.

하느님은, 낙(樂)이, 네 곁에, 오 인간이여, 있는 것이라서,

찾아온다, 네가 집에 없으면, 가장 좋아하며 네 곁을.

떠나는 자

하이네

죽었다 내 가슴속에
온갖 세속의 헛된 욕망이,
참으로 또한 시들어 죽었다 내 거기에
악의 증오가, 심지어 감정,
내 자신의, 그리고 남의 곤경에 대한 그것이—
그리고 내 안에 산다 오직 아직도 죽음이!
막이 내린다, 연극이 끝났다,
그리고 하품하며 거닌다 이제 집으로
내 사랑하는 독일 관객들이,
좋은 사람들이다 둔하지 않고;
그들이 먹는다 이제 아주 흡족하여 저녁을
그리고 마신다 간단히 한잔, 노래하고 웃는다—
그가 옳았다, 그 고상한 영웅,
그가 옛날에 말했지 호메로스의 책에서:
가장 미천한 살아 있는 속물이
네카강(江) 옆 스투커르트에 살망정, 훨씬 더 행복하다
그가
나, 펠레우스의 아들,* 죽은 영웅,
지하 세계의 그림자 군주보다.

* 아킬레우스.

작별

아이헨도르프

오 드넓은 골짜기, 오 고원들,
오 아름다운, 푸른 숲,
너 나의 기쁨과 슬픔의
경건한 체류지!
그 바깥은, 항상 기만당하며,
사납게 날뛰지 바쁜 세상이,
쳐다오 한 번 더 아치를
내 둘레에, 너 푸른 텐트여!

날이 새기 시작할 때,
대지가 김을 내고 깜박인다,
새들이 즐겁게 날개 친다,
그래서 너의 가슴 울려 나온다:
그때에 사라지지, 흩날려 없어지지
흐린 대지의 슬픔이,
그때 네가 다시 태어나리라
젊은 장엄으로!

그때 숲에 쓰인 상태다

고요한, 진지한 말[言],
올바른 행동과 사랑의,
그리고 무엇이 인간에게 소중한지.
내가 성실하게 읽었다
그 말, 소박하고 진실된,
그리고 나의 존재 구석구석에
그것이 형언불가히 분명해졌다.

곧 내가 너를 떠날 것이다,
낯선 처지로 낯선 곳 갈 것이다,
다채로이 들뜬 거리에서
생의 연극을 볼 것이다;
그리고 생의 한가운데서
너의 진지함의 위력이
나의 고독을 고양하겠지,
그렇게 나의 가슴 늙지 않겠지.

감겨다오 내 눈을 둘 다

슈토름

감겨다오 내 눈을 둘 다
사랑스런 두 손으로!
사라진다 모든, 내가 견디는 것,
너의 손 아래 안식에로.

그리고 어찌나 살그머니 고통이
물결마다 잠들어 눕는지,
어찌나 그 마지막 출렁이는지
채운다 네가 내 가슴 전체를.

예수 탄생에 관하여

그리피우스

밤, 밝은 밤 이상(以上)의! 밤, 밝기 낮보다 더한,
밤, 맑기 해보다 더한, 왜냐면 그 밤에 빛이 태어났다,
그것을 하느님, 빛의, 빛 속에 사는, 그분이 직접 골랐지:
오 밤, 모든 밤과 낮들을 무릅쓸 수 있는!
오 기쁨 넘치는 밤, 왜냐면 그 밤에 '아아'와 비탄과
어둠이, 그리고 세상과 공모한 것이,
그리고 두려움과 지옥 공포와 경악이 길을 잃었다!
하늘이 찢어지지만, 떨어지지 않는다 이제 어떤 벼락도.
시간과 밤들을 창조한 이가, 이 밤에 도착했고
법(法), 시간과 육(肉)의 그것을 스스로 입었고
우리의 육과 시간, 영원의 그것을 유증(遺贈)했다.
비탄의 흐린 밤, 검은 밤, 죄의,
무덤의 어둠의 그것 분명 그 밤 통해 사라진다.
밤, 밝기 낮보다 더한! 밤, 밝은 밤 이상의!

질문과 대답

뫼리케

묻는가 네가 내게, 어디서 그 근심스런
사랑이 내 가슴으로 왔고,
왜 내가 오래전에
벌써 그 쓰라린 가시를 뽑아내지 않았느냐고?

말하라, 왜 영혼의 빠르기로
정말 바람이 날개를 휘젓고,
어디서 그 달콤한 샘이
숨겨진 물을 끌어오는지!

내어보라 불고 있는
바람의 경로를 끝까지!
막아보라 마법의 나뭇가지로
네가 그 달콤한 샘을!

어부

그로트

어여쁜 안나 서 있었다 길가 문 앞에,
길가 문 앞에,
어부가 지나갔다:
어여쁜 안나가 뜨고 있네 파란 양말을,
파란 양말을,
뜨는 거냐 나 주려고?

"이 양말 신을 사람 우리 오빠예요,
우리 오빠예요,
나갔어요 파란 바다에;
아저씨가 만들잖아요 직접 아저씨 그물을 그리 크게,
아저씨 그물을 그리 크게,
그리고 양말을 무릎까지 올라오게."

내가 만든 그물이 크고 넓은 것은,
그토록 크고 넓은 것은
멍청한 철갑상어용이지:
네가 짜는구나 양말을 그리도 가늘고 촘촘하게,
그리도 가늘고 촘촘하게,

누구도 빠져나가지 못하겠어.

어여쁜 안나, 네가 짜는 양말이 촘촘하니
그리도 촘촘하니,
그리고 그리도 파랗게 짜니:
그것으로 네가 모든 어부들 잡겠구나,
어부들 꽉 잡겠구나,
그들이 아무리 영악하단들.

일찍 죽은 무덤들

클롭슈토크

어서 오라, 오 은(銀)의 달,

아름다운, 고요한 동반자, 밤의!

네가 도망치나? 서둘지 마, 머물러다오, 생각의 벗!

보라, 머무는구나, 떠도는 구름 지나갔을 뿐.

5월의 눈뜸이 오직

더 아름답다 여름밤보다도,

때는 이슬이, 맑기가 빛과도 같이, 그것의 머리카락에서 듣고,

언덕 위로 불그레하게 그것이 오를 때.

그대 숭고한 이들이여, 아아 자라고 있구나

그대들 묘비에 벌써 심각한 이끼가!

오 얼마나 행복했던가 나, 내가 아직 그대들과 함께

보았던 붉어지는 낮과 어스레 빛나는 밤 시절!

실 잣는 여인의 노래

브렌타노

노래했다 오래전
밤꾀꼬리도,
정말 달콤한 소리였지,
그때 우리 함께였으니.

내가 노래하네 울지 못하고
잣네 너무나 외로이
실을 깨끗이 순수하게
달이 비치는 동안.

그때 우리 함께였으니
그때 노래했지 밤꾀꼬리가
이제 상기시키네 그 소리,
네가 내게서 떠난 것.

아무리 자주 달이 비친단들,
생각하네 나 당신만을,
내 가슴 깨끗하고 순수해요,
하느님 부디 우리를 합쳐주셔요.

네가 내게서 떠난 이래
노래한다 늘 밤꾀꼬리가
내가 생각하지 그 소리로,
우리가 함께였던 모습을.

하느님 우리를 합쳐주셔요
여기서 실 잣고 있어요 너무 외로이,
달이 비쳐요 깨끗이 순수하게,
내가 노래 부르고 울 것 같아요.

저녁 노래

켈러

두 눈, 내 사랑하는 작은 창,
주었구나 내게 이미 그리 오랫동안 애정 어린 빛을,
들였다 친절하게 그림과 그림을:
언젠가 너희가 깜깜해진다!

닫힌다 장차 그 지친 눈꺼풀이 갑자기,
꺼진다 너희가, 그때 영혼이 안식하겠지;
더듬어 벗는다 그것이 도보 여행 신발을,
몸을 누인다 또한 너희의 어두운 궤 속에.

아직 두 개의 작은 불꽃을 그것이 본다 어스레 빛나기
두 개의 작은 별과도 같지, 내적으로 보이는,
급기야 그것들 흔들리고 그런 다음 또한 사라진다,
나비 날개짓이 꺼뜨린 듯.

하지만 여전히 거닌다 나 저녁 들판을,
오직 지고 있는 천체 벗 삼아;
마시라, 오 두 눈이여, 속눈썹이 지니고 있는 것을,
황금빛 넘쳐흐름, 세상의 그것 중에!

조국의 눈물

그리피우스

우리가 지금 완전히, 아니 그 이상으로 황폐화했다!
파렴치한 나라 국민 무리, 광란하는 나팔,
피범벅 칼, 천둥 치는 대포가
모든 땀과 근면과 비축을 먹어치웠다,
탑들 작열 중, 교회가 전복되었다,
공회당 돌 부스러기다, 튼튼한 자들 절단 났다,
처녀들 능욕당했다, 그리고 눈 돌리는 곳마다,
불이다, 흑사병과 죽음이다, 마음과 정신을 관통하는.
여기 참호와 도시를 관류한다 언제나 새로운 피가.
세 번째다 벌써 6년이, 우리의 강물이,
시체들에 거의 가로막히며, 느리게 밀고 나간 것이;
하지만 입 다물련다 나, 무엇이 사악하기 죽음보다 더
한지,
무엇이 무섭기 흑사병과 작열과 기근보다 더한지:
영혼의 보물도 그리 숱하게 약탈당했다는 사실.

베일라의 노래

뫼리케

네가 환상의 섬이다, 나의 조국,
멀리서 빛나는!
바다로 하여 낸다 너의 양지바른 해변이
안개를, 그렇게 신들의 뺨을 적신다.
태고의 물이 오른다
젊어져서 네 엉덩이 둘레를, 어린아이야!
너의 신성(神聖) 앞에 몸을 구부린다
왕들이, 너의 시종들이니.

9월의 아침

뫼리케

안개 속에 쉬고 있다 아직 세계가,
아직 꿈꾸고 있다 수풀과 초원이:
곧 보인다 네게, 장막이 벗겨지면,
막힘없이 파란 하늘이,
가을—힘차게 그 완화(緩和)한 세계가
따스한 황금으로 녹아내리는 것이.

사목(司牧) 경험

뫼리케

내 착한 농부들이 즐겁게 한다 나를 무척;
어떤 '날카로운 설교'다 그들의 욕구가.
그리고 사람들이 곡해하지 않는다면,
말하겠다 나, 그게 무슨 연관인지.
토요일, 늦은 아홉시 조금 지나,
정원에서 훔쳐 간다 그들이 내 상추를;
아침 예배에서 느긋하게
기대한다 그들이 그것에 칠 식초를;
설교 마무리는 꽤나 부드러워야 하는 법!
그들이 얼씨구나다 기름까지 곁들이면.

4월의 멧노랑나비

뫼리케

잔인한 봄의 태양,
네가 깨운다 나를 너무 일찍,
오직 5월의 환희로
내 부드러운 먹이가 자라나는데?
사랑스러운 한 소녀 여기 있어,
장미 입술로 내게
꿀 한 방울 베풀지 않는다면,
나 분명 비참하게 스러지고
5월이 결코 보지 못했을 것이다
내 노랑 옷차림을.

교회 탑 위에서

뫼리케

종소리의 바다 물결친다
우리 발치에서 그리고 울린다
멀리 도시와 농촌 너머로.
어찌나 크게 파도치는지,
우리 느낌은 쾌적히
높이 배에 올라탄 것 같고,
바라본다 어지러워하며 가장자리에서.

박아 넣은 노(櫓)들

마이어

내 박아 넣은 노들이 뚝뚝 듣는다,
물방울들 떨어진다 느리게 심연 속으로.

전혀 아니다, 짜증 나던 것들이! 전혀 아니다, 즐겁던 것들이!
새어 내린다 고통 없는 오늘 하루가!

내 밑에—아아, 빛 밖으로 사라져—
꿈꾼다 이미 더 아름다운 나의 시간들이.

파란 심연에서 부른다 어제가:
있나 빛 속에 아직 많은 나의 자매들이?

검은 그림자 지는 밤나무

마이어

검은 그림자 지는 밤나무,
나의 바람에 출렁인 여름 천막,
네가 담근다 큰 물에 너의 드넓은 가지들을,
너의 잎새, 그것이 목마르고 그것이 마신다,
검은 그림자 지는 밤나무!
항구에서 목욕한다 젊은것들
다투며 혹은 즐거운 함성 지르며
그리고 아이들 헤엄친다 하얀 빛 내며
네 잎새들의 격자 속에서,
검은 그림자 지는 밤나무!
그리고 땅거미 진다 바다와 해변에
그리고 솨솨대며 지나간다 저녁 배가,
그렇게 번쩍한다 붉은 배 각등(角燈)에서
번개가 그리고 떠돈다 흔드는
큰 물 위를, 부서진 글자들과도 같이,
급기야 네 잎새 아래 꺼진다,
그 모호한 화염의 글이,
검은 그림자 지는 밤나무!

밤의 소음

마이어

알려다오 내게 밤의 소음을, 뮤즈여,

잠 잃은 자의 귀에 범람하는 그것을!

우선 흉허물 없는 파수(把守)의 연달아 짖음, 개들의

그런 다음 세는 타종, 시간의,

그런 다음 어부들의 대화, 해안의,

그러고는? 아무것도 더 이상 애매한

유령 소리, 중단 없는 고요의 그것 말고는,

호흡, 어떤 젊은 가슴의 그것 같지,

속삭임, 어떤 깊은 샘의 그것 같지,

저음, 어떤 둔중한 노의 그것 같지,

그런 다음 들리지 않은 걸음, 잠의.

로마의 분수

마이어

오른다 분출이 그리고 떨어지며 붓는다
그것이 대리석 사발 원(圓) 가득,
그리고 그 원이, 베일을 쓰며, 넘쳐흐른다
두 번째 사발 바닥으로;
두 번째가 준다, 너무 풍부해져,
세 번째에게 끓어오르며 제 범람을,
그리고 각자 모두 받고 준다 동시에
흐르고 쉬고.

레테*

마이어

최근 꿈에 보았다 내가 큰 물 위로
작은 배 하나 노 없이 나아가는 것을.
강과 하늘이 침침한 적열(赤熱) 상태였다
날이 밝아오거나 저물어가는 것처럼.

앉아 있었다 소년들이 그 안에 연꽃 화관 쓰고,
소녀들이 몸을 굽혔다 뱃전 너머로 날씬히,
차례대로 돌려지는 것 보니 반짝이는 게
잔이었고, 그것으로 모두 마셨다.

이제 울려 퍼졌다 노래 하나가 달콤한 비애 가득 차,
그것을 화관 동료 무리가 불렀고—
내가 알아보았다 너의 목덜미의 겸허를,
너의 목소리를, 그것이 합창을 관통했으니까.

파도 속으로 자맥질했다 내가. 골수까지
덜덜 떨었다, 어찌나 기이하게 차가웠던지.

* 그리스신화 망각의 강.

내가 도달했다 마지막으로 나아가는 작은 배에,
밀어 넣었다 나를 그 봉헌된 무리에.

그리고 차례였다, 네가 마실,
그리고 가득 찬 잔을 들어 올렸다 네가,
말했다 내게 마음을 터놓은 눈짓으로:
"심장이여, 건배, 너의 망각에!"

네게서 빼앗았다 고집 센 사랑 충동으로
내가 그 잔을, 던졌다 그것을 큰 물 속에,
그것이 가라앉았다, 그리고 보라, 너의 뺨이
혈색을 띠었다.

애원하며 입 맞추었다 내가 네게 사나운 비탄으로,
네가 그 창백한 입을 내게 기꺼이 내주었기에,
그때 녹아내렸다 네가 웃으며 내 품에서
그리고 내가 알았다 다시 네가 죽었다는 것을.

시스티나 예배당에서

마이어

시스티나 예배당 황혼 드높은 곳에,
성경책 힘줄 불거진 손에 쥐고
앉아 있다 미켈란젤로가 백일몽 속에,
그를 에워싼 것은 작은 현등 불빛.

크게 말한다 그가 한밤중 속으로,
마치 귀를 기울이는 어떤 손님이 여기 마주한 것처럼,
어떤 때는 전능한 권력을 지닌 듯이,
또 어떤 때는 순전히 그와 비슷한 존재라는 듯이:

"포괄했소, 경계 지었소 내가 당신을, 영원한 존재여,
내 굵은 선으로 다섯 번 저기에!
내가 덮어씌웠소 당신한테 청명한 의상을
그리고 부여했소 당신한테 육체를, 이 성경 말씀대로.

머리카락 흩날리며 휘몰아칩니다 당신 불처럼 사납게
태양에서 다시 새로운 태양한테로,
당신의 인간한테는 내 그림 속에서
향하여 떠가고 자비롭소 당신!

그렇게 창조했소 내가 당신을 내 별것 아닌 힘으로:
내가 더 위대한 예술가 아니기 위해,
창조하시오 나를—내가 열정의 노예라오—
당신의 형상에 따라 창조하시오 나를 순수하고 자유이게!

최초 인간을 지었소 당신이 찰흙으로,
나 이미 더 견고한 소재로 구성된 상태,
그러니, 장인(匠人)이여, 필요하오 당신의 망치가 이미.
조각가 하느님, 가차 없이 망치질하시오! 내가 돌이오."

불 속에 발

마이어

사납게 경련한다 번개가. 음침한 빛 속에 탑 하나.
천둥 우르르. 기사 하나 싸운다 자신의 말과,
뛰어내리고 두드린다 문을 그리고 떠들어댄다. 그의 의상 날뛴다
바람에. 그가 틀어쥔다 겁먹은 적갈색 말의 고삐를 단단히.
좁은 격자창 하나 희미하게 황금빛 밝고
삐걱 소리 내며 연다 이제 문을 귀족 하나가……

—"내가 왕의 하인이오, 파발꾼으로 가는 중이오
니메스 향해. 묵게 해주시오 나를! 당신 알잖소 왕실 제복을!"
—"폭풍이 휘몰아치오. 내 손님이오 당신. 당신의 복장, 그거야 나랑 무슨 상관?
들어와서 녹이시오 몸을 내가 보살피리다 당신 말을!"
기사가 들어섰다 어두운 사당에,
넓은 화덕의 불로 약하게 밝혔고,
그 흔들림의 변덕스러운 빛에 따라
위협한다 여기서 갑옷 차림 위그노가, 저기서 한 여인,

당당한 귀부인이 갈색의 조상들 초상화 중……

기사가 던진다 몸을 화덕 앞 안락의자에

그리고 응시한다 살아 있는 불 속을. 그가 숙고한다, 입을 벌리고 멍하니 바라본다……

살그머니 곤두선다 그의 머리카락이. 그가 안다 그 화덕, 그 사당을……

불꽃이 쉿쉿댄다. 두 발이 경련한다 작열 속에.

저녁 식탁을 차린다 백발의 가정부가

눈부시게 하얀 아마포로. 귀족 소녀 딸이 돕는다.

소년이 받쳐왔다 포도주 단지를. 아이들 시선이

매달린다 경악으로 굳어 손님한테 그리고 매달린다 화덕에 어리둥절……

불꽃이 쉿쉿댄다. 두 발이 경련한다 작열 속에.

—제기랄! 바로 그 문장(紋章)! 바로 그 사당!

3년 전인데…… 위그노 사냥에서……

어떤 품위 있는, 목이 빳빳한 여인…… "어디 박혀 있나 그 지주 귀족 놈? 말해!"

그녀가 말이 없다. "실토해!" 그녀가 말이 없다. "내놔 그자를!" 그녀가 말이 없다.

내가 사나워지지. 거만한 것! 내가 질질 끈다 그 물건을……

그녀의 벗은 발을 사로잡아 뻗는다

깊숙이 작열 한가운데로…… "내놔 그자를!" 그녀가 말이 없다……

그녀가 몸부림친다…… 못 보았나 문장을 문에서?

누가 너더러 여기서 손님하라 했나, 이 멍청한 바보?

그가 피 한 방울만 있어도, 네 목을 조를 거다.—

들어온다 그 귀족. "꿈을 꾸시나! 식탁으로. 손님……"

거기 앉아 있다 그들. 셋이 바로 그 검은 복장이고

그가. 하지만 아이들 누구도 하지 않는다 식전 감사 기도를.

그를 응시한다 그들이 극히 놀란 눈으로—

잔을 채우고 넘치게 따른다 그가, 뒤집어 비운다 술을,

벌떡 일어난다: "주인장, 이제 데려다주시오 내 침대로!

피곤하오 내가 한 마리 개처럼!" 하인 하나 불을 밝혀

준다 그에게,

하지만 문지방에서 던진다 시선을 뒤로
그리고 본다 소년이 아버지 귀에 속삭이는 것을……
하인을 따른다 그가 비틀거리며 다락방으로.

단단히 잠근다 그가 문을. 그가 시험해본다 피스톨과 장도를.

새된 휘파람 분다 폭풍우가. 마루청이 몸을 떤다. 천장이 신음한다.

계단이 삐걱거린다…… 우당탕하나 여기 디딤대가? 살금살금 걷나 저기 어떤 걸음이?……

그를 속인다 귀가. 지나간다 한밤중이.

그의 눈꺼풀을 압박하다 납이, 그리고 잠들며 가라앉는다

그가 침대에. 밖에서 철벙거린다 빗물이.

그가 꿈꾼다. "실토해!" 그녀가 말이 없다. "내놔 그놈을!" 그녀가 말이 없다.

그가 질질 끈다 여자를. 두 발이 경련한다 작열 속에.

튀어 오르고 쉿쉿 소리 낸다 불바다가, 그것이 그를 집

어삼키고……

—"일어나시오! 당신은 오래전 여길 떠나야 했소! 날이 샜소!"
같은 색깔 벽지의 비밀문 통해 방으로 들어와,
그의 침대 앞에 선다 성주가—백발 되어,
어제만 해도 흑갈색 곱슬이었던 머리카락이.

그들이 말 타고 통과한다 숲을. 미미한 산들바람도 없다 오늘.
부러져 놓였다 나뭇가지 조각들이 길을 가로질러.
가장 이른 작은 새가 지저귄다, 반쯤 아직 꿈속에서.
평온한 구름이 헤엄쳐 나간다 투명한 대기를,
마치 귀가하는 것처럼, 천사가 불침번을 끝내고 말이지.
어두운 흙덩이가 숨 쉰다 강력한 땅 냄새를.
평지가 열린다. 들에서 가고 있다 쟁기가.
기사가 흘끔댄다: "주인장,
당신은 총명한 분이시오 아주 사려 깊고
그러니 아시는 거지, 내가 가장 위대한 왕의 사람이라

는 것을.

잘 사시오! 다시는 안 보기를!" 다른 이가 말한다:

"말씀하고는? 가장 위대한 왕의 사람이라! 오늘 그분의

수고가 나는 힘드오…… 살해했지 당신이 악마처럼 나

의

아내를! 그리고 살고 있지…… 나의 것이다 복수는, 이

라고 말씀하시오 하느님께서."

내 아이의 죽음에

아이헨도르프

멀리서 시계가 시간을 알린다,
벌써 깊은 밤,
등잔불 너무 어둡다,
너의 아담한 잠자리 보아두었다.

바람만 아직도 분다
통곡하여 집 주위를,
우리 앉았다 외로이 집 안에
그리고 엿듣는다 종종 바깥을.

그건, 틀림없이 낮게
네가 문 두드리는 소리 같다,
네가 다만 길을 잃었다가,
이제 돌아온 것 같다 지쳐서.

우리 불쌍한, 불쌍한 바보들!
바로 우리가 헤매는구나 공포,
어둠의 그것 속에서 완전히 절망적으로
네가 오래전에 향했다 집으로.

청원

레나우

머물러다오, 그대 어두운 눈,
행사해다오 그대의 모든 권력을,
진지한, 온화한, 꿈같은,
밑바닥을 알 수 없이 달콤한 밤이여!

가져가다오 그대 마법의 어둠으로
이 세상을 여기 내게서,
그대가 내 생 위에
계속해서 홀로 떠다닐 수 있게끔.

자장가, 달빛에 부르는

클라우디우스

그래 자거라 이제, 꼬마 소녀야!
왜 우는 거니?
보드랍지 달빛 속
그리고 달콤하다 휴식.

오잖니 잠도 더 빠르고,
쉽사리;
달이 반겨요 아이들을,
그리고 사랑하지.

달이 사랑하지 사실 사내애들도,
하지만 소녀를 더 사랑해,
쏟아낸단다 다정히 아름다운 선물을
위에서 아래

그들한테로, 그들이 젖을 빨 때,
정말 놀랍게;
선사하는 거야 그들에게 파란 눈과
금발을.

늙었지 달이 까마귀처럼,
달이 봐요 많은 나라들을;
우리 아버지 아이 적에
달을 벌써 알았단다.

그리고 산욕(産褥) 끝나고 곧
어머니가 한 번
달하고 내 애기를 나누었대:
어머니가 앉아 계셨어 계곡에,

어느 날 저녁 시간에,
젖가슴 드러내고,
내가 누워 있었지 입 벌리고
어머니 무릎에.

어머니가 쳐다보셨어 나를, 기쁨에
찔끔 눈물 흘렸어,
달이 비췄다 우리 둘 다,
내가 누워 잤지.

그때 어머니가 말했어: 달아, 오! 빛나라,
내가 얘를 사랑해,
비춰줘 행운을 내 꼬마한테!
어머니가 시선을 계속

오랫동안 달에 고정시키고
간청을 더 하셨어.
달이 몸을 떨기 시작했다,
마치 들은 것처럼,

그리고 생각해요 이제 거듭거듭
이 시선을,
그리고 비춰주는 거야 높은 데서 아래 여기로
내게 순전한 행운을.

달이 비추었단다 내 화관 쓴
신부 얼굴을,
그리고 신부와의 첫 무도회에서;
네가 아직 없었다.

에덴홀의 행운*

울란트

에덴홀에서 어린 주인이
드높이 울리게 했다 축제 나팔 소리를;
탁자 곁에 몸을 치켜올리고
외친다 술 취한 손님들 인파 속으로:
"이제 들이라 '에덴홀의 행운'을!"

집사가 좋지 않은 낯빛이다 그 말에,
집안의 가장 나이 든 하인,
그가 주저하며 꺼낸다 비단 천에서
키가 큰 수정 술잔을;
사람들이 그것을 '에덴홀의 행운'이라 부른다.

그러자 주인: "잔을 기리는 뜻으로
따라주라 포르투갈 적포도주를!"
떨리는 손으로 붓는다 그 노인이:
그리고 진홍빛 된다 도처;

* 14세기 중반 시리아 혹은 이집트에서 제작된 유리컵. 영국 컴벌랜드 에덴홀의 숱한 하원의원들을 배출한 머스그레이브 가문 대대로 전해지다가 런던 빅토리아앨버트박물관에 기증되었다.

빛을 뿜는다 에덴홀의 행운이.

그리고 말한다 주인이 잔을 흔들고:
"이 잔, 빛을 내는 수정의 잔을
주었소 선조에게 샘에서 요정이;
이렇게 써서 주었지요: 이 잔이 떨어지면,
안녕이다, 오 에덴홀의 행운!

긴 다리 잔 하나가 운명이 된 거지요 마땅히
유쾌한 에덴홀 일족에게:
우리가 들이마셔야죠 기꺼이 단숨에,
울려야 하고요 기꺼이 큰 소리로.
자 잔 부딪치시고, 에덴홀의 행운과!"

처음에 울린다 그것이 부드럽게, 깊고 충만하게,
밤꾀꼬리 노래와도 같이,
그런 다음 숲 개울 요란히 구르는 소리처럼;
마지막으로 우르르 댄다 천둥소리처럼
그 장엄한 에덴홀의 행운이.

"가보로 삼은 거요 용감한 종족이
부서지기 쉬운 수정을;
벌써 지났지요, 제 연한을:
잔 부딪치시고! 이 힘찬 부딪침으로
찾아보겠소 에덴홀의 행운을."

그리고 그 술잔이 새된 소리 내며 부서지자,
부서진다 둥근 천장이 폭음과 함께
그리고 그 틈으로 불길이 밀고 들어온다;
손님들 뿔뿔이 흩어졌다 모두
깨지는 에덴홀의 행운과 함께.

닥친다 적들이 방화와 살육으로,
밤을 틈타 벽을 올랐지:
칼 맞아 죽는다 그 젊은 주인,
쥐고 있다 손에 아직 그 수정,
박살 난 에덴홀의 행운을.

아침에 헤맨다 집사 홀로,

그 노인, 파괴된 홀에서:
그가 찾는다 주인의 불타버린 뼈를,
그가 찾는다 격렬한 파편 낙하 속에
깨진 조각, 에덴홀의 행운의 그것들을.

"돌벽이—말한다 그가—조각난다,
높은 기둥들도 무너지겠지;
유리로다 대지의 자랑이자 행운이:
산산조각 난다 지구도
장차, 에덴홀의 행운과도 같이."

자포자기

슈트람

저 위로 내팽개친다 날카로운 돌 하나

밤이 가루로 만든다 유리를

시간들이 서다

나

돌.

드넓은

광채

너!

생각하라, 오 영혼이여

뫼리케

꼬마 전나무 한 그루 푸릇푸릇해지는 곳 어디냐,
누가 아나, 숲에서,
장미 덤불 하나, 누가 말해주나,
어떤 정원에서?
그것들 선발되었다 이미—
생각하라, 오 영혼이여!—
네 무덤에 뿌리내리고
성장하는 것을.

검은 망아지 두 마리가 풀을 뜯는다
초원에서,
그것들 읍으로 귀가하는
뜀박질 경쾌하다.
그것들이 발 맞추어 갈 것이다
너의 시신과,
아마, 아마도 심지어
그것들 발굽에
편자가 헐거워지기 전에,
지금 번쩍이는 그것이.

별들에게

그리피우스

너희 빛들, 왜냐면 너희를 내가 지상에서 충분히 볼 수 없다,

너희 횃불들, 왜냐면 너희가 밤과 검은 구름을 가른다,

금강석으로 놀며 끊임없이 불탄다;

너희 꽃들, 왜냐면 너희가 장식한다 거대한 하늘 목초지를,

너희 파수꾼들, 왜냐면 너희를, 하느님이 세상 짓고 싶었을 때,

그분의 말씀, 지혜 그 자체가, 바른 이름으로 부른다,

너희를 하느님만이 바르게 잰다, 너희를 하느님만이 바르게 안다,

(우리 눈먼 필멸자들, 어떻게 우리가 우리를 신뢰하겠나!)

너희 피난처들, 내 기쁨의, 얼마나 많은 아름다운 밤들을

내가, 너희 관찰하면서, 새웠던가?

전령들, 이 시간의, 언제일 것인가,

내가, 너희를 바로 여기서 잊을 수 없는데,

너희를, 너희 사랑이 내 마음과 정신에 불을 붙이는데,

다른 걱정 모두 벗고 내 밑으로 눈여겨보게 될 때가?

여름밤, 농촌 위에

뢰르케

느릅나무에서 몸서리친다 매달린
수확, 슬픔의 그것이:
이미 올라온다 뿌리에서 그 재촉하는,
아래쪽 영원이.

우물에서 구부러진다 더듬는
분해되는 안개가 그리고 오른다.
구멍들에서 나온다 단식 중인
공포가 그리고 쥐고 또 쥔다.

지평선이 자신의 탄식하는
하프를 탄식에 이르게 했나?
대지가 아아 그 담지하는
흙덩이를 구름으로 만들었다.

인접, 쓰라린 북받치는 흐느낌
충만한 그것 불확실해졌다.
하늘의 상태 침묵하는
산, 우수의 그것과도 같다.

우수의 산 서 있다 유리처럼 고요히,
모든 목표 앞에 놓여.
그리고 더 달콤한 거리(距離)에 지금 있고 싶은
자에게 그것 서 있다 세상 가로막으며.

강

뢰르케

네가 흐른다 선율적인 시간과도 같이, 밀어낸다 나의 시간을,
멀리서 잠든다 내 손발이, 잠든다 내 환영(幻影) 옆에.
하지만 영혼이 자라지 아래로, 시작한다 이미 미끄러지기를,
향하기를, 담지하기를, —그리고 이제 그것이 강이다,
시작한다 이미 바닥 모래에서, 잿빛으로,
더듬기를, 떠가는 밀집된 무게로,
시작한다 이미 강변, 자신을 바라보는 그것을,
반사하며 소유하기를, 그 사실 모르고 말이지.

내 안에 생성된다 물푸레나무, 장발(長髮)의,
수도승풍의 바람 연도(連禱) 가득한 그것과,
들판, 가축 떼 있어, 그것들 짝짓기하고,
짝을 부르는 새들의 외침도 있는 그것이.
그리고 농가, 목초지, 나무 위로
숱한 드높은 공간;

물고기와 물쥐와 두꺼비들

나아간다, 강의 꿈들이, 강을 통하여—,
그렇게 내가 솨솨 흐른다 따스하게 하는 대지의 고랑을,
내가 알아챘다 이미 거의, 내가 *있음을*:
어떻게 재는지 내가, 재지 않고, 비둘기의 비상(飛翔)을,
너무나 높고 깊게 그것 번개 친다, 너무나 깊고 높게 나에게!

모든 것이 너머에 대한 오직 믿음이다,
너와 나도, 확실하고 순수한.
마지막으로 오른다 안개— 및 구름 성(城)가퀴가
내 안에 신성한 황제궁과도 같이.
내가 예감한다, 영원이 시작되려 한다
소금 냄새로.

장난

뢰르케

네가 기울인다 그 부드러운 형성물, 네 귀를,

내 눈이 어루만진다 그것을, 왜냐면 내가 선택했다 그것을.

세계의 청명한 소리를 그것이 내부에

보존하기 문의 닫힘 속과도 같다.

네가 말한다: 네 안에 똑같은 세계가 열려 있지 않나?

않지 이것! 뛴다 내 심장이, 그 박동이 애원한다,

네게서 오직 그것이 이 세계 맞아들일 수 있다;

그것이 갔다 한때 다른 길을, 하지만 길을 잃었고

놓여 있다 네 앞에, 놈팡이이자 거지로.

한때, 여름 불이 불타던 때, 얼어붙었다 그것,

이제 그것한테 따뜻하다 겨울 꽃 만발 스러져도.

오래된 폐벽(廢壁)

뢰르케

벽 하나 뭉그러진다 침묵으로,
그 안으로 틈새 풀 가라앉는다, 오른다:
중세가 그 안에서 죽은 듯 조용하다,
고대는 그 안에서, 자신이 자신인지 모르고.

균열 풀 일어난다, 가라앉는다,
바람의 불구가 고요를 절뚝거리며 통과할 때.
지나간 것들한테, 무슨 고정(固定)이 있어,
젊음을 폐백에서 깨우겠는가.

모르지, 우리가 그것의 옛날을 단지 꾸며내고
시간의 환영(幻影) 속 계단을 만든 것인지도.
모르지, 하느님이 우리에게 시간의 꿈을 허락한 것인지도.
하지만 세계가 아니다, 항상 잠 깰 수 있는 것이.

왜냐면 모든 것이 이미 깨어 있다, 우리 주변 사방에 널린 것이,
원추 화서 가볍고 벽돌 벽 무거운 것이,

아치, 지나간 것들의, 그것을 우리가 만들었다

낮에도, 밤에도,

미래의 운송 화물,

활목(滑木) 없는 구름 썰매에 실은.

카타콤

뢰르케

두서넛 제외되었다,
두서넛 도착 못 했다.

매장된 자들 잊혔다.
그대들이 먹어치운 빛이 벌겋다 밖에서 계속.
우리가 다른 빛에 사로잡혔다.
추구한다 카타콤 형제들이 그 말씀을.

그것이 심는다 하느님이 낸 음향을 동굴에,
그리고 메아리가 명백해져 원(原)명령에 이른다:
거기 순환한다, 와서 떠갈 것을 명받고,
삼라만상이, 우선 비밀리에, 그런 다음 감춤 없이.

이제 담지한다 그것이 매장된 자들까지
우리 위해, 왜냐면 우리 허약하다 이미, 그들 세력으로.
자신들의 눈 기쁘게 하려고
지켜본다 그들이 우리를 포로감으로.

물푸레나무 흔들린다 라임도.
모으지 않는다 흩뿌려진 황금 재보(財寶)를
밤이; 알거든, 그것의 거주,
해방되었다는 거, 보증이 카타콤의 말[言]이라는 거.

세계의 숲

뢰르케

보인다구 너희에게 내 뒤로 피난민 흔적이
그리고 느껴진다구 잔뜩 몰린 거친 호흡이?
너희가 찾고 들은 것 헛되다. 나 웃음만 나온다:
세계의 숲 엄청나다.

그것 자란다 쓰라린 대기, 위험의 그것으로.
그리고 너희가 이 말 교만으로 여기더라도, 용서하마:
너희가 알았다, 너희 이마가 맑았다면:
세계의 숲 훨훨 떠나간다.

그리고 어쩌다 보니 그것 안에 있는 자가,
그것 타고 높이 올라가는, 그런 것 아니다.
여기 있는 것, 없지 않다 거기에, 있다 벌레가 잎에,
있다 더 작은 입이, 있다 똥오줌이.

적 또한 있다, 하느님이 배치한 대로,
너희만 없다, 너희가 그것에 갈 제비를 뽑지 않나?
아마도 나를 갈피 못 잡게 한다, 그 세계의 숲,
그래도 그것이 위안이다.

희미하게 비춘다, 밤이 너무 무겁지 않도록,
그것의 사슴 야생 활력을 황금빛 십자가가;
그것에 불탄다 후베르티 슈렉*이 검은 뿔로,
그리고 그것을 아는 자, 꺼리지 그것을.

오직 그것을 꺼리지 않는 자, 재갈 물리고 안장 얹는다 벌써—
그러니 너희! 피대가 삐걱거린다 말[馬] 배에서,
하지만 아쉬워하라 서둘러 너희 딸랑거리는 분대(分隊)를:
숲이 녹아 사라졌다 연기로.

* '후베르트의 경악.'

어둠 속 대화

뢰르케

나 혼자 있고 싶어, 가라구!—“너 대담하구나.”

우리가 떨어져. 말해봐, 어디로 우리가 떨어지지?

“절망 밖으로.”—모든 것 밖으로?

“모든 것 밖으로.—고통스럽니 그게 너는 그렇게?”—고통스럽지.

“너 혼자 있을래?”—같이 가줘!

“얼마나 멀었는데?”—나를 축축하게 하네 강이—

“확실해. 여기는 어떤 길도 로마로 통하지 않아.

지나갔어 온화한 시절이.

그들이 쪼갰어 사냥한 노루처럼

무릎을 그리고 하느님한테 헤엄쳐 돌아가더군.

그런데 너 그게 고통스러워?”—아프지 않아.

“고통스럽지 않아 이상: 그러면 네가 도착한 거야.”

달구름

뢰르케

군도(軍刀) 바람, 불안의 그것이 잘못 치고 들어왔다:
침대가 흔들린다 집도.
바닥이 날아간다 왕겨처럼.
울음보 터뜨린다 스틱스강—어떤 아아도 모른다 아아 말하는 법.

천지창조 젖은 형상이 육(肉) 바깥으로 내몰렸다.

오직 검은 짐,
바람 범람, 밤의,
그리고 줄, 달 같은 하늘 거품의 그것이 남았다.

바뀔 것이다 유령 영역이 거대한 흙덩이로
피처럼 너무나 연약히,
너무나 맑기가 즙과도 같이
머리에로 싹튼다 벌써 하얀 구근(球根)들이.

그것들 싹튼다 벌써 고통으로, 고통이 그것들을 온유히 변화시키고;

어찌나 초록의 슬픔과
황금의 젖이
두들겨대는지 그것을 거룩히 튼 가장자리에서 위로.

나의 심장—가까이서 운다 실개천—나의 심장, 그리 쉽게 따려면,
이제 채워라 너를:
아름다운 팀파니처럼
아직 이것, 아직 이것을 두들겨라 목메인 울음의 딸꾹질 삼킨 다리에서.

한 인간의 고통, 한 인간의 상처가

플라텐

한 인간의 고통, 한 인간의 상처가 무슨 대순가,

신경 쓸 리 없다, 무엇이 병자를 괴롭히는지를, 건강한 사람이 영영;

그리고 생이 짧지 않았다면, 그것을 언제나 인간이 인간한테 물려받는데,

그보다 더 한탄스러운 일 이 넓은 지구에 없었을 것이다 결코!

균일하게 회복된다 자연이, 그러나 천의 형태다 그것의 죽음이,

조회하지 않는다 세계가 나의 목적을, 너의 마지막 시간을 전혀;

그리고 기꺼이 자신을 그, 위협하는, 청동의 운명에 내맡기지 않는 자,

화내며 무덤 속으로 들어간다 스스로 가망 없이 그리고 느끼지 못한다 그 나락에서 아무것도;

이것을 안다 모두, 하지만 잊는다 그것을 각각 모두 기꺼이 날마다,

그러니, 이 얘기는, 앞으로 내 입에서 그만!

잊으라, 너희를 세상이 속인다는 것과 너희 소망이 오

직 소망을 낳는다는 것을,

하라 너희 사랑을 아무것도 회피하지 않게, 빠져나가지 않게 너희 지식을 아무것도!

희망한다 각각 모두, 시간이 자신한테 주기를, 아무한테도 주지 않은 것을 말이지,

왜냐면 각각 모두 추구한다 하나의 모든 것 되기를, 그리고 각각 모두 그 근본이 아무것도 아니다.

부서진 작은 반지

아이헨도르프

서늘한 골짜기 밑바닥에
돈다 물레방아 바퀴 하나,
내 애인 사라졌다,
거기 살았었는데.

그녀가 내게 신의를 약속했었다,
주었지 내게 반지 하나를 증표로,
그녀가 신의를 깨뜨렸다,
내 작은 반지 쪼개졌다 둘로.

나 방랑 악사로 여행했으면,
멀리 세계로 나아가,
내 선율 노래했으면,
그리고 집집을 들러보았으면.

나 기사 되어 날아갔으면
정말 그 피투성이 전투 속으로,
고요한 불 주위에 누웠으면,
어두운 밤에 들에서.

내 귀에 물레방아 바퀴 도는 소리 들리면:

나 모른다, 무엇을 내가 원하는지—

나 무엇보다 죽었으면,

그러면 한꺼번에 진정될 텐데.

지식욕

클롭슈토크

하느님도 말한다. 말, 영원의 그것을
바라본다 눈이 더, 귀가 그것을
  듣는 것보다 더; 그리고 오직 들릴락 말락이지 그분 목소리,
    우리를 포도와 꽃이 원기 돋울 때.

저 세계에서 열어준다 거주자들에게
숱한 정신 안내자들이 계속 창조를,
  숱한 감각들이. 더 풍부한, 더 아름다운 지식을
    반긴다 그들이 저 위에서, 하느님을 이해하며.

졌다 태양, 황혼 왔다, 달
떴다, 고무(鼓舞)하며 반짝였다 금성이:
  오, 너무나 내용 충만한 말,
    하느님의, 말하는 그것을, 보았다 내 눈이!

빛 사라졌다. 천둥 울렸다, 폭풍, 바다의
굉음 아름답고 무서웠다, 드높였다 심장을:
  오, 너무나 내용 충만한 말,

하느님의, 말하는 그것을, 들었다 내가 그 소리!

하느님이 다스린다, 손짓하며, 인도하며, 존재들도,
자유로우면, 그렇게 행동하지, 다스리지 현재를,
그리고 미래를! 말하나 행위,
필멸 인간들의 그것을 통해서도, 신성(神性)이?

그러하다면, (누가 작열을, 불안 가득 찬 누가,
안 하겠는가 여기서 갈증, 알려는 갈증으로!): 무엇을 신성이 알리나,
승리, 인간의 권리뿐 아니라,
그 자신까지 부인하는 자들의 그것 통해?

해변을 내가 오가다 그 대양,
우리 모두 장차 떠 갈 그것으로, 내가 그것을 밝히겠지.
나 그 뜨거운 지식욕을 그렇다면
끄리라! 그것 아직 남아 있다; 거룩한 불이로다!

씨를 뿌린다 그들이, 그 수확이 황폐화인 씨를!

인간의 권리를 부인한다 그들이, 부인한다 하느님을!

침묵하십니까 지금, 인도하지 않고, 하느님? 그리고
가능합니까 당신,

끔찍한 침묵이시여, 당신만 우리를 더 낫게 하는 일이?

2월

슈토름

바람에 흩날린다 보리수 가지들,
붉은 싹에 가장자리 덮여;
요람이다, 그 안에서 봄이
안 좋은 겨울철을 비몽사몽으로 보내고.

3월

슈토름

그리고 땅 밖으로 내다본다 오직
홀로 아직 갈란투스*가;
너무 춥다, 너무 춥다 아직 논밭이,
차갑다 하얀 스커트 속.

* 눈[雪]방울.

4월

슈토름

저것 개똥지빠귀, 지금 와서 울리는,
봄, 내 심장 뛰게 하는;
내 느낌에, 호감을 품고 나타난다,
정령들이 땅에서 오른다.
생이 흐른다 꿈과도 같이—
내가 꽃, 잎과 나무와도 같이.

5월

슈토름

아이들이 외친다 '만세 만세!'를
파란 대기 속으로;
봄을 앉혔다 그들이 왕좌에,
봄이 그들의 왕이라는 거지.

아이들이 제비꽃을 꺾었다,
죄다, 죄다, 거기 물레방아 도랑에 피었던 것들을.
양춘(陽春)이 거기 있다; 그들이 꽉 쥐고 싶다
그것을 그들의 작은 주먹으로.

7월

슈토름

울린다 바람 속에 자장가,

태양이 따스하게 내려다본다,

이삭을 낮춘다 곡식이,

붉은 장과(漿果) 부푼다 가시덤불에서,

축복으로 무겁다 평야가—

젊은 처자, 무슨 생각에 골똘?

8월

널리 알림

슈토름

존경하는 젊은이들, 혹시 금년에
내 사과와 배를 훔칠 생각이라면,
내 정중히 간청컨대, 그 여흥을
가능한 한 이런 한도에서 끝내주시게,
그러다가 화단에서
내 뿌리와 완두콩을 짓밟지 않는다는.

서류 책상에서

슈토름

거기서 내가 하루 종일 결재했다;
그것이 나를 거의 그 숱한 사람들과 마찬가지로 오도(誤道)했고:
내가 알아챘다 그 작은 어리석은 기쁨,
무엇은 처리하고, 무엇은 마치는.

예수, 그대 강력한 사랑의 신

실레시우스

예수, 그대 강력한 사랑의 신
  가까이 오시라 내게,
왜냐면 나 갈증 나서 거의 죽을 지경이다
  사랑의 욕망으로;
움켜쥐시라 무기를 그리고 어서
찔러 꿰뚫으시라 내 심장을 당신의 활로,
  상처 입히시라 내게!

오시라 나의 태양, 나의 생명 빛,
  나의 체류지
와서 따뜻하게 하시라 나를, 그래야 내가 계속
  영원히 춥지 않을 것이니;
던지시라 당신의 불꽃을 성유물(聖遺物) 상자,
나의 반쯤 얼어붙은 심장의 그것 안으로,
  불붙이시라 나를!

오 너무나 달콤한 영혼의 큰불
  빨갛게 달구시라 나를 완전히
그리고 옮기시라 내 모양을 은혜와 총애로

당신의 광채 속에;
불으시라 그 불에 유감없이
당신한테 내 심장이 빠른 흐름으로
  합일할 수 있도록!

그때 내가 말하리라, 당신이 나를
  죽음에서 구원했다고
그리고 기분 좋은 영혼 손님으로
  방문했다고 내가 궁지에 처했을 때;
그때 내가 자랑하리라, 당신이
나의 신랑이고, 나를 사랑하고 내게 입 맞추고
  나를 버리지 않는다고.

섣달그믐에

드로스테-휠스호프

한 해가 돌아간다.
실이 풀린다 윙윙.
한 시간밖에 안 남은, 마지막 오늘,
그러고는 먼지 나며 졸졸 흐른다 제 무덤에서
한때 살아 있는 시간이었던 것이.
내가 기다린다 말없이.

깊은 밤이다!
있을라나 뜬눈 하나 아직?
이 벽 속에 흔들린다 너의
흘러가버림이, 시간이여! 나 소름 끼친다, 그래도
마지막 시간이니
홀로 새워야지,

봐야지 모든,
내가 행하고 생각했던 것,
내 머리와 가슴에서 내렸던 것:
그것이 서고 있다 지금 엄숙한 불침번을,
하늘의 문 앞에서. 오 절반의 승리!

오 무거운 타락!

얼마나 잡아 찢는지 바람이
창 가로대를! 그렇다, 이제
폭풍의 날개 위에 한 해가
먼지로 흩어질 것, 그림자 하나도 고요히
숨을 내쉬지 않을 것이다 별들의 명징 아래.
너 죄의 자식,

아니었나 어떤 속 비고
은밀한 쏴쏴 소리 날마다
너의 황량한 가슴속 떠나감이,
거기서 느리게 돌이 돌에 부서지고,
때는 차가운 숨이 얼어붙은
지구 극에서 몰아칠 때에?

내 작은 등잔 꺼지려
하고, 게걸스레 빨아들인다
심지가 마지막 기름방울을.

그렇게 나의 생 또한 연기로 사라지나?
열리나 무덤 공동(空洞)이
내게 검고 고요하게?

정말 그 순환,
이 해가 행로를 빙 두르는 그것으로,
내 생이 부서진다. 내가 알았지 오래전부터!
그럼에도 이 심장 작열했구나
허망한 격정의 충동으로!
데친다 땀,

가장 깊은 두려움의 그것이
내 이마와 손을. 어째서? 빛나지 않나 희미하고 축축하
게
별들이 저기 구름 사이로?
저것이 사랑의 별일까 아마도,
네게 흐린 빛으로 노여워하는,
네가 그토록 불안해하는 것에?

가만, 이 윙윙 소리는?

그리고 다시? 죽음의 선율!

종이 움직인다 청동의 입을.

오 주여, 제가 무릎 꿇습니다:

자비를 베푸소서 제 마지막 시간에!

해가 저물었습니다!

미래의 끝없는 영원을 깊이 생각함

리스트

오 영원, 너 천둥의 말[言],

오 장검, 영혼을 꿰뚫는,

오 시작, 끝없는!

오 영원, 시간 없는 시간,

내가 알지 못한다 커다란 슬픔

앞에서, 어디로 몸을 돌릴지!

나의 통째 소스라친 심장이 떤다,

그래서 내 혀가 위턱에 달라붙는다.

어떤 불행도 없다 세상 전체에,

왜냐면 그것이 마침내 시간과 더불어 추락하지 않고

통째 지양된다;

영원이 다만 어떤 목적도 없다

몰고 나간다 계속 또 계속 자신의 놀이를,

그만두지 않는다 결코 미쳐 날뛰기를.

그렇다, 내 구세주 당신께서 말한 대로:

그것에서 어떤 놓여남도 없다.

오 영원, 네가 나를 불안하게 한다,

오 영원히, 영원히가 너무 길다,
정말 어떤 농담도 소용없는 대목이지!
그런 까닭에, 이 긴 밤
커다란 고통과 함께 깊이 생각할 때,
경악한다 내가 정말 심장으로.
하나도 없다 세상천지 다 뒤져도
경악스럽기 영원만 한 것이!

(중략)

오 영원, 너 천둥의 말[言],
오 장검, 영혼을 꿰뚫는,
오 시작, 끝없는!
오 영원, 시간 없는 시간,
내가 알지 못한다 커다란 슬픔
앞에서, 어디로 몸을 돌릴지.
주 예수여, 당신 뜻대로,
서두릅니다 제가 당신의 하늘 천막 속으로.

어디?

하이네

어디일까 장차 방황에 지친 자의
마지막 안식처가?
남쪽 종려나무들 아래?
라인강 가 보리수들 아래?

장차 내가 어딘가 사막에
묻히게 될까 낯선 손에 의해?
아니면 쉬려나 바닷가
해변 모래 속에서?

무슨 상관! 나를 둘러쌀 테지
하느님의 하늘이, 어디서든,
그리고 근조등(謹弔燈)으로 떠 있겠지
밤중에 별들이 내 위에.

시간에 대한 생각

플레밍

너희가 산다 시간 속에 그렇지만 모른다 어떤 시간도;
그렇게 모른다 너희 인간들, 어디로부터인지 그리고 무엇 속에 너희가 있는지.
이것을 안다 너희, 너희가 어떤 시간에 태어났다는 거
그리고 너희가 또한 어떤 시간에 없어질 것이라는 거.
무엇이었나 하지만 그 시간, 너희를 있게 한 그것이?
그리고 무엇일 것인가 이것, 너희를 더 이상 없게 할 그것이?
시간이 그 무엇이자 아무것도 아니다, 인간이지 어떤 경우든,
하지만 무엇이 바로 그 무엇이고 아무것도 아닌지, 의문시한다 모두.
시간, 죽는 것이 제 안으로이고 탄생하는 것이 또한 제 밖으로인.
이것이 나온다 나와 너에서, 그것으로부터 너와 내가 왔고.
인간이 있다 시간 속에; 시간이 있다 인간 속에 마찬가지로,
하지만 인간은, 시간이 여전히 머무는데도, 자리를 내

주어야 한다.

시간이, 너희 꼴이고, 너희가, 시간 꼴이다,

다만 너희가 아직 덜하다는 점, 시간 꼴보다 말이지.

아아 그래도 저 시간, 시간 없는 그것이 와서

우리를 이 시간에서 그 시간으로, 우리 자신 밖으로 우리도

데려가주었으면, 우리가 똑같아질 수 있게,

지금 저 시간, 어떤 시간 속으로도 들어가지 않는 그것인 그분과 말이지.

봄에

뫼리케

여기 누웠다 내가 봄 동산에:
구름이 나의 날개 된다,
새 한 마리 날아간다 내 앞에.
아아, 말해다오, 일체 유일의 사랑이여,
어디에 너 머무는지, 내가 네 곁에 머물 수 있게!
하지만 너와 산들바람, 너희 집이라는 게 없구나.

해바라기와도 같이 내 마음 열린 상태다,
갈망하며,
펴지는
사랑과 희망.
봄이여, 너는 무슨 생각인지?
언제 내가 채워질 것인지?

구름 변하는 것 보인다 흐름도,
스며든다 태양의 황금빛 입맞춤이
내 피 속으로 깊숙이;
눈이 놀라움에 도취,
차라리, 잠드는 것 같다,

오직 귀가 여전히 기운다 벌 소리에.

이 생각 저 생각,
내가 그리워하는데 모른다 제대로, 무엇을 향했는지:
반은 기쁨이고, 반은 비탄;
나의 심장아, 오 말해보라,
무엇을 뜨개질하는가 네가 추억을 위해
황금 녹색 나뭇가지의 황혼으로!—
오래된, 명명할 수 없는 시절!

진정(眞情)의 확인

베케를린

아아, 어쩌면 이렇게 나를 슬프게 할 수 있소,
그대가 나를 변덕쟁이라 부르다니?
내가 아오, 사랑의 신이 나를 훨씬 더
당신보다, 그토록 아름다운, 일편단심이라고 지지하오.

당신 몸의 완벽을
다른 누구와도 비교할 수 없는
바로 그만큼 내 사랑의 불변이
모르오 어떤 사랑과 진정한테도 자리 내줄 줄을.

당신한테 나의 진정을 약속했을 때,
나 내 자신에게 아무것도 남겨놓지 않았소;
그러니 커다란 모욕일 것이오,
당신의 믿음이 이제 식어버린다면.

당신 안에 있소 나의 심장, 정신과 의식이;
당신을 사랑하려고 내가 사는 것이오;
아아, 내가 더 이상 당신 것 아니라면,
말해보시오, 누구한테 당신이 나를 주었소?

꿈: B 공작

베케를린

내가 보았다 잠 속에 신 같은 모습,

부유한 왕좌 위로 일체 장려하게 드높여진 것을,

그리고 그 시중과 보호에, 즐거움과 강제 양쪽의 동기로,

멍청한 자들이 갈수록 대거 몰렸다.

내가 보았다, 어떻게 이 모습이, 진짜 신을 조롱하며,

받아들이는가—정말 결코 만족 않고—엄숙한 선서, 칭송, 봉물을

그리고 안기는가 마음 내키는 대로 생명과 죽음을

그리고 섭생하는가, 복수, 징벌과 사악을 북돋는 일로 말이다.

그리고 하늘이 벌써 자주, 그 모습의 배은망덕을

벌주려, 그 별들을 기적으로 집합시켰는데도,

그 모습의 목소리 여전히 더 컸다 천둥보다,

급기야 마침내, 그의 오만이 최고조에 달하자,

거꾸러뜨렸다 빠른 번개가 그 아름다운 모습을,

거꾸로 하며, 그의 화려를 똥오줌, 벌레와 악취로 말이다.

노래

오피츠

이제 도착했다 밤이,
가축과 인간들 해방이다,
바라던 휴식 시작된다,
나의 근심 귀찮게 한다.

아름답게 반짝인다 달빛,
작은 금별들도,
유쾌하다 사방팔방 모든 것,
오직 내가 잠겨 있다 슬픔에.

둘이 모자라다 어디나
아름다운 별들의 수(數)에,
별 둘은, 말하자면,
내 사랑의 작은 눈 둘.

달에게 주문 안 하지 내가,
어둡다 별들 빛이,
왜냐면 나를 등졌다,
아스테리스, 나의 창공이.

그러나 내게 접근하는 것이
이,나의 태양의 귀감일 때,
내가 최상으로 여긴다,
아무 별도 달도 빛나지 않는 것을.

마지막 급료

그로트

아들이 그녀를 매우 좋아했다, 그녀가 너무나 포근하고 상냥했다.

노인이 투덜거렸다 집 뒤로 가서: 주제를 알아야지!

그녀가 끼었다 보따리를 겨드랑이에, 눈물로 눈이 빛났다,

그녀가 고했다 노인에게 부드러운 작별을, 그녀가 말했다 아들에게: 고마워!

그녀가 돌아갔다 울타리 모퉁이를, 그리고 앉았다 돌 위에.

노인이 투덜거렸다 집 뒤로 가서, 아들이 거기 서서 울고 있었다.

밤꾀꼬리의 죽음에 대하여

휠티

그녀가 가버렸다, 5월의 노래 부르던;
그 여가수,
자신의 노래로 숲 전체를 아름답게 하던,
그녀가 가버렸다!
그녀, 그 음(音)이 내 영혼에 울리던,
내가 실개천,
수풀을 저녁 황금 물결치며 통과하는 그것 옆,
꽃들 사이 누워 있을 때!

그녀가 깊이 고롱고롱 울려 꽉 찬 목구멍으로 냈다,
은쟁반 소리를:
메아리가 제 바위 동굴에서
따라 울렸다 살그머니.
시골의 가락과 갈대 피리 소리
섞여 들었다;
춤추었다 처녀들이 윤무를
저녁놀 받으며.

이끼에 누워 들었다 청년 하나가 황홀히

그 귀여운 소리를,
그리고 애를 태우며 매달렸다 자신의 연인의 시선에
그 젊은 신부가;
그들이 눌렀다 네 둔주곡마다
손을 한 번,
그리고 듣지 않았다, 네 자매들이 소리를 낼 때,
오 밤꾀꼬리!

그들이 귀 기울였다 네게, 급기야 둔하게 마을의
저녁 종 울리고
초저녁 별 금성이, 한 송이 황금과도 같이,
구름 밖으로 밀고 나왔다;
그러고 나서야 향했다 5월의 시원한 쐬며
오두막을,
가슴이 상냥한 느낌으로 꽉 차,
달콤한 안식으로 꽉 차.

저녁

아이헨도르프

인간의 소란스런 즐거움이 침묵에 들면:
솨솨거린다 대지가 꿈속인 듯
놀랍게도 온갖 나무들로,
심장이 좀체 모르는 것,
옛날, 잔잔한 슬픔,
그리고 스치고 지나가는 전율,
번개 치며 가슴 구석구석을 말이지.

무상(無常)

대화, 슈타이넨과 브롬바흐 사이
바젤가(街)에서, 밤에

헤벨

소년이 말한다 아버지에게:
거의 늘, 아버지, 제가 뢰틀러성(城)이
저렇게 눈앞에 버티고 선 것 볼 때면, 생각하게 돼요,
우리 집도 정말 저렇게 될지.
서 있잖나요 저기, 저리 섬뜩하게, 마치 죽음,
바젤의 죽음의 춤 속 그것처럼? 무서워서 소름이 끼쳐요,
오래 보면 볼수록. 그런데 우리 집,
서 있지요 교회처럼 언덕 위에,
창문 반짝이고, 근사해요.
말해주세요 아버지, 그것도 정말 저렇게 될까요?
저 이따금씩 생각하지만, 그럴 리가 전혀 없거든요.

아버지가 말한다:
저런, 물론 그럴 수 있지, 무슨 생각을 하는 거냐?
시작은 모든 것이 젊고 새롭고, 모든 게 매끄러운 거야
나이 들 때까지, 그리고 모든 것이 끝나고,
아무것도 멈추지 않아. 들리니, 저 물 쏴쏴거리는 소리,
그리고 보이니 하늘에 별 옆에 별이?
너는 모두 꼼짝 않는 것 같겠지만, 천만에

이동해요 모두 계속, 모두 오고 가는 거야.

그래, 그런 게 세상일이야, 날 그렇게 쳐다봐야, 소용없다.
네가 아직 어려요; 괜찮아, 나도 그랬으니까;
이제 달라진 거지, 나이, 나이를 먹는 거니까;
그리고 어딜 가든, 그레스겐이든 비이스든,
들과 숲에서, 바젤로 가든 집에 오든,
마찬가지야, 내가 묘지로 가고 있는 것이야, —
싫든 좋든, 상관없이! 그리고 네가 나처럼,
어른이 되었을 때, 내가 더 이상 있지 않고,
양과 염소들이 뜯을 거다 내 무덤의 풀을.
그렇고 말고, 그리고 집이 낡고 더러워져;
비가 그걸 씻어요 더 더러워지게 매일 밤,
그리고 태양이 바래게 하지 더 새까맣게 매일 낮,
그리고 장두리 벽판에서 벌레들 갉작대지.
비가 새 천장에, 바람 휘파람 불어 틈새로. 그러는 동안
너 또한
눈 감았어; 온다 아이들의 아이들이
와서 떼운다. 결국 썩는다 바닥이,

그리고 이제 어쩔 도리가 없는 거야. 그리고 한
2천 년이면, 모든 게 폭삭 무너진 상태.
그리고 마을 자체가 가라앉지 무덤 속으로.
교회 있는 곳, 교구 목사관과 시장 관저 있는 곳,
갈아엎을 거다 시간 되면 쟁기가.—

소년이 말한다:
아니, 그런!

아버지가 말한다:
그렇다니까, 그런 게 세상일이야, 날 그렇게 쳐다봐야, 소용없어!
바젤이 아름다운 큰 읍 아니니?
집들이 있어, 교회가 많지, 그리
크지 않은, 그리고 교회라, 몇 안 되는 마을에만
그리 많은 집들이 있다구. 인구 많지,
부유하지, 대장부들 많고,
그런데 많은, 내가 알았던 이들이, 누웠어 이미 오래전
십자로, 뮌스터광장 뒤 그곳에 누워 자고 있다구.

어쩔 도리기 없단다, 얘야, 들이닥친다 시간이,
간다 바젤도 무덤 속으로, 그리고 내밀 뿐이지 여기
저기 사지를 땅 밖으로, 기둥 한 개,
낡은 탑 하나, 박공 벽 하나; 자라나
딱총나무 무리가, 여기 너도밤나무가, 전나무가 저기,
그리고 이끼와 양치식물이, 왜가리가 그 안에 둥지를 틀고—
이렇게 딱할 수가!—그리고 그때까지 사람들이
지금처럼 멍청하다면, 유령이 돌아다닐 게다,
파스테 부인 유령, 내 생각에, 그녀가 이미 시작했다,
적어도 사람들 말로는, —리피 레펠리 유령,
그리고 모르지, 누가 또 있을지! 왜 찌르는 거냐?

소년이 말한다:
목소리 좀 낮추세요, 아버지, 우리가 다리를 건너고,
거기서 산과 숲을 지날 때까지!
저 위에서 사냥해요 사나운 사냥꾼이, 아세요?
그리고 보세요, 저 아래 숲속에서일 거예요
분명 달걀 파는 소녀가 발견된 곳이, 반쯤 썩은 채로,

1년 전 대낮에, 들려요, 라우비* 헐떡이는 소리?

아버지가 말한다:

얘가 고뿔 들었군! 이렇게 바보 같기는!

무슨, 라우비 같은 소리!—그냥 두라구 죽은 사람들,

그들이 아무 짓 못 해 네게! 근데, 무슨 말 하던 중이었지?

바젤 얘기였지, 그것 또한 언젠가 멸망한다는.—

그리고 한참 뒤 여행자가 온다면,

지나간 지 반 시간도 안 된 시간에,

건너다볼 수 있을 게다, 안개가 안 꼈다면,

그리고 말하겠지 자신의 동행한테:

"보시게, 저기가 바젤 있던 곳일세! 저 탑이

성 베드로 교회였다더군, 딱한 일이야!"

아들이 말한다:

설마, 아버지, 진담이에요? 못 믿겠어요.!

* 수레 끄는 두 마리 황소 중 하나.

아버지가 말한다:

진담이지, 그런 게 세상일이야, 날 그렇게 쳐다봐야, 소용없어,

그리고 때가 되면 불타버릴 거다 세상 전체가.

나오겠지 파수꾼 하나 한밤중에,

낯선 사내, 아무도 모른다, 그가 누군지,

그가 번쩍여 별처럼, 그리고 외치는 거야: "깨어나라!

깨어나라, 왔다 그날이!"—위에서 붉어지지

하늘이, 그리고 천둥 친다 도처에,

처음에 친숙하게, 그런 다음 시끄럽기가, 그때,

69년도의 그때 프랑스인들이 너무나 격렬하게

쏘아댔던 것과도 같이. 땅이 흔들려,

그래서 교회 탑들이 마구 뒤흔들려, 종이 울리고,

스스로 예배 소리를 내 널리 퍼지게,

그리고 모든 것이 기도하지. 그러는 동안 온다 그날이;

오, 지켜주소서 우리를 하느님, 필요 없다 어떤 태양도,

하늘이 번개로 선다, 그리고 세상이 불[火]로.

많은 일이 더 벌어지겠지만 내게 시간이 없다;

그리고 마침내 불붙고, 불타고 불타지,
땅 있는 곳에, 그리고 아무도 끄지 않는다. 타버리겠지
혼자서. 어떻게, 보일 것 같으냐 그때가?

아들이 말한다:
오 아버지, 그만하세요! 그런데 어떻게 되나요
사람들이 그러면, 모든 것이 불타고 불탈 때?

아버지가 말한다:
아니, 사람들 없겠지 거기, 불탈 때, 그들이—
어디 있을까? 얘야 착하고, 잘 꾸려나가거라,
네가 어디 있든, 그리고 양심을 깨끗이 유지하거라!
보이잖니, 얼마나 하늘이 아름다운 별들로 휘황찬란한
지!
각각의 별이 말하자면 마을이고,
더 올라가면 아름다운 읍이 있겠지,
너한테 안 보여 그것이
여기서 보면, 그리고 네가 착하게 살아내면,
갈 거다 그 별들 가운데 하나로, 그리고 행복할 거야,

그리고 있을 거다 거기 아버지가, 그게 하느님 뜻이라면,
충이, 복 받은, 네 어머니도. 혹시 네가 가는 곳이
은하수 올라 숨겨진 도시 속으로이고,
한쪽을 내려다본다면, 뭐가 보이겠니?
뢰틀러성이야! 벨케가 숯이 된 상태다,
블라우엔* 또한, 두 개의 낡은 탑처럼,
그리고 둘 사이 모든 것이 불타버렸다,
땅속 깊이까지. 목초지에
물이 없어, 모든 게 황량하고 검고,
죽음처럼 고요해, 네 시야에 들어오는 것이—그렇게 보이고,
말할 거다 네가 동행한테:
"보시게, 저기가 대지 있던 곳일세, 그리고 저 산을
벨케라 불렀지! 그리고 멀리 않은 데가
비에슬렛, 거기서 내가 전에 살았고,
황소 멍에를 씌우고, 나무를 바젤로 실어가고,
쟁기질하고, 목초지 물 빼고, 횃불 부목 만들고,

* Belche(큰물닭), Blaue(파랑).

빈둥거리다, 지복의 죽음을 맞았고,

이제 돌아가고 싶지 않네." — 이려이려 라우비, 베르츠!

아모르의 화살통에

필러

무서운 필치,

운명 여신들의 그것으로 빛난다 아모르의 강력한

화살통에 이 글이:

내가 싣고 있다 가장 달콤한

황홀의 화살을;

내가 담고 있다 가장 쓰라린

고통의 화살을;

올림포스, 에레보스가

쉬고 있다 내 안에.

버려진 소녀 식모

뫼리케

일찍, 수탉 울 때,
꼬마 별들 사라지기 전,
나 가축들 돌봐야 해,
불을 지펴야 해.

아름답지 불꽃 빛,
튄다 불똥이;
그렇게 들여다보네,
슬픔에 잠겨.

갑자기 떠오른다,
배신을 때렸지 어린 내가,
그래서 그 밤 네
꿈을 꾸었다.

계속해서 눈물이 그때
흘러내렸다:
그렇게 다가왔다 그날이—
오 사라진다 다시!

겨울밤

켈러

날갯짓 하나 세상을 지나가지 않았다,
고요히 그리고 눈멀게 하며 놓여 있었다 흰 눈이.
작은 구름 하나 걸려 있지 않았다 별들의 천막에,
어떤 파도도 치지 않았다 경직된 호수에.

심연에서 올라왔다 호수 속 나무가,
급기야 우듬지가 얼음에 얼어붙었다;
가지들에 기어올랐다 물의 요정들이,
올려다보았다 그 초록 얼음 사이로.

거기 얇은 유리 위에 서 있었다 나,
검은 심연을 나와 가르는 유리였다;
밀접히 내 발아래 보였다
그것의 하얀 아름다움 그 팔다리가.

질식당한 비탄으로 더듬었다 그것이
딱딱한 덮개를 여기 저기,
나 잊은 적 없다 그 검은 얼굴 한 번도,
언제나, 언제나 놓여 있다 그것 내 의식 속에.

어디 있나 너 지금

렌츠

어디 있나 너 지금, 나의 잊지 못할 처녀,
어디서 노래하나 너 지금?
어디서 웃고 있나 그 평야, 어디서 의기양양하나 그 작은 읍,
네가 소유하는 그것들?

네가 멀어진 이래, 어떤 태양도 빛나려 하지 않는다,
그리고 합친다
하늘이, 널 위해 애정 깊게 슬피 울려고,
너의 친구와.

우리의 모든 기쁨 옮겨 갔다 너와 함께,
고요하다 도처
숲과 들이. 너를 따라 날아갔다,
밤꾀꼬리가.

오 돌아오라! 벌써 부른다 목동과 가축 떼가
너를 오라고 걱정스레.
돌아오라 어서! 아니면 겨울일 것이다

5월에.

내가 앉았다 돌 위에

포겔바이데

내가 앉았다 돌 위에
그리고 다리를 꼬았다:
거기에 놓았다 팔꿈치를:
내 손에 얹었다
턱과 뺨을.
그런 다음 생각했다 진지하게,
어떻게 세상에서 살아야 할 것인가.
아무 답도 내지 못했다,
어떻게 세 가지를 얻을지,
하나도 망가지는 일 없이.
그 두 가지가 훌륭한 명성과 세속 재부인데,
종종 서로를 손상시킨다:
세 번째가 하느님 은총이고,
둘 다를 능가하는 황금이지.
그것들을 한 금고에 넣어두고 싶다.
하지만 불행하게도 불가능하다,
재부와 세속의 명성
그리고 하느님 은총이
함께 한 가슴에 드는 일.

오를 길을 빼앗겼다:
배신이 잠복 중이다,
폭력이 거리를 돌아다닌다,
평화와 정의가 중상을 입었다:
그 세 가지를 이끌 것이 없다,—이 둘이 회복 못 한다면.

쿠너스도르프 전쟁터*에서 부르는 애가

티트게

밤이 껴안는다 숲을; 저 언덕들에서

내린다 낮이 서양으로;

꽃들 잠들고, 별들이 비친다

호수에 자기들의 평화를.

나를 있게 하라 이 숲의 전율 속,

가문비나무 그늘이 나를 숨겨주는 곳에;

여기서 홀로 내 영혼이 슬퍼해야 한다

인간성, 망상이 교살한 그것을.

더 바싹 나를 빙 둘러다오, 가문비나무들!

나를 덮어씌워다오, 깊은 무덤과도 같이!

탄식하며, 숨, 무거운 꿈의 그것과도 같이,

불으라 내 주위로 이 대기의 목소리.

여기 이 언덕의 어두운 꼭대기에

떠다닌다, 거니는 유령들과도 같이, 불안한 공포가;

여기, 여기 나 이끼 낀 자리에서

저 해골의 장소 조망하리라.

비수(匕首)들 번쩍인다 저기 달빛 속에,

* 7년전쟁 중 프리드리히대왕이 러시아 및 오스트리아 군대에 패한 곳.

거기가 죽음의 추수 들판이었으니;
뒤섞여 있다 뼈,
처죽임 당한 자들의 그것이 피의 제단 둘레.

편안히 놓여 있다, 친구의 가슴엔 듯,
여기 머리 하나, 적의 가슴에 기대어,
저기 팔 하나 친밀하다 적의 팔에서.—
오직 생이 미워한다, 죽음이 화해시킨다.
오, 그들이 더 이상 저주할 수 없다,
여기서 쉬는 그들; 그들이 쉰다 손에 손 잡고!
그들의 영혼 갔다 정말 함께
넘어갔다 평화의 땅으로;
기꺼이 서로 거기서 갚았다,
사랑이 주고 사랑을 유지한 것을.
오직 인간의 의식이, 여전히 형제 의리를 벗은 채,
추방한다 하늘을 이 세상에서. 가버린다 서둘러 이 생이, 가버린다 종말로,
거기에 이쪽으로 실측백나무 기울고:
그러니 내밀라 서로 손을,

무덤이 그대들을 서로에게 밀치기 전에!

그러나 여기, 이 인간 파편들 둘레,
여기 거친 황야에 내렸다 저주가;
들판 구석구석에 펼쳐진다 어스레 달빛이,
넓은, 하얀 수의와도 같이.
거기 그 작은 마을, 버드나무들 아래;
그것의 아버지가 보았다 그 소름 끼치는 전투를:
오 그들 자고 있다 편안히, 그리고 꿈으로 날려 보낸다
무덤에서 그 화염의 밤을!
오두막, 잿더미에서 나온 그것들 앞에
우뚝하다 낡은 교회 탑,
앞세운다 상처투성이 면모로
자신의 세계를 *우리의* 시절 꾸짖으려.
활활 불타오르며 무너졌다 그것 둘레 마을이 동시에;
그러나 동요 없이, 위대한 의미,
제 설립의 그것과도 같이, 쳐다보았다 그것이 화염,
에워싸는 황폐화의 그것을.
불길해 보인다 그것, 밤으로 둘레 희끗해져,

그리고 달빛 시선에 반쯤 밝혀져서,
이 언덕 위로, 그리고 주시한다,
어두운 유령처럼, 그 시체 들판을.

(중략)

말하라. 무엇인가, 무슨 가치인가 한 인간의 생이,
무슨 가치인가 인간이란 것이 세계 정신 앞에,
때는 사나운 죽음이 직물,
그들 존재의 그것에서 그렇게 실을 찢어낼 때에?
어떤 실이 여기 찢겨지고 말았는지!
그리고 무엇이 무너지는가, 오직 머리 하나가 부서질 때!
여기 서 있다 우리, 그리고 어둠 뒤에
서 있다 세계의 드높은 정령들이!

폭풍우 나간다 고요의 자궁에서,
그리고 시간이, 폐허로 황폐히 둘러싸여,
센다 강변, 생 충만의 그것에서

각각의 모든 방울, 노래가 집어삼키는 그것을.

비트적거리며 길을 잃는다 우리가 어두운 폭풍우 속에;

교대(交代) 죽음이 지배한다 어둠을;

그것이 풀한테 빼앗고 벌레한테 준다,

준다 풀한테, 벌레한테서 낚아챈 것을.

(중략)

어찌 이런 광경이! 이쪽으로, 인민의 통치자여,

여기, 풍화(風化)한 뼈들을 두고,

맹세하라, 너의 인민에게 사냥한 지도자,

너의 세상한테 평화의 신 되겠노라고.

이리 와서 보라, 명성에 목마르다면!

세라 이 해골들을, 인민의 목자,

그 엄정(嚴正) 앞에서, 왜냐면 이 엄정이 너의 머리, 폐위된 그것을,

고요 속에 눕힐 것이니!

하라 꿈속에서 그 생이 너를 감아 돌며 흐느끼게,

여기서 딱딱한 공포로 스러진 생 말이다!

그게 대관절 그리 장엄했더냐, 자신을 폐허로써
세계사 속에 삽입하는 일이?

월계관을 경멸하는 일, 고상하다!
영웅의 명성 이상(以上)이다 인간 행복이!
화관 쓴 머리 또한 해골이 되고,
월계관이 뗏장 된다!
케사르가 떨어졌다 어느 어두운 날
생에서, 폭풍우에 떨어진 잎새처럼;
프리드리히가 누워 있다 좁은 석관에;
알렉산더가 티끌 하나다.
작다 이제 그 대단한 세계 타파자가;
그것 점점 사라졌다, 시끄러운 천둥과도 같이;
오래전 이미 나누어 가졌다 그를 벌레들이,
페르시아 태수(太守)들이 그의 왕국들 그랬듯이.

(중략)

거기, 아래 거기, 마지막 굴절로,

빛줄기처럼, 생의 길이 트이는 곳에서,
울린다 장엄한 목소리 하나,
그리고 그것이 방랑자 향해 둔중히 말한다:
"순수하지 않은 것, 밤으로 사라지게 된다;
황폐화하는 자의 손이 쭉 뻗어 있다;
그리고 진리가 찾아낼 것이다 인간을,
그를 어둠 혹은 광채가 숨긴다 해도!"

들어와

뤼케르트

네가 안식이다
  평화다, 온화한
  그리움이다 네가
  그리고 그 충족이다.

내가 바친다 네게
  기쁨과 고통 가득 차
  지상의 거처로
  내 눈과 심장을.

들어와
  그리고 닫아 네가
  고요히 네 뒤로
  문을.

몰아내줘 다른 고통을 이 가슴에서!
  가득 차게 해줘
  이 심장
  너의 기쁨으로.

이 눈 천막
  너의 광채
  로만 밝아지니,
  오 채워줘 그것을 온통.

보리수 아래

포겔바이데

보리수 아래,
들판인데,
거기 우리 둘의 침대 있었다:
거기서 엮을 수 있었어
아름다운, 둘 다
꺾은 꽃과 풀을.
수풀 앞 계곡에
탄다라디!
  아름답게 노래했지, 밤꾀꼬리.

내가 왔다 걸어서
초원에,
그때 있었어 내 사랑 이미 내 앞에 거기.
그때 그가 내게 이렇게 인사했어,
신성한 처녀여,
그래서 내가 행복해져 언제나.
그가 내게 입 맞추었냐고? 천 번은 족히!
탄다라디!
  보라구 얼마나 붉은지 내 입.

그가 이미 준비했더군
너무나 눈부시게
꽃으로 침대를.
그러면 좋아죽지
심장이 벌떡거리지
거기로 오는 사람은.
장미 근처에서 혹시 그가
탄다라디!
  눈여겨볼지 모르잖아, 내 머리 놓인 곳을.

그가 나와 같이 잤다는 거,
누가 알기라도 하면,
절대 안 되지 너무 창피할 테니.
그가 나하고 한 짓,
결코 그 누구도
알면 안 돼 그하고 나 말고는,
그리고 그 작은 새
탄다라디!
  그것은 분명 말 안 할 거고.

요한 하인리히 포스*에게

클롭슈토크

두 선한 정신이 구사했다 호메로스와
베르길리우스의 언어를, 가락과 운율을.
시인들 방랑했다, 그 보호받으며
더 안전하게, 그 길 우리한테까지 내리 이어졌다.

훗날의 언어들한테 있었다 가락이 여전히 제대로,
하지만 운율도 그랬나? 그것 대신 있다
그것들 안에 어떤 사악한 정신이, 굼뜬
단어들 쿵쾅 소리를, 운(韻)으로, 타고 다니는.

말이 가락이다, 말이 운율이다,
단지 운의 내동댕이치는 북 치기라니
그게 뭐? 뭔 말인가 우리한테 그 소용돌이,
같은 소음으로 갈수록 더 시끄러운 그것이?

* Johann Heinrich Voss(1751~1826). 독일 태생 그리스 로마 고전문학 번역가이자 시인.

물망초

그로트

새벽이 희끗희끗하다 동쪽에,
날이 밝을 것이다 어디나;
내게 계속 흐리고 어두운 상태지
내가 가야 하는 곳은,
  계속 내게 어두운 상태지.

꽃과 유쾌한 새들
내가 잘 안다,
이슬 놓인다 목장에
내 조국에서와 같이,
  초록 목장에.

내가 꺾으련다 황야에서
물망초꽃을,
잎새의 이슬방울이
식혀주리라 내 얼굴을,
  맑은 이슬방울이.

유스테 성자 대문 앞 순례자*

플라텐

밤이고 폭풍우 사납게 날뛴다 계속해서,
스페인 수도사들, 열어다오 문을!

해다오 여기서 쉬게, 종소리가 나를 깨울 때까지,
기도하라고 그대들을 교회로 벌떡 일으켜 그 종소리!

준비해다오, 그대들 집에서 가능한,
법복 한 벌과 석관 하나를!

허락해다오 작은 독방을, 봉헌해다오 나를.
이 세상의 반 이상이 내 것이었다.

머리, 지금 가위에 순응하는 그것,
숱한 왕관으로 장식되었었다.

어깨, 수도복에 지금 구부리는 그것,
황제의 담비 모피가 치장했었다.

* 황제 샤를 5세.

이제 나 죽음 앞에서 죽은 자들과 같다,

그리고 무너진다 파편으로, 오래된 제국처럼.

달밤

아이헨도르프

그것은, 마치 하늘이
대지한테 고요히 입을 맞추어,
대지가 꽃의 미광(微光)으로
하늘을 이제 꿈꿔야 하는 것 같았다.

산들바람이 통과했다 들판을,
이삭이 물결쳤다 살랑살랑,
쏴쏴댔다 그윽이 수풀이,
그토록 별 총총 분명했다 밤이.

그리고 내 영혼 잡아 늘였다
넓게 제 날개를,
날아갔다 고요한 논밭 가로질러
날아가는 곳이 집인 것처럼.

정찰

슈트람

돌들 적대시하다

창이 히죽히죽 웃는다 배반을

나뭇가지들이 목을 조르다

산맥 관목들 잎처럼 떨어뜨린다 신속히

색깔 야한

죽음을.

꾸었다 내가 어떤 여름밤 꿈을

하이네

꾸었다 내가 어떤 여름밤 꿈을,
그리고 거기에 창백하게, 풍화하여, 달의 광택 받으며
건축물이 놓여 있었다, 잔재(殘滓), 옛 화려의,
유적, 르네상스 시대의 그것이.

오직 여기와 저기, 도리스양식의 진지한 머리를 이고,
기립했다 파편에서 단독으로 하나의 기둥이,
그리고 올려다보았다 높은 창공 속을,
마치 경멸하듯이, 그 뇌신(雷神)의 돌화살을 말이지.

부서져 바닥에 놓여 있다 빙 둘러
정문들, 박공 지붕들과 조각품들이,
그리고 거기서 인간과 짐승이 혼합한다, 켄타우로스와 스핑크스,
사티로스, 키메라 우화 시대 존재들.

열린 대리석 관(棺) 하나 있다,
전혀 훼손 없이 유적 가운데,
그리고 마찬가지로 손상 없이 관에 누워 있었다

죽은 사내 하나가 견디는 부드러운 표정으로.

여인상 기둥, 목을 늘인 그것들이
보기에 가까스로 그것을 올리는 것 같다.
그 양쪽으로도 보인다
숱한 얇은 돋음새김 조각 형상들이.

여기 보인다 올림포스의 장엄이,
그 방종한 이교도 신(神)들과 함께,
아담과 이브가 서 있다 그 곁에, 둘 다
갖추었지 순결한 앞치마로 무화과잎을.

여기 보인다 트로이의 멸망과 연소(燃燒)가,
파리스와 헬레네가, 헥토르도 보인다;
모세와 아론 또한 그 곁에 서 있다,
또한 에스터, 유디스, 홀로페르네스와 하만이.

마찬가지로 보였다 사랑의 신이,
포이보스 아폴로가, 불카누스와 비너스 부인이,

플루토와 프로세르피나와 메르큐리우스,
바쿠스 신과 프리아푸스와 실레누스가.

그 곁에 서 있었다 발람의 당나귀가
—그 당나귀 말을 잘했지—
거기 보였다 또한 아브라함의 시험과
롯, 딸들과 함께 흠뻑 취한 그가.

여기 구경할 수 있었다 헤로디아스의 춤을,
세례자의 머리를 누가 담아 왔다 대접에,
지옥이 보였다 여기, 그리고 악마들이,
그리고 베드로, 커다란 천국 열쇠를 든 그가.

교대로 다시 보였다 여기 조각된
호색한 주피터의 욕정과 악행,
어떻게 그가 백조 모습으로 레다를 농락했는지,
다나에는 금화 내리는 비 모습으로 말이지.

여기 볼 수 있었다 다이아나의 사나운 사냥을,

그녀를 따르지 앞치마 높이 걷어 올린 요정들이, 맹견들이,
여기 보였다 헤라클레스, 여성 복장의 그가,
물레 돌리며 붙잡는다 그의 팔이 실패를.

그 곁에 시나이 보인다,
산에 서 있다 이스라엘이 자신의 황소들 데리고,
보인다 주께서 어린아이로 사원에 서서
정통파들과 논쟁하는 것이.

상반(相反)이 여기 날카롭게 양립되었다,
그리스의 욕망관과 신학,
유다의! 그리고 아라베스크풍으로
둘 다를 휘감았다 에페소스가 제 덩굴을.

그런데, 놀라워라! 이런
건축물을 꿈꾸며 내가 눈여겨보다가
갑자기 깨달았다, 나 자신이
그 죽은 사람, 아름다운 대리석 관 속의 그였다.

그러나 내 안식처 머리맡에
서 있었다 한 송이 꽃이, 불가사의한 형태로,
잎이 유황과 보라색이지만,
맹렬한 사랑의 매력을 풍겼다.

사람들이 부른다 그것을 수난의 꽃이라고
그리고 말한다, 그것이 해골산*에서 싹텄다고,
때는 사람들이 십자가 처형했을 때, 하느님의 아들을,
그리고 거기서 그의 세상 구원의 피가 흘렀을 때 말이지.

피의 증언을, 그들 말로는, 하고 있다 이 꽃이,
그리고 온갖 고문 도구,
순교 때 사형집행인한테 쓰인,
그것들을 담지한다 모사(模寫)로 꽃받침에.

그렇다, 모든 필요물, 수난의 그것들을

* 골고다.

보았다 우리가 여기서, 온전한 고문실,
이를테면; 채찍, 밧줄, 가시면류관,
십자가, 긴 다리 잔, 못과 망치를.

그런 꽃 한 송이가 내 무덤 곁에 서 있었다,
그리고 내 송장 위로 몸을 굽히며,
여인의 슬픔처럼, 입 맞추었다 그것이 내 손에,
입 맞추었다 내 이마와 눈에, 위로할 길 없이 침묵하며.

하지만, 마법, 꿈의! 기묘하게,
그 수난의 꽃, 그 유황색이,
변형한다 어떤 여인 초상으로,
그리고 그것이 그녀다—가장 사랑하는 이, 그렇다 바로 그녀!

네가 그 꽃이었다, 너 내 사랑,
네 입맞춤에 내가 너를 알아볼밖에.
그토록 애정 깊지 않다 어떤 꽃 입술도,
그토록 불같이 어떤 꽃 눈물도 타지 않는다!

감겨 있었다 내 눈, 하지만 쳐다보았다
내 영혼이 지속적으로 네 얼굴을,
네가 쳐다보았다 나를, 너무 행복하고 황홀하여,
그리고 유령처럼 달빛 받으며.

우리가 말하지 않았지만, 그럼에도 내 심장이 이해했다
네가 말없이 심정으로 생각하는 것을—
해버린 말은 부끄러움이 없다,
침묵이 사랑이다, 순결한 개화(開花)의.

소리가 없는 대화! 사람들 믿지 않는다 좀체
어떻게 말 없는, 애정 깊은 수다에서
그토록 빠르게 시간이 경과하는지, 아름다운 꿈,
그 여름밤의 그것으로, 욕망과 전율로 짜여서 말이지.

무슨 말을 우리가 했는지, 묻지 마라 결코, 아아!
개똥벌레한테 물으라, 왜 그것이 풀한테 어렴풋이 빛나는지,
물결한테 물으라, 무엇을 솨솨대는지, 개울에서,

서풍한테 물으라, 무엇을 불고 흐느끼는지.

물으라, 무엇을 빛 발하는지, 석류석한테,
물으라, 무엇을 향기 나는지, 밤제비꽃과 장미한테—
하지만 묻지 마라 결코, 무엇에 대해 달빛으로
고문(拷問)의 꽃과 그것의 죽은 이가 애무하는지!

나 모른다, 얼마나 오래 내가 누릴지,
나의 잠 차가운 대리석 궤에서
그 아름다운 환희의 꿈을 말이지. 아아, 녹아 없어진다
그 지복, 방해받지 않은 내 안식의 그것이!

오 죽음! 너의 무덤 정적으로, 너
오직 네가 할 수 있다 우리에게 최상의 환락을 주는 일;
투쟁, 열정의, 욕망, 안식 없는 그것을
우리에게 준다 행복 대신에 그 어리석은 날것의 생이!

하지만 슬퍼라! 사라졌다 그 지복,
밖에서 갑자기 소음이 일자;

욕하는, 짓밟는 난잡한 싸움이었다,
아아, 나의 꽃을 겁주어 쫓아버렸다 이 광란이!

그랬다, 밖에서 일었다 사나운 격분으로
어떤 다툼이, 어떤 욕지거리, 어떤 짖어댐이,
내 생각에 숱한 목소리였다—
그것은 내 묘비의 얕은 돋을새김이었다.

유령 출몰하나 돌에서 오래된 믿음의 미망이?
그리고 논쟁하나 이 대리석 발판이?
공포의 외침, 미개한 숲의 신 판(PAN)의,
사납게 겨루는, 모세의 파문과 말이지!

오, 이 다툼 끝나지 않을 것이다 결코 결코,
항상 진실이 다툴 것이다 아름다움과,
항상 분리 상태일 것이다 인류의 군대가
두 가지 당파로: 야만인과 그리스인.

그들이 저주했다, 악담하였다! 전혀 어떤 끝도 없었다

이 논쟁, 지겨운 그것에,
거기 있었다 게다가 발람의 당나귀가,
더 크게 소리 질렀지 신들과 신성한 이들보다 더!

이 '이-아', '이-아'로, 말 웃음소리로,
그 딸꾹질하는 메스꺼운 혀짤배기 발음으로, 야기했다
나의 자포자기를 순전히 그 멍청한 짐승이,
내가 스스로 마지막에 고함을 질렀다 — 그리고 내가 깨어났다.

대략 한밤중

뫼리케

태연히 오른다 밤이 땅에,
기댄다 꿈꾸며 산 벽에,
그 눈이 본다 황금의 천칭, 이제
시간의 그것이 평형으로 고요히 쉬는 것을.
  그리고 반지빠르게 솨솨 솟아난다 샘들이,
  그것들 노래 부르지 어머니의, 남의 귀에 대고
    낮을,
오늘 있었던 낮을.

태고의 오래된 자장가—
밤이 신경 쓰지 않는다, 밤이 그것에 지쳤다;
밤에게 울린다 하늘의 파랑이 더 달콤하게,
덧없는 시간의 똑같이 굽은 멍에.
  하지만 계속 유지한다 샘들이 그 말,
  노래한다 물이 자면서 여전히 줄기차게
    낮을,
오늘 있었던 낮을.

저녁

그리피우스

신속한 날이 저물었다, 밤이 흔든다 제 깃발을

그리고 이끌어 올린다 별들을. 인간의 지친 무리

떠난다 들과 작업을; 짐승과 새들 있던 곳에,

슬퍼한다 이제 고독이. 어찌나 시간이 낭비되었는지!

항구가 접근한다 점점 더 팔다리 거룻배에.

이 빛이 멸망한 것처럼, 바로 그렇게 몇 년 안 되어

내가, 네가, 그리고 사람들이 가진 것과, 사람들이 본 것이, 떠나간다.

이 생이 여겨진다 내게 경주로(競走路)처럼:

부디, 지고(至高)의 하느님, 저를 그래도 달리기 장소에서 미끄러지지 않게 하소서,

부디 저를 아아도, 화려도, 기쁨도, 두려움도 미혹하게 마소서,

당신의 영원한 맑은 광채가 있게 하소서 제 앞과 제 곁에,

부디, 지친 육신이 잠들 때, 영혼 깨어 있게 하소서,

그리고 최후의 날이 저의 저녁일 때,

그렇게 떼어 가소서 저를 어둠의 계곡에서 당신한테로!

우편 마차 마부

레나우

사랑스러웠다 5월의 밤,
은(銀) 조각구름 날아갔다,
호의를 품은 봄의 화려 위로
기쁘게 이끌려.

잠들어 누워 있었다 목초지와 숲이,
모든 길 인적 없었다;
오직 달빛이
불침번 섰다 거리에.

살그머니 오직 산들바람이 말했고,
그것이 움직였다 더 나긋나긋하게
구석구석 그 고요한 침실,
모든 봄의 아이들의 그곳을.

은밀히 오직 실개천이 살금살금 다녔다,
왜냐면 꽃의 꿈들이
향기를 냈다 더없이 행복하게
그 고요한 공간 구석구석.

거칠었다 나의 우편 마차 마부,
채찍 휘둘렀다 날카롭게,
산과 그 계곡 위로
싱싱하게 그의 각적이 울렸다.

그리고 민첩한 말 네 마리
발굽 소리 울렸다,
그것들 꽃 피는 구역을
쾌적한 속보로 갈 때에.

숲과 평야, 빠르게 지나
거의 인사 못 하고—멀어지고;
그리고 지나서, 꿈의 비상(飛翔)처럼,
사라졌다 마을의 평화가.

5월의 행복 한가운데
놓여 있었다 교회 묘지가,
그리고 그것이 신속한 주마간산을
붙들어 진지한 곰곰 생각하게 했다.

편히 기대고 있었다 산자락에
창백한 벽이,
그리고 하느님의 십자가상이 섰다
높이, 벙어리 애도로.

우편 마차 마부가 몰고 갔다 제 길을
이제 더 고요하고 더 음울하게;
그리고 말들을 멈추게 했다,
보았다 저 너머 십자가 쪽을:

"멈춰야지요 여기서 말과 바퀴가,
당신께서 괜찮으시다면,
저 위에 누워 있습니다 제 동료가
차가운 땅속에!

정말 최고로 좋은 친구였는데!
주여, 그건 정말 유감스러워요!
누구도 불지 못해요 각적(角笛)을 아무리 맑아도
내 동료만큼은?

여기서 제가 항상 멈춰야 합니다,
저기 뗏장 아래 누운 그에게
진실한 혀에의 인사로
그가 좋아하던 곡을 불어줘야 하니까요!"

그리고 교회 묘지 쪽으로 보냈다 그가
즐거운 방랑 노래를,
그것이 무덤에서 휴식하는
그의 형제에게 뚫고 나아가게끔.

그리고 각적의 맑은 음이
울렸다 산에서 다시,
마치 죽은 우편 마차 마부가
화창(和唱)하는 것처럼.—

계속 갔다 그것 들판과 산울타리 지나
고삐를 늘어뜨리고;
오랫동안 내 귀에 놓여 있었다
그 울림, 언덕의 그것이.

클라우스 그로트*에게

슈토름

저녁 되고
고요하고 세상이 고요하고 심장도;
지쳐서 무릎에 손 놓이고,
벽시계에서
당신이 추 째깍 소리 들을 때,
그건 아무 말 없었던 소리지 낮 동안;
황혼이 가장자리에 놓이고,
밖에서 쏙독새 주위를 날 때;
한 번 더 들여다볼 때, 태양이
황금빛으로 창문을 말이지,
그리고, 잠이 오기 전 밤도 그렇고,
한 번 더 모든 것이 살아 있고 웃을 때,—
그때 기뻐할 만하지 인간의 가슴이,
저녁이 되면.

* Klaus Groth(1819~1899). 독일 시인.

변환하는 것들

아이헨도르프

변한다, 우리가 보는 것,
낮이 가라앉는다 황혼 속으로,
기쁨한테 나름의 공포가 있고,
모든 것에 죽음이 있다.

생 속으로 슬쩍 끼어든다 슬픔이
은밀하기 도적과도 같이,
우리 모두 헤어져야 한다
모든, 우리가 사랑하는 것과.

무엇이 있겠습니까 지상에,
누가 버티겠습니까 비참을,
누가 태어나고 싶겠습니까,
유지하지 않는다면 당신께서 저 위에 집을!

당신이 바로, 우리가 짓는 것을
온화히 우리 위에서 부수는 분이십니다,
그래야 우리가 하늘 볼 것이니—
그러니 그 일로 저 불만 없습니다.

아아 어디로 사라졌나

포겔바이데

아아 어디로 사라졌나 나의 모든 세월이?
나의 생 꿈이었나 아니면 진짜인가?
내가 그것들이라고 생각했던 그것들이 그것들이었나 실제로?
마치 내가 자고 있으면서 그것을 몰랐던 것 같다.
이제 내가 깨어났고 내게 낯설다
내게 전에 낯익기 내 손바닥과도 같았던 것들이.
사람들과 장소, 내가 성장기를 보내던 곳이,
내게 낯설어지기 마치 내가 거짓말한 것과도 같다.
나와 놀던 이들 느리고 늙었다:

누렇게 시들었다 들이, 잘려나갔다 숲이.
강물이 예전처럼 흐르지 않았다면,
나 우울했으리라 정말 몹시.
내게 인사한다 많은 이들이 마지못해, 날 잘 알던 이들이.
세상이 온통 마지못함투성이다.
내 생각이 그 숱한 행복했던 날들,
내게서 사라지기 바다의 파문과도 같은 것에 미치니,

거듭거듭 탄식.

오 얼마나 비참한가 젊은이들 꼬락서니!

예전에 항상 그토록 명랑했건만,

그들이 할 수 있는 게 걱정뿐이다: 아아 어떻게 그런 꼬락서니?

내가 세상 어디를 가든, —거기 누구도 즐겁지 않다;

춤추고, 웃고, 노래하는 것이 녹아 사라졌다 걱정으로 일체,

어떤 기독교인도 본 적 없다 이렇게 비참한 운명을.

지금 살펴보라, 여자들이 모자 쓴 꼴을;

당당한 기사들 행색이 농장 일꾼들이구나.

우리한테 언짢은 공문이 로마에서 도착했다:

우리에게 허락되었다 슬픔이 그리고 기쁨이 일체 강탈되었다.

그것이 우울하게 한다 나를 몹시(우리가 살았다 우아하게 예전에는),

내가 이제 웃음 아니라 울음을 택해야 한다는 거.

들새들이 슬프게 한다 우리의 한탄을:

뭔가 놀랄 것이, 내가 낙담한단들?

무슨 말을 하는 거지 내가 멍청하게 못된 홧김에?

이승에서 기쁨을 추구하는 자, 그것을 저승에서 잃어버린 셈이다,

영원히, 아아!

아아 어찌나 우리가 달콤한 것들로 독살되는지!

내게 보인다 담즙이 꿀 한가운데 떠다니는 것이.

세상이 밖에서 아름답고 하양, 녹색, 빨강이고

안에서 일체 검정, 어둡기 죽음과도 같다:

나쁜 길로 이끌었으나, 보여주겠다 위로가 있는 곳;

쉬운 참회로 중대한 죄에서 구제된다.

그것을 곰곰 생각하라 기사들, 그것이 너희 일이다:

너희 빛나는 전투모 쓰고 단단한 반지 끼어라,

강한 방패 들고 축성된 칼 차라!

원컨대 하느님, 제가 이 중대사*에 값하기를!

그렇게 가난한 제가 공적으로 부자 되기를.

* 십자군 원정.

물론 제 말 뜻은 에이커 땅도 군주의 황금도 아닙니다:

저는 축복의 왕관을 영원히 쓰고 싶은 겁니다,

그것은 일개 용병이 자신의 창으로 사냥할 수 있으니.

그 즐거운 외국 원정을 다녀올 수 있다면,

제가 그때 부를 노래는 야호이지 결코 다시는 아닐 겁니다 "아아"가,

결코 다시는 "아아"가!

밤에

뫼리케

들으라! 대지의 축축한 바닥에 놓여,
노동한다 힘들게 밤이 새벽 맞으려,
그러는 동안 저기, 파란 대기에 그어진,
실[絲]들 가볍고, 안 들리게 흐른다,
그리고 이따금씩 단련된 활로
즐거운 별들이 황금 화살 쏜다.

대지의 자궁에, 숲과 평야에,
어찌나 후비는지 지금 자연 속 둘레를
만족할 수 없는 세력들의 비등(沸騰)이!!
그리고 그럼에도 어찌나 안식이고 어찌나 사려 깊은지!
그러나 내 은밀한 가슴속에서 깨어난다
고통스런 대항, 충만과 결핍의 그것이
이 형상, 너무나 말 없고 너무나 거대하기에.
나의 심장, 어찌나 기꺼이 네가 풀리는지!
너 동요하는 것, 온갖 저지(沮止)에 부서져,
바라다니, 도망쳤다고 할 수도 없는데, 네 따위로 돌아오기를.
담지 못하누나 너 아름다움의 신성(神性) 고요를,

그러니 몸을 숙일밖에! 왜냐면 여기 없노라 어떤 회피도.

모테트, 첫니 났을 때의

클라우디우스

잘했네! 장하다!

작은 하양 이빨 거기 났구나.

엄마! 오세요, 집안의 어른과

아이도! 오시라, 그리고 보시라 안쪽을,

보입니다 밝은 하양 빛남.

그 이빨 알렉산더라 불러야지.

내 새끼! 하느님께서 네 그것 튼튼히 해주시기를,

그리고 네 작은 입 안에 이빨들 더 주시기를,

그것들 씹을 거리도 늘!

기쁨에

실러

기쁨, 아름다운 신성(神性)의 불꽃
딸, 엘리시움에서 태어난,
우리가 들어선다 불에 취하여,
숭고하게, 너의 성전에!
너의 마법이 묶는다 다시
풍습이 엄차게 갈랐던 것을;
모든 인류가 형제 된다,
너의 부드러운 날개 머무는 곳에.

포옹받으라, 수백만 명!
이 입맞춤을 전 세계한테!
형제들, 위로 별 총총 밤하늘에서
분명 사랑하는 아버지 하나 산다.

누가 그 위대한 시도에 성공,
친구의 친구가 되었는가;
사랑스러운 여인을 얻은 자,
섞는다 자신의 환희를!
그렇다, 또한 단 하나의 영혼이라도

이 지구에서 제 것이라고 할 수 있는 자
그리고 결코 그리 못 한 자, 남몰래
떠난다 울며 이 동맹을!

　거대한 고리에 사는 것
　섬기라 공감(共感)을!
　별들에게로 이끈다 그것이,
　거기 미지의 그분이 왕좌에 앉아 있고.

기쁨을 마신다 모든 존재가
자연의 젖가슴에서;
온갖 선(善), 온갖 악(惡)이
좇는다 그 장미 자취를.
입맞춤 주었다 그것이 우리에게 포도 또한,
하나의 친구, 죽음으로 검증된;
쾌락이 벌레에게 주어졌고,
게르빔 천사가 시중든다 하느님을.

　너희 폭락하는가, 수백만이?

느끼는가 너희 창조주를, 세계여?
찾으라 그분을, 위로 별 총총 밤하늘에서!
별들 위에 분명 그분이 산다.

기쁨을 부른다 강력한 깃털,
영원한 자연 속 그것이라고.
기쁨, 오 기쁨이 굴린다 톱니바퀴를
거대한 세계 시계 속에서.
꽃들을 꼬드겨낸다 그것이 싹에서,
태양을 창공에서,
천체들을 굴린다 공간에서,
그것을 견자(見者)의 망원경이 모르지.

유쾌히, 그의 태양이 하늘의
현란한 설계를 날듯이,
살아가라 형제들아 너희 궤도를,
기쁘게, 영웅이 승리하러 가듯.

진실의 불[火] 거울에서

웃는다 그것이 탐구자에게.
미덕의 가파른 언덕으로
이끈다 그것이 견디는 자의 진로를.
믿음의 태양산 위에서
본다 우리가 그것의 깃발 나부끼는 것을,
부서진 관들의 틈새 통하여
그것이 천사들 합창으로 일어선다.

견디라 용감한 수백만!
견디라 더 나은 세상 위해!
저 위 별 총총 밤하늘에서
위대한 하느님이 보답하신다.

신들에게 인간이 갚을 수 없지,
아름답다 그들과 같다는 것이.
슬픔과 가난 알려지게 될 것이다,
유쾌한 이들과 함께 기뻐하게 될 것이다.
원한과 복수 잊힐 것,
우리의 불구대천 원수 용서받을 것,

눈물 한 방울 그들을 억압하지 않을 것이다,
어떤 뉘우침도 갉아먹지 않는다 그를.

우리의 채무 장부를 폐기할 것,
화해하라 전체 세계!
형제들 별 총총 밤하늘 위에
세운다 하느님이 너희 입장대로!

기쁨이 용출한다 우승배에서,
포도의 황금빛 피[血]로
마신다 온유(溫柔)를 식인종들이
자포자기가 용맹이지.
형제들아 날으라 너희 앉은 자리에서,
가득 찬 잔이 돌 때,
거품이 하늘로 분출케 하라
이 잔을 선한 정신에게!

별들의 소용돌이가 격찬하는 이에게,
세라핌 천사의 찬송이 예찬하는 이에게

이 잔을 선한 정신에게,
저 위 별 총총 밤하늘의!

확고한 용기, 무거운 고난 속에서의,
도움, 죄 없는 이 울음 우는 곳에서의,
영원, 지키기로 한 맹서의,
진실, 동지와 적을 대하는,
사나이 자존심, 왕좌 앞에서의,
형제들, 필요하다 선(善)과 피가!
공로(功勞)에게 화환을,
멸망을 거짓말 부류에게!

완결하라 그 신성한 원(圓)을 더 촘촘하게,
맹세하라 이 황금빛 포도주에,
선서를 지키겠다고,
맹세하라 그것을 별[星] 재판관에게!

구출, 학정의 사슬로부터,
관용, 악한에게도,

희망, 임종 자리에서의,
자비, 형장에서의!
죽은 자들 또한 살게 될 것이다!
형제들, 마시고, 찬동하라,
모든 죄가 용서될 것,
그리고 지옥이 더 이상 없을 것.

청명한 이별의 시간!
달콤한 잠, 수의(壽衣) 입은!
형제들 부드러운 말,
죽은 자 심판관 입에서 나온.

베르트랑 드 보른*

울란트

저 위 가파른 돌에서
연기 난다 오타포르의 폐허,
그리고 성주(城主) 서 있다 포박되어
왕의 천막 앞에:
"네놈이더냐, 칼과 노래로
반란을 지고 다니며 가는 곳마다,
자식들을 선동,
아버지 말씀에 맞서게 한 것이?"

"내 앞에 서 있는 것이, 스스로 잘났다던 그자더냐,
오만불손한 허풍으로,
아직 자기 정신의
반도 써먹지 않았다고?
이제 그 반이 너를 구하지 못하였으니,
불러보려무나 전체를 이리로,
그것이 새로 네 성을 네게 짓게끔,
너의 사슬을 둘로 쪼개게끔!—"

* Bertran de Born(1140~1215). 백작이자 대표적인 프로방스 음유시인.

"당신 말대로, 나의 주인이자 왕이시여,
서 있소 당신 앞에 베르트랑 드 보른이,
바로 그가 노래로 불타오르게 했소
페리고르와 방타도른을,
바로 그가 강력한 지배자의
눈에 항상 가시였소,
바로 그를 사랑하여 왕의 자식들이
감당했소 제 아버지의 분노를.

당신 따님이 앉아 있었소 식장
피로연에, 공작의 신부,
그리고 노래했소 거기 그녀 앞에서 나의 전령이,
그에게 노래 한 곡을 내가 맡겼었지요,
노래했소, 예전에 그녀의 자랑이었던 것,
그녀의 시인의 연모(戀慕)를,
급기야 그녀의 빛을 내는 신부 장신구가
온통 눈물범벅이었소."

"올리브나무 그늘에서 잠자다

깨어났소 당신의 총애하는 아들이 분연히,
분노에 찬 군가로
내가 그의 귀를 덮치지;
신속히 그의 말에 안장을 고정시켰소,
그리고 내가 깃발 들고 앞장섰소,
온갖 죽음의 화살에 맞서,
그 화살이 그에게 명중했지요 몽포르 대문 앞에서."

"피 흘리며 안겨 있었소. 그가 내 팔에;
아니었소 그 날카로운, 차가운 강철이,
그가 당신의 저주로 죽는다는 사실,
그것이 그의 단말마였소.
뻗고 싶어 했소 그가 당신에게 오른손을
바다 건너, 산맥과 계곡 너머;
그가 당신의 손에 이르지 못하자,
쥐었소 내 손을 한 번 더."

"그때, 저 위 오타포르처럼,
부서졌소 나의 힘이;

전체 아니오, 반 아니오
내게 남은 것, 악기 아니오, 자루도 없소.
쉽게 당신이 팔을 묶었소,
나의 정신이 갇혀버린 상태이니;
오직 만가 한 곡에
기울일 힘이 아직 남았소."

그러자 왕이 숙였다 이마를:
"내 아들을 네가 그릇된 길로 꾀었다,
딸의 마음을 홀리게 했지,
또한 내 마음을 이제 감동시켰구나:
잡으라 손을, 너 죽은 아이의 친구여,
이 손이, 용서하느니, 그에게도 마땅히!
풀으라 포박을! 너의 정신으로
내가 어떤 숨결을 알아차렸구나."

내렸다 서리가 봄밤에

주칼마글리오

내렸다 서리가 봄밤에
내렸다 아름다운 파랑 꽃들 위에,
그것들 시들었다, 바싹 말랐다.

한 소년이 한 소녀를 사랑했다,
그들이 달아났다 몰래 집에서,
그것을 몰랐다 아버지도 어머니도.

그들이 갔다 외국 깊숙이,
그들한테 없었다 행운도 별도,
그들이 결딴났다, 죽었다.

그리움

아이헨도르프

빛났다 너무나 황금빛으로 별들이,
창가에 나 홀로 서서
들었다 아주 먼 곳의
우편 마차 나팔 소리를 고요한 시골에서.
심장이 내 몸 안에서 불타올랐다
그때 내가 내게 은밀히 생각했다:
아아, 함께 갈 수 있다면 거기
현란한 여름밤에!

젊은 동무 둘이 지나
갔다 산비탈을,
들렸다 도보 여행하며 그들이 노래했지
고요한 지대를 따라:
어지러운 바위 협곡에 대해,
거기서 숲이 솨솨댄다고, 너무나 부드럽게,
샘에 대해, 그것이 갈라진 틈에서
급강하한다고, 수풀의 밤 속으로.

그들이 노래했다, 대리석상에 대해,

정원에 대해, 그것이 바위 너머
어두워지는 정자로 잡초 뒤덮인다고,
궁궐들, 달빛 받는,

거기 처녀들 창가에서 귀 기울인다고,
류트 소리가 깨울 때,
그리고 우물들이 잠에 취해 살랑거린다고,
현란한 여름밤에!

사랑, 당신이 나를

실레시우스

사랑, 당신이 나를 형상,
당신 신성의 그것으로 만들어주었으니,
사랑, 당신이 나를 그토록 온화히
타락 이후 되돌려주었으니:
사랑, 당신한테 항복하여 내가
당신 것으로 머무르련다 영원히.

사랑, 당신이 나를 고른 것이
내가 창조되기 전이었으니,
사랑, 당신이 인간으로 태어났고
나와 같아졌으니, 전적으로,
사랑, 당신한테 항복하여 내가
당신 것으로 머무르련다 영원히.

사랑, 나 위해 고통받고
죽었으니, 시간 속에서,
사랑, 내게 쟁취하여 준 것이
영원한 기쁨과 지복이니,
사랑, 당신한테 항복하여 내가

당신 것으로 머무르련다 영원히.

사랑, 나를 영원히 사랑하므로,
내 영혼 위해 청원하므로
사랑, 몸값을 지불하고
나를 힘 있게 대변하므로:
사랑, 당신한테 항복하여 내가
당신 것으로 머무르련다 영원히.

사랑, 나를 깨우는 것이
무덤, 덧없음의 그것에서 일 것이니
사랑, 나를 둘러 장식하는 것이
장엄의 잎새로일 것이니:
사랑, 당신한테 항복하여 내가
당신 것으로 머무르련다 영원히.

베토벤 음악의 메아리*

브렌타노

하느님! 당신의 하늘이 움켜쥡니다 제 머리카락을,
당신의 대지가 낚아챕니다 저를 지옥에!
주여, 어디서 제가 보존해야 합니까 제 심장을,
당신의 문턱에 안전하게 서려면?
그렇게 제가 애원하네요 밤새도록, 그때 흘러가지요
저의 한탄이 불의 샘처럼,
그것이 작열하는 바다로 저를 둘러싸고요,
하지만 그 한가운데 제가 발판을 얻었습니다,
높이 솟습니다 불가사의한 거인들처럼,
멤논 형상이죠, 아침의 첫 태양이
물어보며 햇살을 제 이마에 쏘고,
그 꿈, 한밤중이 실로 자은 그것을,
연습합니다 제가 소리로, 그렇게 하루를 맞습니다.

* 두 번째 연.

아무리 도랑이 넓고

그로트

아무리 도랑이 넓고 벽이 높아도,
둘이 서로 좋다면, 함께 극복할 수 있다.

아무리 날씨가 험악해도, 아무리 어두운 밤도,
둘이 보고 싶어 한다면, 볼 수 있다 쉽게.

있기 마련이다 달빛이, 빛나기 마련이다 별들이,
있겠지 촛불 아니면 등잔불이.

있을 거다 사다리 하나, 층계 하나 널빤지 한 장:
둘이 서로 사랑한다면—아무 걱정 없다 길 앞에.

바로크풍 바다 풍경

홀츠

바다,
바다, 너무나 양지바른 바다,
어디까지냐,
네 눈이…… 보는 데는 온통!

구르는 물 위로 간다,
떠들며, 환호 지르며, 지복 축하하며, 기뻐 웃으며, 열광하며,
몸을 투덜투덜 굴리며, 몸을 원통으로 던지며, 몸을 뒤로 팽개치며,
몸을
덥히며,
서로 손바닥 모아 부르며, 서로 손바닥 모아 외치며, 서로 손바닥 모아 노래하고 떠들며,
갈조류 녹색 머리카락으로, 비늘 반짝 몸통으로, 철갑상어 꼬리지느러미로,
헤엄 자맥질 깜박이며, 헤엄 헉헉 재빠르게,
헤엄 호흡 식식거리기
마치

미쳐 날뛰는 것과도 같이, 소라고둥 나팔 불며,

천의…… 트리톤들!

저

반지르르한

돌고래 등지느러미 위,

조가비 솟은,

높이,

한 여인!

그녀의 장려한, 빛을 내는, 그녀의 눈멀게 하는, 뽐내는, 그녀의

빛 발하는, 굉장한,

신(神) 같은

벌거벗음…… 대명

천지에!

그녀 아래, 철썩대는, 그녀 아래, 노 젓는, 그녀 아래,

뚝뚝 듣는,

그

가파른, 그 재재바른, 그 알록달록 색채의 자개 매끄럼 벽,

항상 새로 올라간,

두꺼운, 뚱뚱한, 사랑에 빠진,

두꺼비들처럼,

일곱 살, 일곱

점액질의,

일곱

바다표범 휘둥그레 눈의, 물개 우스꽝 바늘털 수염의,

바다코끼리 주둥이 코의, 강치 더부룩 첨병 갈기의,

해마 불룩 둔중 물통 녹의

바다 뾰족코 맥(테이퍼)들!

그

면상들!

그…… 끊임없이 신음!! 그…… 말다툼!!

그…… 기침!!…… 그리고…… 그…… 헐레벌떡!!

그때,

갑자기,

격노하며, 게다가…… 홱 당김,

나의 거품 내는, 껄껄 웃으며 뒷발로 서는,

가쁘게 숨 쉬는, 번쩍이는, 헐떡이는, 하얀,

삽 손 노(櫓)의 12벌 뒤로,

나,

심연에서 한가운데로!

나의…… 수염

번개 친다!

"넵튠!!"

"살려줘!!"

"잡놈!!…… 내가…… 맛 좀 봐라!!"

그리고

첨벙텀벙,

찰싹철썩, 쭉쭉찌찌

나의…… 삼지창

그

김빠진, 골골한,

무례한, 성(性)불구인, 파산한

처진 남근 둘렀네

귀에, 빰 주머니에, 대머리에!

그것들

비명 지른다!!

그것들…… 울부짖는다!! 그것들…… 포효한다!!

그런 다음, 빠르게,

여기 아직 한 쌍의 만짐, 저기 아직 한 쌍의 찰싹

거기

아직 하나의

충돌 빰 궁둥이, 아직 하나의 화관 술장식 궁둥이,

아직

하나의 개구리 배:

사라

졌다 그것들!

그

미녀…… 미소 짓는다.

"무슈?" …… "마담?"

그리고

어떤 매력적인, 세상 물정에 밝은 노련한 사내인 것에 끌려,

그녀가

여성에게 잘하는 나의, 그녀가 화려한 나의,

그녀가

나의

재미있는 것에, 사치스러운 것에,

뿅 가서

호박(琥珀) 번개의, 산호 반짝의, 자리 두 개의

천둥 사륜마차

가장 정중한 마음 편한 초대하는 손짓, 혹은 절,

약식으로,

돌진한다 내가 그녀와 함께

어디냐

나의 가장 편안한 데, 거세게 출렁인다 내가 그녀와 함께

나의 가장 경탄스러운 데,

시야에서 사라진다 내가 그녀와 함께,
나의 가장 다정한 데, 나의 가장 기분 좋은 데,
어디냐
나의
가장 비난 불가한 데, 가장 비교 불가한 데,
가장 기적-황혼적이고, 마법 어스름한 데,
가장 루비 꿈빛 석류석의
진홍빛 동굴로!

장갑

실러

자신의 사자원(園)에서,
시합을 고대하며,
앉아 있었다 프란츠 왕이,
그리고 그 주위로 거물 왕족들이,
그리고 높은 발코니를 빙 둘러
귀부인들이 아름다운 화관 쓰고.

그리고 그가 손짓하자,
열린다 드넓은 우리가,
그리고 안으로 의젓이 걸으며
사자 한 마리 들어와
본다 소리 없이
주위를 둘러,
길게 하품하며,
그리고 흔든다 갈기를
그리고 뻗는다 다리를
그리고 쉰다.

그리고 왕이 손짓한다 다시,

그러자 열린다 민첩하게
두 번째 문이,
거기서 달려 나온다
사납게 뛰어오르며
호랑이 한 마리가.

사자를 보고는,
울부짖는다 그것이 크게,
꼬리를 세워
무서운 고리를 만든다
그리고 내민다 혀를,
그리고 경계하는 원(圓)으로
돈다 그것이 사자 둘레를
격렬히 그르렁거리며,
그런 다음 투덜대며 몸을 뻗어
한쪽에 자리 잡는다.

그리고 왕이 손짓한다 다시,
그러자 내뱉는다 두 겹 열린 집채가

두 마리 표범을 한꺼번에,
그리고 그것들이 돌진한다 용감한 전투욕으로
호랑이 짐승한테;
그것들이 엄습한다 격분한 앞발로,
그리고 사자가 포효하며
몸을 세운다 그리고 고요해진다,
그리고 둥그렇게,
살기로 뜨거워져,
자세를 취한다 그 소름 끼치는 고양이가.

그때 떨어진다 발코니 가장자리에서
장갑 하나, 아름다운 손의 그것이
호랑이와 사자 사이
한가운데로.

그리고 기사 델로르게스에게 경멸조로
말을 건다 쿠니군데(孃)이:
"기사 양반, 댁의 사랑이 그리 뜨겁다면,
귀하께서 내게 지겹도록 맹세하셨죠,

좋아요, 그렇다면 올려주세요 내게 저 장갑을!"

그러자 그 기사가 빠르게 뛰어
내려간다 그 무서운 우리 속으로
뚜벅뚜벅,
그리고 그 소름 끼치는 중간에서
집어 든다 그가 장갑을 겁 없는 손가락으로.

그리고 경악과 공포로
본다 그것을 기사와 귀부인들이,
그리고 태연히 가져온다 그가 장갑을 도로.
울려 퍼졌다 그에게 그의 예찬이 모든 입에서,
그러나 애정 깊은 사랑의 눈빛으로
약속하는 거지 그에게 가까이 다가온 행복을—
맞이한다 그를 쿠니군데 양이.
그리고 그가 내던진다 그녀 얼굴에다 장갑을:
"감사는, 귀하, 내 받고 싶지 않소!"
그리고 떠났다 그녀를 그 당장.

비유

데멜

우물이다, 슬픔이라 불리는;
그 밖으로 흐른다 순수한 더할 나위 없는 행복이.
하지만 오직 우물을 들여다보는 자,
섬뜩하다.

그가 본다 깊은 물 구덩에서
자신의 밝은 형상이 밤으로 에워싸인 것을.
오 마시라! 그러면 녹는다 너의 형상이:
빛이 솟는다.

이방인이다 우리 지상에서 모두

베르펠

죽여라 너희를 증기로 또 주머니칼로,
팽개쳐라 경악을, 높은 고향 말을,
던져버려라 대지 주변에 너희 생을!
연인이 너희에게 주어지지 않았다.
모든 육지가 바다 된다,
발밑에서 녹는다 너희 장소가.

도시가 위로 형성될 수 있다면,
니네베, 어떤 신의 반항, 돌로 지은!
아아 저주 있다 우리의 방랑에……
덧없이 우리 앞에서 견고가 무너질밖에 없다,
우리가 붙잡은 것, 더 이상 붙잡을 수 없다,
그리고 결국 우리에게 남는 것 울음뿐이다.

산맥이 그리고 평지가 참을성 강하다.
깜짝 놀라지, 우리가 위로 아래로 물러나는 모습에,
흐름 된다 모든 것이, 우리가 개입된 곳에서.
존재한테 아직 내 것이라 말하는 자, 속은 것이다.
죄 많다 우리가 그리고 우리 자신한테 유죄다.

우리의 몫은: 죄, 그것을 갚는 것!

어머니가 산다, 그래야 우리한테서 모습을 감출 수 있으니.

그리고 집이 있다, 그래야 우리한테 무너질 수 있으니.

지극히 행복한 시선들, 그래야 우리한테서 도망갈 수 있으니.

심장의 박동 자체가 빌려 온 거다,

이방인이다 우리 지상에서 모두,

그리고 죽는다, 그것으로써 우리가 우리를 하나로 묶는다.

전쟁

베르펠

폭풍우, 거짓된 말[言]의 그것 딛고,
화관, 텅 빈 천둥의 그것을 썼지 머리가,
잠 못 이룬다 허위 때문에,
행동, 그 자체 오직 행동인 그것을 탄대(彈帶)에 넣고,
희생을 뽐내며,
불친절하다 소심하게 하늘한테는,—
그렇게 떠나간다 너,
시간이여,
악쓰는 꿈이라,
하느님을 끔찍한 두 손으로,
그분의 잠에서 찢어내고
당황케 한다.

비웃으며, 냉혹하게,
자비 없이 응시한다 세계의 벽들이!
그리고 너의 트럼펫과,
위로 없는 북과,
격분, 네 행군의 그것과,
새끼, 네 공포가 깐 그것들이,

날뛰며 부서진다 유치하게 소리 없이
가차 없는 파랑에,
그러면 그 파랑이 전차(戰車)를 작살낸다,
청동-엄격으로 그리고 가볍게 놓인다
영원한 심장 둘레에.

온화해졌다 두려운 저녁에
안전한 난파자 사내들이.
자신의 황금 팔찌를 놓았다 그 아이
죽은 새 무덤 속에.
영원히 모르는 자들,
어머니의 영웅 행위가 여전히 그들에게 생긴다.
거룩한 자, 그 사내,
헌신했다 그가 환호하며 그리고 쏟았다 자신을.
현자, 거세게 출렁이는, 강력한 그가,
보라,
알아보았다 자신을 적에게서 그리고 입 맞추었다 그에게.
그때 하늘이 풀려났고,

스스로 기적에 놀라 주체할 수 없었고,
추락했다 뒤범벅되어.
그리고 인간의 지붕들 위에,
도취하여, 황금같이, 떠다니며,
독수리 떼, 신성의 그것이
내려앉았다.

각각의 모든 작은 선(善)을.
하느님의 눈이 지나친다,
그리고 각각의 모든 작은 사랑이
굴러간다 질서 전체를 관통하며.
너는 그러나 안됐구나,
발을 구르는 시간이여!
안됐구나 섬뜩한 뇌우(雷雨),
우쭐한 언변!
냉담하다 그 존재 너의 기마 공격 앞에,
그리고 부서지는 산맥 앞에,
헐떡이는 거리와,
죽은 자들, 천 번을, 틈틈이, 가치 없이 죽은 자들 앞에서.

그리고 너의 진실이
용의 포효 아니다,
아니다 수다스러운 공동체의
독을 바른, 허영의 정의가!
너의 진실 단지,
무의미와 그 슬픔,
상처 가장자리와 다되어가는 심장,
갈증과 진흙투성이 음료,
드러난 이빨,
그리고 강건한 격분,
음험한 괴물의.
불쌍한 편지, 집에서 온,
그것을 거리 달음질,
어머니의 그것 통해, 현자들이
그 모든 것 들여다보지 못하고.

이제 우리가 우리를 방치했고,
우리의 내세를 단념해버렸고,
작당하였으니,

비참에로, 저주에 사로잡혀……

누가 아는가 우리를,

누가 아는가 그 끝없는 천사,

그가 우리들의 밤 위에 불고,

두 손의 손가락들 사이,

무게 없이, 견딜 수 없이, 떨어지며,

가공할 울음 운단들.

Veni Creator Spiritus*

베르펠

오라, 거룩한 정신, 너 창조적인!
대리석, 우리 형식의 그것을 부수라!
더 이상 벽, 병들고 딱딱한 그것이
샘, 이 세계의 그것을 빽빽이 두르지 않도록,
우리가 공동으로 위를 향해
화염처럼 서로 속으로 미쳐 날뛸 수 있도록!

떠오르라 우리의 상(傷)한 표면에서,
돌고래, 모든 존재 근거의,
오래된 보편적이고 거룩한 물고기여!
오라, 순수한 정신, 너 창조적인,
너를 향해 우리가 영원히 우리를 펴나니,
수정(水晶)의 율(律)이여, 세계 형태의!

어찌나 우리 모두 이방인인지 그럼에도!
어찌나 마지막 내복을 입고도 여전히
그 허깨비 노인들 양로원에서

* '오라 창조 정신.'

자신을 증오하는지, 마지막까지,
그리고 각각 모두, 동쪽으로 흘러들기 전에,
홀로 제 저녁놀 점화하는지,

그래서 우리가 허영의 틀에 매여
쪼그리고 앉는다 악의 품고 우리의 가장자리에
그리고 죽인다 우리를 식사 때마다.
오리, 거룩한 정신, 너 창조적인,
우리 밖으로 높이 천 개의 날개 달고!
부수라 우리의 용모 속 얼음을!

눈물 품고 착하고 착하게
끓어오를 수 있도록, 그 황홀해하는 범람이,
더 이상 멀리서 도달할 수 없게
하나의 존재가 다른 존재 주위를 살금살금 걷지 않도록,
환호하며 우리가 시선으로, 손, 입과 머리카락으로
그리고 우리 자신으로 너의 속성을 겪을 수 있도록!

하여, 형제의 팔에 몸을 던져 안기는 자가,

너의 깊은 고동을 단단히 심장에 붙들게끔,

하여, 불쌍한 인간의 시선을 받아들이는 자가,

너의 현명한 시선 선물받게끔,

우리 모두 입맞춤의 과잉으로

오직 너의 순수한 거룩한 입술에 입 맞추게끔!

드러난다 거룩한 자연이*

횔덜린

드러난다 거룩한 자연이
거룩하게 종종 인간을 통하여, 그렇게 알아본다
숱하게 시도하는 종족이 자신을 다시.
하지만 필멸 인간이, 그의 심장을 자연이
자연의 더할 나위 없는 행복으로 채워주었는데, 자연을 알린다,
오 그렇다면 자연이 때려 부수게 하라 그 그릇,
그것이 다른 용도로 쓰이지 않게
그리고 거룩이 인간의 작품으로 되게.

* 미완성 희곡 「엠페도클레스의 죽음」 중.

오르페우스 소네트 편(編)

베라 우카마 크누프 묘비명

릴케

1부

I

거기 솟았다 나무 한 그루. 오 순수한 능가!
오 오르페우스 노래한다! 오 더 높은 나무, 귓속에!
그리고 모든 것 침묵했다. 하지만 바로 그 침묵으로
나아갔다 새로운 시작, 암시와 변화가.

짐승들이 고요에서 몰려나왔다 명징한
풀린 숲, 굴과 둥지의 그것에서;
그리고 거기 바야흐로, 그들이 간교해서 아니고
불안해서 아니었다 스스로 그토록 그윽했던 것은

듣느라고였다. 포효, 외침, 교미(交尾)의 울음이
사소해 보였다 그들 가슴에. 그리고 그곳 변변한
오두막 한 채 없이, 이들을 받아들이는 것이,

대피소, 가장 어두운 필요에서 비롯된,
입구가 하나고, 그 말뚝이 떠는 그것인, —

거기 지어주었구나 네가 그들에게 청각의 사원을.

II

그리고 거의 처녀였다 그것 그리고 떠올랐다
이 통합 행복, 노래와 칠현금의 그것에서
그리고 반짝였다 명징하게 그녀의 봄나들이 옷 사이
그리고 스스로 침대 되었다 내 귓속에서.

그리고 잤다 내 안에서. 그러니 모든 것이 그녀의 잠.
나무들, 내가 늘 경탄하는 그것들이, 이
느낄 수 있는 먼 곳이, 느껴진 목초지와
각각의 모든 놀람, 내 자신한테 닥친 그것들이.

그녀가 잤다 세계와. 노래하고 있는 신이여, 어떻게
네가 그녀를 완성했기에, 그녀가 바라지 않는가
먼저 깨어나기를? 보라, 그녀가 일어나고 잔다.

어디 있나 그녀의 죽음? 오, 네가 이 주제를
아직 꾸며낼 것인가, 네 노래가 스스로 다할 때까지?—

어디로 가라앉나 그녀 내 밖으로?…… 거의 처녀……

III

신이 가능하다 그 일. 어떻게 그러나, 능히
사람이 그를 따르겠는가 그 좁은 칠현금 사이?
그의 의미가 분열이다. 교차, 두 가지
마음 길의 그것에 하나도 없다 아폴로 신전 따위.

노래, 네가 가르치는 식의 그것은, 아니다 갈망이,
아니다 구애, 결국은 이미 달성된 것에 대한 그것이;
노래가 현존이다. 신한테 쉬운 일.
하지만 언제 *존재*하나 우리가? 그리고 언제 돌리겠나 그가

우리의 존재한테로 대지와 별들을?
이것은 아니다, 젊은이여, 사랑하는 것이, 설령
그 목소리가 그때 네 입을 밀쳐 연단들, — 배워야 하지

잊는 법, 네가 열어젖힌 노래를 말이다. 그것 덧없다.

진실로 노래하는 것, 다른 숨결이다.

어떤 숨결, 무(無)를 위한. 어떤 나부낌, 신 안에서의. 어떤 바람.

IV

오 너희 다정한 이들, 발 디디라 이따금씩
그 호흡으로, 너희를 염두에 둔 것 아닐망정,
그것이 너희 뺨에 나뉘게 하라,
너희 뒤에서 떤다 그것이, 다시 하나 되어.

오 너희 복 받은 이들, 오 너희 거룩한 이들,
왜냐면 너희 심장의 시작처럼 보인다.
활, 화살의 그것과 과녁, 화살의 그것,
영원히 반짝인다 너희의 웃음, 울어버린 그것에.

두려워 말라 너희 고통받기를, 그 무거움,
돌려주라 대지의 중량에게;
무겁다 산맥, 무겁다 바다.

심지어 어릴 적 너희가 심은 것들, 나무들조차
너무 무거워졌다 오래전; 너희가 나르지 못하지 그것들.
오히려 대기가…… 오히려 공간이……

V

세우지 마라 기념비 따위. 두어라 장미가
다만 해마다 제가 좋아 피게끔.
왜냐면 오르페우스가 그것이다. 그의 변형,
누구와 누구로의. 우리가 기 쓸 것 없지

다른 이름 위하여. 최종적으로
그것이 오르페우스다, 노래할 때. 그가 오고 산다.
이미 엄청나지 않나, 그가 장미 껍질보다
한 이틀 더 견뎌낸다면?

오 어찌나 그가 사라져야 하기에, 너희가 이해하는 것인지!
그 자신 두려운데, 스스로 사라지는 것이 말이지.
그의 말이 여기 있음을 능가하여,

있다 그가 벌써 저기에, 그리로 너희 동반 못 한다.
칠현금 격자가 강제 못 한다 그의 손을.
그리고 그가 순종한다, 뛰어넘으며.

VI

그가 여기 있는 자인가? 아니다, 양쪽
영역에서 자라왔다 그의 넓은 본성이.
더 잘 구부리지 버드나무 가지를,
버드나무 뿌리 겪어본 자가.

너희가 자러 갈 것이면, 안 남기겠지 식탁에
빵도 우유도; 죽은 이들을 그것이 끌어들이니—,
그러나 그, 마법으로 불러내는 자가, 섞는다
눈꺼풀의 온화 아래

그들의 출현을 보여지는 모든 것에;
그리고 마법, 푸마리아*풀과 헨루다**풀의 그것이

* '대지 연기.'
** '마름모.'

그에게 진실되기 가장 명백한 관계와도 같으리라.

아무것도 그의 유효한 형상을 흐릴 수 없다;
무덤에서 나왔든, 방에서 나왔든,
예찬하리라 그가 가락지를, 머리핀과 단지를.

VII

예찬, 바로 그것! 예찬에 임명된 자,
나타났다 그가 마치 광석이 돌의
침묵에서 나오듯. 그의 심장, 오 덧없는 압착기,
인간에게 무한한 포도주의.

결코 불발한 적 없다 그가 먼지에 묻은 목소리를,
그를 그 신성한 전범이 엄습할 때.
모든 것이 포도밭, 모든 것이 포도송이 된다,
그의 느끼는 남쪽으로 무르익어.

않는다 왕들이 썩어 문드러지는 무덤에서
꾸짖지 않는다 그를 예찬이 거짓이라고, 혹은

신들한테서 그림자 하나 진다고.

그는 상근(常勤) 심부름꾼 중 하나,
왜냐면 여전히 그가 죽은 이들의 문 안 깊숙이
예찬의 과일 담긴 접시를 들여 간다.

VIII

오로지 찬미의 공간에서 탄식이
갈 수 있다, 그 울어버린 샘의 요정이,
지켜보는 거지 우리의 침전을,
그것이 맑아지는가 바로 그 바위에서,

문과 제단도 받치고 있는 그것에서 말이지.—
보라, 그녀의 고요한 어깨 둘레 슬슬 이는
느낌, 그녀가 가장 어린 것 같은,
심정의 자매들 가운데 말이다.

환호가 안다, 그리고 그리움이 고백 중,—
오로지 탄식이 배운다 아직; 처녀 손으로

헤아린다 그것이 밤새도록 오래된 재앙을.

그러나 갑자기, 비스듬하고 미숙하게,
떠받친다 별자리, 우리들 목소리의 그것을
하늘에 그것의 숨결이 흐릴 수 없는 거기에.

IX

오로지 그, 칠현금을 이미 들어 올린
그림자들 가운데서도 들어 올린 이가,
그 끝없는 예찬을
예감하며 행할 수 있다.

오로지 그, 죽은 자들과 함께 양귀비를
먹은 이, 그들의 그것을 먹어본 이가,
가장 희미한 음(音)도
다시 잃지 않을 것이다.

설사 반영(反影)이 연못에서
종종 우리에게 불분명해질지라도:

알아야 하지 그 형상을.

이중 영역에서 비로소
그 목소리
영원하고 부드러울 것이다.

X

너희, 너희가 한 번도 내 감정을 떠나지 않았으니,
나의 인사 받으라, 고대풍의 석관들,
너희를 로마 시절의 즐거운 물[水]이
떠도는 노래처럼 관류한다.

혹은 저, 너무나 열려 있기, 눈[眼]
쾌활히 성장한 목동의 그것과도 같은,
안에 고요와 광대수염풀 가득한
황홀에 빠진 나비가 어질어질 나오는 것;

모든, 사람이 의심에서 구해낸 것들,
나의 인사 받으라, 다시 열린 입들,

이미 알고 있구나, 침묵이 무엇인지.

아는가 우리 그것을, 친구들아, 모르는가 우리 그것을?
양쪽 다 짓는다 망설이는 시간을
인간적인 얼굴에.

XI

보라 하늘을. 없는가 '기사(騎士)'라 불리는 별자리!
왜냐면 이것이 우리한테 기이하게 새겨져 있다:
이 자부심, 대지에서 나온. 그리고 두 번째 존재,
그것을 몰고 붙잡고 그것이 담지하는.

그렇지 않은가, 쫓기다가 길들여지는
이 근육질 성격, 존재의 그것이?
길과 방향 전환. 그치만 한 번의 압박이 알려주었다.
새로운 너비. 그리고 그 둘이 하나다.

그러나 *정말* 그런가? 아니면 둘이 생각하지
않는 건가 그 길, 둘이 함께하는 그것을?

이름 없이 이미 떼어놓는다 둘을 식탁과 목초지가.

또한 별들의 결합이 속인다.
그렇지만 우리를 기쁘게 한다 잠시 이제
그 상(像)을 믿는 일이. 그거면 충분하지.

XII

만세를, 그 정신, 우리를 결합할 수 있는 그것에게;
왜냐면 우리가 산다 정녕 상(像)으로.
그리고 좁은 보폭으로 간다 시계가
우리의 고유한 나날 곁에서.

우리의 진정한 자리를 모르고,
행한다 우리가 실제 관계를 시발점으로.
더듬이들이 느낀다 더듬이들을,
그리고 그 텅 빈 먼 곳이 담지한……

순수한 긴장. 오 음악, 자연의 힘들의!
아닌가 하찮은 일들 통하여

각각의 모든 방해가 너를 비껴간 것이?

설사 스스로 농부가 보살펴 행한다 해도,
씨앗이 여름에 변형하는 곳에,
닿지 못한다 그가 결코. 대지가 선사한다.

XIII

꽉 찬 사과, 배와 바나나,
구스베리…… 이 모든 것들이 말한다
죽음과 삶을 입에다…… 내가 눈치채지……
읽으라 그것을 한 아이의 얼굴에서,

그것이 열매들 맛을 볼 때. 이것 먼 데서 온다.
되는가 너희 입 안에 느리게 이름 없이?
그렇지 않다면 말[言]이 있었을 곳에, 흐른다 발견이,
과육(果肉)에서 깜짝 놀라 해방되어.

감히 말하라, 너희가 사과로 명명한 것을.
이 단맛, 비로소 진해지는데,

목적은, 맛이 나므로 살며시 세워져,

명백해지는 것, 깨어 있고 투명하고,
뜻이 두 겹이고, 양지 바르고, 토속, 향토적으로—:
오 경험, 느낌, 기쁨—, 엄청난!

XIV

우리가 우회한다 꽃을, 포도 잎새를, 열매를.
그것들 말하지 않는다 단지 사계의 말만을.
어둠에서 오른다 울긋불긋 공공연(公公然)들이
그리고 지녔다 아마도 질투의 광택,

죽은 자들의 그것을 제 몸에, 그것을 대지가 강화하고.
뭘 아는가 우리가 그들이 참여한 몫에 대해?
그것이 오래전부터 그것들의 방식이었다, 찰흙을
그것들의 풀려난 표식으로 꿰뚫어 표식하기.

이제 자문(自問)은 단지: 그것들이 기꺼이 그리하나?……

밀고 나오나 이 열매, 무거운 노예의 작품이,
둥글게 뭉쳐 우리에게로 높이, 그것의 주인에게로?

그들이 주인인가, 뿌리 옆에서 잠자고,
선사하는 건가 우리에게 그들의 과잉에서
이 중간물, 자연의 힘과 입맞춤에서 나온 그것을?

XV

잠깐…… 그것 맛이 난다…… 이미 달아나는 중.
……근소한 음악만, 어떤 발 구름, 어떤 합(合)—;
처녀, 그녀의 따스한, 처녀, 그녀의 벙어리인,
춤춘다 맛, 경험된 열매의 그것을!

춤춘다 오렌지를. 누가 그것을 잊을 수 있겠나,
어떻게 그것이 제 안으로 익사, 방어하는지
자신의 달콤에 맞서서 말이지. 너희가 그것을 소유했었다.
그것이 자신을 맛이 나게 너희한테 전향시켰다.

춤춘다 오렌지들. 더 따스한 경치,
던져라 그것을 너희 밖으로, 무르익은 것들이 발산할 수 있게,
고향의 대기에서 말이다! 달아오른 것들, 벗긴다

향내 겹들을. 맺는다 혈연을
그 순수한, 자기 부정의 껍질과,
과즙, 행복한 이들을 채우는 그것과!

XVI

너, 나의 벗, 외롭다, 왜냐면……
우리가 만들었다 말과 지시(指示)로써
우리가 점차 세계를 소유하게끔,
아마도 그것의 가장 약한, 가장 위험한 부분을.

누가 가리키나 손가락으로 어떤 냄새를? —
하지만 세력, 우리를 위협하는 그것에 대해
느낀다 네가 많이…… 네가 안다 죽은 이들을,
그리고 네가 경악한다 마법 주문 앞에서.

보라, 이제 함께 견디어내라는 것이다
불완전과 부분을, 그것이 전체인 것처럼.
너를 돕는 일, 어려워질 것. 무엇보다: 심지

마라 나를 네 심장에. 내가 성장한다 너무 빠르게.
하지만 나의 주님 손을 내가 이끌고 말할 것이다:
여기. 그것이 동물 가죽 입은 에서*다.

XVII

맨 아래에 노인, 혼란한,
모든 세워진 것들의
뿌리, 숨겨진 샘,
그것을 그들이 한 번도 본 적 없고.

돌격 투구와 사냥 뿔나팔,
격언, 머리 센 이들의,
사내들, 형제 불화에 빠진,

* Esau. 구약성서 이삭의 쌍둥이 아들 중 형.

여인들, 류트 같은……

더 급박한 나뭇가지에 나뭇가지,
아무 데도 없다 어떤 자유로운……
하나! 오 오르라…… 오 오르라……

그러나 그것들 부러진다 여전히.
이것이 처음으로 위에서 그래도
몸 굽혀 칠현금 된다.

XVIII

들으시나요 당신 그 새로운 것이, 주님,
굉음을 내고 떨리는 것을?
옵니다 알리는 자,
와서 그것을 고양(高揚)합니다.

정말 어느 청각도 온전치 않지요
그 통째 광란 상태 속에서는,
그렇지만 기계 부분이

이제 찬양될 것입니다.

보세요, 그 기계:
어떻게 그것이 구르고 복수하고
우리를 일그러뜨리고 약화(弱化)하는지.

그것이 우리한테서 힘을 빼갔단들,
그것, 열정 없이,
몰아대고 봉사합니다.

XIX

변화의 빠르기는 세상이
구름 형태와도 같을망정,
모든 완료된 것들이
귀속된다 태고한테로.

변천 너머,
더 멀리 그리고 더 자유롭게,
지속된다 너의 이전 노래,

칠현금 든 신이여.

아니다 슬픔이 인식된 상태,
아니지 사랑이 습득(習得)된 상태.
그리고 죽음으로 우리를 멀리한 것,

벗지 않았다 베일을.
유일하게 노래가 땅 위에서
거룩하게 하고 찬미한다.

XX

당신께 그러나, 주님, 오 무엇을 바치나이까 제가 당신께, 말하소서,
당신이 귀를 피조물에게 가르쳤는데?
나의 추억, 어느 봄날의,
그 저녁의, 러시아에서의—, 한 마리 말……

이쪽으로 마을에서 오더군요 그 백마가 홀로,
앞 발목에 말뚝 달고,

와서 그 밤 초원에서 홀로 있었습니다;
어찌나 때려대던지요 그것의 갈기 곱슬털이

목덜미를 박자, 오만의 그것으로,
거칠게 멈추어진 질주라.
어찌나 튀던지요 샘, 말[馬] 피의 그것이!

그것이 느꼈습니다 광활을, 그리고 그 위를!
그것이 노래했고 그것이 들었습니다—, 당신의 전설 전편이
그것 안에 봉해졌습니다.
그것의 형상: 제가 바칩니다 그것을.

XXI

봄이 다시 왔다. 대지
가 어린아이 같다, 시를 아는 듯;
숱하게, 오 숱하게…… 노고,
오랜 배움의 그것 덕분에 받는다 대지가 상을.

엄했지 그것의 스승이. 우리가 원했다 하양을
노인의 수염에.
이제, 뭐라고 초록, 파랑을 부를지
우리가 물어볼 수 있다: 대지가 할 수 있다, 할 수 있다 그것을!

대지, 자유를 느끼는, 너 행복한 자, 놀거라
이제 어린아이들과. 우리가 너를 잡을란다,
즐거운 대지여. 가장 즐거운 자가 성공한다.

오, 스승이 대지에게 가르친 것, 숱한 것들,
그리고 새겨진 상태인 곳이 뿌리와 긴
복잡한 줄기인 것: 대지가 노래한다 그것, 대지가 노래한다 그것!

XXII

우리는 몰아가는 자들.
그러나 시간의 발걸음을,
취한다 그것을 하찮음,

늘 남아 있음 속 그것으로.

모든 서두르는 것들
이미 지나갔을 것;
왜냐면 머무는 것들이
비로소 봉헌한다 우리를.

소년들, 오 용기를 던지지
마라 빠름 속으로,
마라 날아오르기 속으로.

모든 것이 쉬고 난 상태다:
어둠과 밝음,
꽃과 책.

XXIII

오 그제야, 비상(飛翔)이
더 이상 그것을 위하여
하늘 고요 속으로

오르지 않을 때, 자족하여,

밝은 옆모습들로 둘러싸여,
때는 그 도구, 그것이 성공적으로,
바람의 총아 노릇을 할 때,
안전하게, 흔들고 날씬하게 할 때,—

　　비로소, 어떤 순수한 '어디로',
성장하는 장치의 그것이
소년의 긍지를 능가할 때,

그때, 이익으로 성급히,
저 멀리 다가가 있는 것이,
있을 것이다, 그가 홀로 날아 가닿는 것이.

XXIV

우리가 찾아야 하는가 우리의 태고의 우정(友情)을, 그 위대한
결코 얻으려 애쓰지 않는 신들을, 그들이 그 단단한

강철, 우리가 혹독하게 길러낸 그것을, 모른다는 이유로, 쫓아내나,
아니면 그들을 갑자기 찾아야 하나 어떤 지도 위에서?

이 강력한 친구들, 우리한테서 죽은 이들을
가져가지만, 건드리지 않는다 우리의 톱니바퀴 어디도.
우리의 향연을 두고 있다 우리가 멀리—, 우리의 욕탕 주인들,
밀려나간, 그리고 그들의, 우리에게 오래전부터 이미 너무 느린 사자(使者)를

앞지른다 우리가 항상. 더 외롭게 이제 서로에게
일체 맡겨져, 서로를 아는 일 없이,
우리가 인도하는 것은 더 이상 아름다운 굽이 길 아니라,

곧은 길이다. 오직 보일러에서 탄다
예전의 불이 그리고 들어올린다 망치를, 그것 점점
커지고. 우리가 그러나 줄어든다 힘이, 헤엄치는 사람처럼.

XXV

*너*를 그러나 내가 이제, *너*를, 내가 알아보기

꽃과도 같기에, 그 꽃 이름을 내가 모르지만,

다시 한번 기억하고 그들에게 보여주겠다, 훔쳐진 여인,

아름다운 소꿉친구, 극복될 수 없는 외침의 친구여.

여성 춤꾼이었다 처음에, 그녀가 갑자기, 육체가 망설임으로 가득 차,

멈추었다, 누가 그녀의 젊음을 광석에 부어 넣은 것처럼;

슬퍼하고 귀 기울이며—, 거기, 높은 능력들로부터

내려왔다 그녀의 음악이 달라진 심장에.

가까웠다 병(病)이. 이미 그림자에 장악되어,

쇄도했다 검어져 피가, 그렇지만, 잠시의 의심이었던 듯,

몰아 나왔다 자신의 자연적인 봄으로.

다시 또 다시, 어둠과 몰락으로 끊겨,

반짝였다 그것이 지상적으로. 급기야 그것이 무서운 두들김 이후

들어섰다 암담한 열린 문으로.

XXVI

네가 그러나, 신성한 자여, 네가, 끝까지 울리는 자여,

때는 그에게 무리, 경멸당한 주신(酒神) 여신도들의 그것이 닥쳤을때,

그들 떠들어대는 소리를 안 들리게 했다 질서로써, 너, 아름다운 자여,

파괴하는 자들 밖으로 올랐다 네가 세우는 연주가.

아무도 없었다 거기, 그래서 그들이 네 머리와 칠현금 부숴다.

아무리 그들이 티격태격하고 모욕당했단들, 그리고 그 모든 날카로운

돌, 그들이 너의 심장 향해 던진 그것들이,

네게 닿아 온화해지고 듣게 되었단들.

마침내 파괴했다 그들이 너를, 앙갚음의 사주로,

그러는 동안 너의 울림이 아직 사자(獅子)와 바위들 안에 머물렀다

나무와 새들 안에도. 거기서 노래한다 네가 지금도.

오 너 행방불명인 신(神)! 너 끝없는 자취!

오직 너를 찢으며 마지막으로 적의(敵意)가 분할한 까닭에

우리가 듣는 자들이고 입이다, 자연의.

2부

I

호흡, 너 눈에 보이지 않는 시(詩)!

끊임없이 그 고유한

있음 위해 바꿔 들인 세계 공간. 평형,

그것으로 내가 율동적으로 발생하는.

유일한 물결, 그것의
점진적인 바다가 나인;
가장 아끼는 너, 모든 가능한 바다로부터의,—
공간 획득.

얼마나 많은 자리, 공간의 그것이 이미
내 안에 있는지. 숱한 바람
이 내 아들 같다.

알아보겠는가 너 나를, 공기여, 너, 아직 예전의 나의 장소로 가득 차?
너, 한때 매끄러웠던 껍질,
둥긂과 잎새, 내 말[言]의.

II

마치 대가에게 여러 차례 그 서두른
더 가까운 잎새가 *실제* 선(線)을
벗듯이: 그렇게 받아들인다 종종 거울이 그 신성한
유한한 미소, 처녀들의 그것을 제 안에,

그녀들이 아침을 시험할 때, 홀로,—
혹은 광채, 시중드는 빛의 그것 속에.
그리고 호흡, 진짜 얼굴들의 그것 안으로,
후에, 내리는 것은 단지 반영(反影)이다.

그, 두 눈이 한때 온통 그을은
긴 타버림, 벽난로의 그것 안으로 들여다보았던 것:
시선들, 생의, 영원히 잃어버린.

아아 대지의, 누가 아는가 그 손실을?
오로지, 그럼에도 예찬하는 소리로,
노래하는 것이 심장, 전체로 태어난 그것인 자다.

III

거울: 아직 한 번도 누가 알면서 묘사하지 않았다,
너희의 본질을.
너희, 더 시끄러운 체 구멍들로
채워진 듯한 빈틈들, 시간의.

너희, 아직 텅 빈 홀의 낭비자를—,
땅거미 지면, 먼 숲처럼……
그리고 샹들리에가 관통한다 열여섯 갈래 뿔사슴처럼
너희의 발 들여놓을 수 없음을.

여러 차례 너희가 회화(繪畫) 가득하다.
몇 개는 보기에 너희 안에 든 상태—,
다른 몇몇은 지나 보냈다 너희가 수줍게

그러나 가장 아름다운 것들 남을 것이다—, 급기야
저세상 너희의 야윈 뺨으로
스며드는 것이 맑게 풀린 나르시스일 때까지.

IV

오 이것이 짐승이다, 이 세상에 없는.
그들이 그것을 모르고 그들한테 있다 그것이 모든 경우에
—그것의 산책, 그것의 자세, 그것의 목덜미,
그 고요한 시선의 빛에 이르기까지 사랑했다.

정말 있지 *않았다* 그것. 하지만 그들이 그것 사랑했기에, 되었다
한 마리 순수한 짐승이. 그들이 두었다 항상 공간을.
그리고 그 공간 공간, 맑고 비워둔 그곳에서,
들었다 그것이 가볍게 머리를 그리고 별로 없었다 있을

필요가. 그들이 그것한테 먹인 것은 곡물 같은 게 전혀 아니고,
오로지 언제나 가능성이었다, 그것이 있을.
그리고 그것이 어찌나 강한 힘을 그 짐승한테 주었는지,

그것이 자기 밖으로 이마 뿔을 내몰았다. 하나의 뿔.
한 아가씨에게 다가갔다 그것이 하얗게—
그리고 있었다 은(銀) 거울 안에 그리고 그녀 안에.

V

꽃 근육, 아네모네에게
초원 아침을 차츰차츰 열어주는,
급기야 꽃의 품속으로 다성(多聲)의

빛, 맑은 하늘의 그것이 범람하고,

그 고요한 꽃별, 끝없는 맞아들임의
팽팽한 근육의 그것 속에
여러 차례 그토록 충만이 엄습,
휴식 신호, 몰락의 그것이

            좀체 할 수 없다 그 멀리 뒤로 갑자기 던져진
꽃잎 가장자리를 너에게 되돌려주는 일:
너, 결단과 힘, *너무나* 많은 세계의!

우리, 폭력적인 자들, 우리가 지속된다 더 오래.
그러나 *언제*, 모든 생의 어떤 것에서,
우리가 마침내 열려 있고 맞아들이는 자이겠는가?

VI

장미, 너 왕좌(王座) 인 자, 그것한테 고대에
네가 홑겹 꽃받침이었고.
우리한테는 그러나 네가 꽉 찬 셀 수 없는 꽃들,

다함없는 대상이다.

너의 풍부로 보인다 네가 겹겹의 옷,
광채만으로 이뤄진 몸에 두른 그것처럼;
그러나 너의 잎 하나하나는 회피인 동시에
부정(否定)이지, 온갖 의상의.

수백 년 전부터 부른다 우리를 너의 향기가
그것의 가장 달콤한 이름으로 이리로;
갑자기 놓인다 그것이 명성처럼 공중에.

그럼에도, 우리가 모른다 그것 명명할 줄을, 우리가 추측한다……
그리고 추억이 건너간다 그것한테로,
부를 수 있는 시간한테 기도하여 얻은 추억이.

VII

꽃들, 마침내 정돈하는 손들과 친족인 너희,
(처녀 손들, 한때와 지금의),

그것들 청원 식탁 위에 종종 모서리마다
놓여 있었고, 지치고 부드럽게 상처받은 상태로,

물을 기다리며, 그 물이 그들을 다시 한번 회복시키고,
시작된 죽음 밖으로 말이지—, 그리고 이제
다시 고양된 것이 흐르고 있는 극(極),
느끼고 있는 손가락의 그것들 사이, 그 손가락들이 은혜로울

능력 더 있고, 너희 예감보다 더 있고, 가벼운 너희,
너희가 보니 다시 항아리 안일 때,
천천히 식어가고 온기를 처녀들에게, 참회처럼,

너희 밖으로 내주며, 흐린, 지치게 하는 죄(罪)처럼,
이것을 꺾임이 저질렀고, 관계,
다시 너희와, 피어나면서 맺는, 그것으로서 말이지.

VIII

몇 안 되는 너희, 예전 어린 시절 소꿉동무들,

도시의 분산된 정원에서의:

어떻게 우리가 우리를 찾고 우리가 머뭇머뭇 마음에 들고,

어떻게 말풍선 달린 중세 양처럼,

말했는지, 침묵하는 자들로서 말이지. 우리가 한때 기뻐했단들,

아무한테도 안 속하지 그것. 누구 거였나 그것?

그리고 어떻게 녹아 없어졌는지 그것 모든 걸어가는 사람들 사이와 근심, 오랜 세월의 그것 속에서.

수레들이 굴러갔다 우리 주변을 낯설게, 끌려 지나갔다,

집들 서 있었다 우리 주변에 강하게, 그러나 허구적으로, ―그리고 아무것도

알고 있지 않았다 늘. *무엇이* 있었나 실제적으로 일체에?

아무것도. 오로지 공[球]들. 그것들의 훌륭한 곡선들.

또한 없었다 어린이들…… 그러나 여러 차례 들어선다

하나,

아아 사라져가는 하나가, 떨어지고 있는 공 아래로.

(에곤 폰 릴케 추모)

IX

자랑 말라, 너희 재판관들, 없어도 되는 고문대를

그리고 쇠가 더 이상 목에 빗장 지르지 않는 것을.

어떤 것도 올라 있는 상태 아니다, 어떤 심장도—, 왜냐면 바랐던

경련, 온화의 그것이 너희를 더 상냥하게 일그러뜨린다.

시간 걸려 얻은 것을, 선물하리라 단두대가

다시 되돌려, 아이들이 저번 생일 장난감을

그리하듯이. 안으로 순수한, 안으로 높은, 안으로 토르의

열린 심장에 내딛었다 그가 달리, 그 신,

실제적인 온화의. 그가 왔다 강력하게 그리고 움켜쥐었다

주위로 광선 발하며 자기 주변을, 신성(神性)이 그러하듯.

바람 *이상*이지, 거대한 보증된 선박을 위한.

덜하지 않다, 그 친숙하고 나직한 인지(認知),

우리 내부에서 침묵하며 얻기가

끝없는 짝짓기 소산의 조용히 노는 아이와도 같은 그것보다.

X

모든 습득된 것을 위협한다 기계가, 그것이

대담하게도, 정신으로, 복종 아니라, 있으려는 한.

훌륭한 손, 보다 아름다운 망설임의 그것이 더 이상

자랑 못 하게끔,

더 단호한 건축에로 자른다 기계가 더 독하게 돌을.

어디에서도 뒤처지지 않는다 그것이, 그래서 우리가 그것을 *한* 번 빠져나오고

그러면 그것이 더 조용한 공장에서 기름칠하며 자기

자신에게 속한다.

기계가 생이다, ―기계가 생각한다 자기가 가장 잘할 수 있다고,

그래서 똑같은 결단으로 정돈하고 창조하고 파괴한다.

그러나 아직도 우리의 현존이 홀려 있다; 수백의

자리에서 그것이 아직 근원이지. 하나의 연주, 순수한

힘들의, 누구도 감동시키지 않는, 무릎 꿇고 경탄하지 않는 자 누구도.

말[言]이 나온다 지금도 상냥히 형언불가에서.

그리고 음악이, 늘 새로이, 가장 몸 떠는 돌들에서,

짓는다 무용한 공간에 신(神)으로 모신 자신의 집을.

XI

많음, 죽음의 그것이, 생겨났다 편안히 정리된 규칙에서,

계속 제압 중인 인간, 네가 사냥을 고수한 이래;

하지만 덫과 그물 그 이상의 것으로, 알고 있다 너를, 한 폭의 돛이여,

인간이 내려 매단 곳이 그 동굴 많은 카르스트지형인.

살며시 사람들이 너를 들였지, 마치 네가 하나의 표식,
평화를 칭송하는 그것이라는 듯이. 하지만 그런 다음:
비틀었다 네 귀퉁이를 노예가,
—그리고, 동굴 밖으로, 밤이 던졌다 한 움큼의 창백한
비틀거리는 비둘기를 빛 속으로……
그러나 *그것* 또한 옳다.

멀다 보는 자들한테서 각각의 모든 숨결, 연민의 그것이,
단지 사냥꾼들한테서뿐 아니라, 그들이야, 늦지 않게
드러나는 것을,
주의 깊게 또 행하며 완수한다지만.

죽임은 어떤 형태, 우리의 방황하는 슬픔의……
순수하다 갠 정신으로,
우리 자신한테 벌어지는 것이.

XII

원하라 변화를. 오 불꽃에 열광하라,

그 안에서 하나의 물(物)이 너를 회피한다, 그리고 변형을 과시한다;

저 구상(構想)하는 정신, 지상의 것에 숙달한 것이,

사랑한다 모습의 흔들림 속에서 무엇보다 더 전환점을.

머무름 속으로 닫히는 것, 이미 그것이 경직이다;

망상하나 안전하다고, 보호, 눈에 띄지 않는 회색의 그것으로?

기다리라, 가장 딱딱한 하나가 경고한다 먼 곳에서 그 딱딱함을.

슬프다—: 부재중인 망치가 팔을 쳐든다!

자신을 샘으로 붓는 자, 그를 알아본다 알아봄이;

그리고 그것이 이끈다 그를 황홀하여 두루 이끈다 청명한 피조물 속으로,

피조물은 시작으로 종종 닫히고 끝으로 시작되고.

각각의 모든 행복한 공간이 자식이거나 손자다 이별의,
그것을 그들이 놀라며 통과하지. 그리고 변형한 다프네가
원한다, 그녀가 월계수를 느낀 뒤로, 네가 바람으로 변하기를.

XIII

앞서라 모든 이별에, 이별이 네 뒤에
있다는 듯이, 겨울, 때마침 가는 그것처럼.
왜냐면 겨울들 가운데 하나가 너무나 끝없이 겨울이다,
그래서, 겨울을 나며, 네 마음이 대체로 견뎌낸다

늘 죽어 있으라 에우리디케 안에—, 노래 부르며 오르라,
예찬하면서 오르라 되돌아 그 순수한 관계 속으로.
여기, 사라지는 것들 가운데, 있으라, 기욺의 영역에,
되라 울리는 유리 하나, 울림으로 이미 깨진.

있으라 그리고 알라 동시에 있지 않음의 조건을,

끝없는 바탕, 너의 내적인 흔들림의 그것을,
그래야 네가 그것을 온전히 완수한다 이번에 단 한 번.

사용되었기도, 무디고 벙어리이기도 한
예비, 충만한 자연의 그것에, 형언할 수 없는 합(合)에,
덧붙히라 너를 환호하며 그리고 없애라 수(數)를.

XIV

보라 꽃들을, 이, '지상적'에 충실한 것들을,
그것들한테 우리가 운명을 운명의 귀퉁이에서 빌려주었나니,—
그러나 누가 아는가 그것을! 그것들이 제 시듦을 뉘우칠 때,
임박해 있다 우리한테, 그것들의 뉘우침인 일.

모든 것이 떠다니고 싶다. 그래서 배회한다 우리가 불평처럼,
놓는다 모든 것 위에 우리 자신을, 무게에 황홀하여;
오 무슨 우리가 사물들한테 먹어치우는 스승인가,

왜냐면 그것들이 영원한 유년에 성공한다.

그것들을 누가 내면의 잠 속으로 데려가 그것들과 함께
곤히 잔다면—: 오 얼마나 쉽게 그가 올 것인가,
다르게 다른 날로, 그 공동(共同)의 깊이로부터.

혹은 그가 머물겠지 아마도; 그리고 그것들 꽃 피고 예찬하겠지
그를, 개종자를, 그가 이제 그것들 닮았으니,
모든 고요한 자매들, 초원의 바람 속 그녀들을.

XV

오 샘-입, 너 주고 있는 자, 너 입이여,
다함없는 하나를, 순수를 말하는구나,—
너, 물의 흘러가는 얼굴 앞에서,
대리석 가면. 그리고 배경이

수로교(水路橋) 유래(由來). 먼 데서
무덤들 지나, 아펜니노산맥 중턱에서

날아온다 그것이 네게 너의 전설을, 그 전설이 그런 다음

떨어지게 되지 그 앞 용기(容器) 속으로.
이것이 잠자며 누운 귀다,
대리석 귀, 그 안으로 네가 항상 말하는.

하나의 귀, 대지의. 오직 저 혼자와
이야기한다 그녀가 그렇게. 항아리 하나 미끄러져 들어가면,
그것이 그녀 보기에, 네가 그녀를 끊는 것 같다.

XVI

자꾸만 우리한테 찢겨,
신(神)이 자리다, 치유하는.
우리가 날카로움이다, 왜냐면 우리는 알고 싶다,
하지만 그는 청명하고, 균등히 나뉘어 있다.

심지어 그 순수한, 그 봉헌된 기부를

받아들인다 그가 자신의 세계로 다름 아니라
그러는 동안 자신을 자유로운 끝에
미동도 없이 맞세우는 식으로.

오직 죽은 자가 마신다
여기서 우리의 *귀에 들린* 샘물을,
신이 그에게 말없이 신호를 보내면, 죽은 자에게 말이다.

우리에게 오직 시끄러움이 제공된다.
그리고 어린 양이 간청한다 자신의 방울을
더 고요한 본능에서.

XVII

어디, 어느, 항상 지복으로 물 뿌려진 정원에서, 어느
나무의, 어느, 부드러이 잎이 진 꽃받침에서
익어가나 낯선 열매, 위안의 그것들이? 이
맛 좋은 것들, 그것들에서 네가 하나를 아마도 짓밟힌
목초지,

네 가난의 그것에서 발견하는. 자꾸
놀라지 네가 열매 크기에,
그것의 온전(穩全)에, 껍질의 부드러움에,
그리고 그것을 새들의 경솔이 네게서 선취(先取)하지 않은 것에 질투,
벌레들 사이 그것도. 마찬가지인 것에 있는 건가 그렇다면 나무들, 천사들이 날아다니고,
숨은, 느린 정원사가 워낙 희한하게 꾸며
우리를 열매 맺지만, 우리 것 아닌 나무들이?

우리가 한 번도 할 수 없었나, 우리, 그림자이자 환영(幻影)들이,
우리의 서두른 익음과 다시 시듦의 처신(處身)으로
저 느긋한 여름의 태연(泰然)을 어지럽히는 일을?

XVIII

여성 춤꾼: 오 너 옮김,
모든 사라짐의, 걸음으로의: 네 그것을 바치는 모습이라니.

그리고 선회(旋回), 마무리에, 이 나무, 움직임으로 구성된,
소유하지 않았나 온전히 그것이 흔들려 도달된 세월을?

꽃피지 않았나, 그것 주변에 너의 흔들림이 방금 군집하게끔,
갑자기 그 우듬지, 고요의 그것이? 그리고 그 위로,
아니었나 태양이, 아니었나 여름이, 그 따스함,
네게서 나온 이 수없는 따스함은?

그러나 그것이 열매 맺었다 또한, 그것이 열매 맺었다, 너의 나무, 황홀의 그것이.
아닌가 그것의 편안한 열매들: 그 항아리
익으며 줄 쳐진, 그리고 더 무르익은 꽃병이?

그리고 그림들 속: 남지 않았나 표시,
네 눈썹의 검은 필치가
재빨리 벽, 고유한 전환의 그것에 쓴 표시가?

XIX

어딘가 산다 금(金)이 응석받이로 키우는 은행에서
그리고 수천과 친하게 지낸다. 하지만 저
장님이, 거지가, 그 자신 구릿빛 동전한테
마치 버림받은 장소, 마치 먼지투성이 구석, 장롱 밑
그것 같다,

늘어선 상점들 안에서 돈이 집에 있는 기분이고
변장한다 보기에 비단, 패랭이꽃과 모피로.
그, 침묵하는 자가, 서 있다 숨 쉬는 사이,
모든 깨어서든 자면서든 숨을 쉬는 돈의 그것에.

오 어떻게 닫힐 수 있겠나 밤이라고, 이 항상 열려 있는
손이.
아침에 데려간다 그것을 운명이 다시, 그리고 날마다
희망 주며 질질 끈다: 맑게, 비참하게, 끝없이 파괴할
수 있게.

그래서 또 한 사람, 보는 자 하나가 결국 그것의 오랜

존속을

놀라며 파악하고 찬미할 터. 오직 노래를 여는 자들한테 말[言]이 된다.

오직 신성한 자들한테 들린다.

XX

별과 별 사이, 어찌나 먼지; 그렇지만, 어찌나 더 먼지,

인간이 여기서 배우는 것이.

한 사람, 이를테면 , 한 아이…… 그리고 한 이웃, 두 번째 이웃—,

오 어찌나 붙들 수 없이 떨어져 있는지.

운명, 그것이 잰다 우리를 아마도 존재하는 자의 뼘으로,

그래서 그것이 우리한테 낯설어 보인다;

생각하라, 얼마나 많은 뼘일지 처녀에서 사내로만 해도,

처녀가 그를 피하고 뜻을 둘 경우.

모든 것이 멀다—, 그리고 어디에서도 끝나지 않는다 원(圓)이.

들여다보라 사발을, 쾌활하게 차려진 식탁 위,
기이한 생선 얼굴을.

생선은 벙어리다…… 생각했다 우리가 한때. 누가 아나?
그러나 없는가 필경 어떤 장소, 거기서 사람이, 생선의
말[言]일 것을, 생선 *없이*도 말하는 곳이?

XXI

노래하라 정원들을, 내 마음이여, 네가 모르겠으나; 유리 속인 듯
부어 넣어서 만든 정원들, 투명한, 다다를 수 없는.
물과 장미, 이스파한이나 쉬라스의,
노래하라 그것들을 아주 기쁘게, 찬미하라 그것들, 어느 것에도 비할 수 없는.

보여라, 내 마음이여 네가 그것들 한 번도 아쉬워하지 않음을.
그것들이 네게 뜻을 두고 있음을, 그것들의 무르익는

무화과들이.

네가 그것들과 함께, 꽃 피는 가지들 사이

마치 얼굴에로인 듯 오른 미풍을 변환시킨다는 것을.

피하라 그 오류, 아쉬움이 있다는,

벌어진 결정에, 이: 존재하겠다!에 말이지.

명주실아, 들어왔다 네가 직물 속으로.

어떤 그림과 네가 진심으로 하나이든,

(그것이 한순간, 고통의 생에서 나온 그것이라도),

느껴라, 전체인, 혁혁한 양탄자가 요체인 것을.

XXII

오 운명에도 불구하고: 훌륭한 과잉,

우리들 현존의, 공원에 거품 넘쳐진, —

아니면 석조 인간들로 자물쇠,

높은 현관의 그것 옆에, 발코니 아래 거역하는 나무 꼴

인!

오 청동의 종(鐘), 자신의 공이를
날마다 무딘 일상에 맞서 들어 올리는,
아니면 그 *하나*, 카르나크의, 그 원주(圓柱), 그 원주,
거의 영원한 신전보다 더 오래 견뎌낸.

오늘 무너진다 그 과잉, 같은 거지,
서두름에 지나지 않는다, 수평 수직의 노란
낮에서 눈멀 정도 빛으로 과장된 밤에로의.

그러나 광란이 녹아 사라지고 흔적조차 없다.
곡선, 비행의, 대기를 가르는 그것과 그, 그것이 이동한 것,
전혀 헛되지 않을지도. 하지만 단지 생각대로.

XXIII

불러다오 나를 그, 너의 시간,
네게 중단 없이 저항하는 그것에:
간청하며 가깝기 강아지 얼굴과도 같지만,
늘 다시 돌아가는,

네 생각에, 그것을 마침내 붙들었을 때 말이지.
그러니 빼앗긴 것이 대개 너의 것.
우리가 자유다. 우리가 풀려난 곳이 바로,
우리 생각에, 최초로 환영받은 곳이다.

근심하며 요구한다 우리가 추가로 어떤 중지를,
우리가 너무 젊다 여러 차례 옛것에 대하여
그리고 너무 늙었다 그, 한 번도 있지 않았던 것에 대하여.

우리가, 정당하다 오직, 우리가 그럼에도 예찬할 때,
왜냐면 우리가, 아아, 가지이다 쇠이고
단것이다, 익어가는 위험의.

XXIV

오 이 욕망, 언제나 새로운, 출처가 풀어진 찰흙인!
아무도 곁에서 가장 이른 감행을 돕지 않았다.
도시들이 생겨났다 그럼에도 축복받은 내해에,
물과 기름이 채웠다 항아리를 그럼에도.

신들, 우리가 계획했다 그들을 처음에 대담한 구상(構想)으로,
그것을 우리의 투덜거리는 운명이 다시 파괴했고.
그러나 그들이 불멸이다. 보라, 우리가 해도 된다
저들을 엿듣는 일, 우리 청을 마지막에 들어주니 말이다.

우리, 하나의 종(種), 수천 년에 걸친: 어머니와 아버지,
갈수록 충만해지는, 미래의 아이로,
하여 그 아이가 우리를 언젠가, 능가하면서, 뒤흔들라고, 훗날에 말이지.

우리, 우리 끝없이 감행한 자들, 무슨 우리한테 시간이 있겠나!
그리고 오직 과묵한 죽음, 그것이 안다, 우리가 무엇이고
무엇을 그것이 항상 얻는지, 그것이 우리한테 빌려줄 때 말이다.

XXV

벌써, 귀 기울여봐, 들린다 네게 첫 갈퀴

노동이; 다시 인간적인 박자가
절제된 고요, 강력한
이른 봄 흙의 그것 속에서. 맛없어

보이지 않는다 너에게 그, 오는 것이. 저, 그토록 자주
네게 벌써 왔었던 것이 보인다 네게 오는 것처럼
다시 새로운 것으로 말이지. 늘 바랐으나,
취하지 못했다 그대가 그것을 한 번도. 그것이 그대를
취했다.

심지어 잎새, 겨울을 난 떡갈나무의 그것들도
빛난다 저녁에 미래의 갈색으로.
여러 차례 나타냈다 미풍이 신호를.

검다 관목 숲. 하지만 거름 더미들
쌓여 있다 더 풍부한 검정으로 아운에.
각각의 시간 모두, 경과하지만, 더 젊어진다.

XXVI

어찌나 사로잡는지 우리를 그 새 외침이……
무릇 어떤 일찍이 창조된 외침.
그러나 아이들 벌써, 밖에서 노는데,
외친다 진짜 외침한테 지나가며.

외치지 우연한테. 빈틈,
이것의, 우주의 그것에다(그 속으로 그 신성한
새 외침이 들어가기가, 인간이 꿈에 드는 것과도 같은데—)
박는다 아이들이 자기들의, 새된 소리 지르는 것들의,
쐐기를.

슬프다, 어디 있나 우리가? 점점 더 자유롭기,
끈 끊긴 연(鳶)과도 같이
바삐 간다 우리가 중간 높이에서, 웃음의 가장자리 품고,

바람받이로 갈기갈기 찢겨. 정돈하라 외치는 자들을,
노래하는 신이여! 그들이 귀 기울이며 깨어나게끔,
갖고 가며, 흐름으로 머리와 칠현금을 말이지.

XXVII

있나 정말 시간, 파괴하는 그것이?
언제, 휴식 중인 산 위에서, 부수는가 그것이 성(城)을?
이 마음, 끝없이 신들에게 속하는 그것을
언제 겁탈하는가 데미우르고스*가?

우리가 정말 그토록 소심한, 부서지기 쉬운 자들인가,
운명이 우리를 실현하고자 하는 대로?
유년이, 그 깊은, 유망(有望)한 것이,
뿌리에서—나중에—고요한가?

아아, 유령, 덧없는 것의,
악의 없는, 감수(感受)하는 자를 통과
한다 그것이, 마치 연기인 것처럼.

실재 존재로서, 몰아가는 자로서,
통한다 우리가 그래도 머무는

* 플라톤 철학과 영지(靈智) 신학에서 조물주.

세력들 곁에 신적인 풍습으로.

XXVIII

오 오고 가라. 너, 거의 아직 어린아이, 완전하게 하라
한순간 동안 춤 모습을
순수한 별자리, 하나의 저 춤의 그것에로,
그 안에서 우리가 그 둔탁히 질서 잡는 자연을

덧없이 능가하는 것. 왜냐면 자연이 활기
띠었다 전적으로 오로지 들으며, 오르페우스가 노래했다 이거지.
네가 아직 그 당시로부터 이리 이동한 자였고
쉽사리 낯설었다, 나무 한 그루 오래

곰곰 생각, 너와 함께 청각 따라 가려 했을 때.
네가 아직 알았다 그 자리, 칠현금이
울리며 일어선 곳을—, 전례 없는 중앙.

그것을 위해 시도했다 네가 가장 아름다운 발걸음을

그리고 희망했다, 한 번 그 신성한 축제,
친구의 그것에로 보행과 얼굴을 돌리겠다고.

XXIX

고요한 친구, 숱한 먼 데의, 느끼라,
어떻게 네 호흡이 아직 공간을 늘리고 있는지.
들보, 어두운 종루의 그것에서
너를 울리게 하라. 그, 너를 먹어 들어가는 것이,

강한 것 된다 이 섭취 너머.
변형으로 들락거리라.
무엇이냐 너의 가장 열정적인 경험이?
술맛이 쓰다면, 되어라 포도주가.

되어라 이 밤, 과잉에서 나온 밤에,
마력(魔力), 너의 제정신의 십자로에서 그것이,
그것의 기이한 만남 감각이.

그리고 너를 지상적인 것이 잊었을 때,

그 고요한 대지에게 말하라: 내가 흐른다.

신속한 물에게 말하라: 내가 있다.

옮긴이의 말

어렴풋한 느낌으로 릴케 시들, 특히 '두이노'와 '오르페우스' 전편을 번역하고 싶었던 것은 40여 년 전이다. 갑자기 주어진 너무나 많고 한가한 시간을, 그러니까 죽여야 하는 시간을 죽이는 데 외국어 공부가 최적이었고 애매한 수준이었던 독일어를 이참에 마스터해보겠다고 나선 후, 의외로 얼마 안 되어서였다. 횔덜린 「빵과 포도주」를 자세히 읽으며 그의 낭만적 서정의 복잡한 깊이가 광기를 넘나드는 바로 그만큼 현대를 선점한다고 생각한 것은 강요된 휴식이 끝나고 강요된 공개 단체 복무에 바야흐로 이골이 나던 30여 년 전이고, 어렴풋한 느낌으로 독일 종교시가 중세에 이미 놀라운 깊이에 달했고 그 서정적 절정이 초월자를 부르는 릴케의 절규인 것을 확인한 것은 공개 단체 운동이 슬슬 지겨워지던 20여 년 전 일이다. 어렴풋한 느낌으로 괴테 문학의 요체가 그 요란한 「파우스트」 등 드라마라기보다는 귀족적인 농민 서정의 응축으로서 민요시이고, 실러는 '환희의 송가' 류 시보다 시민 정신이 시민 미학을 구축해가는 문장의 광경으로서 드라마라는 생각이 든 것은 공개 운동 단체의 모든 직함을 벗은 10여 년 전이었다.

10년 단위에 억지로 끼워 맞추기 위한 기억의 왜곡이 없지 않겠으나 대체로 이러한 나의 '어렴풋한 느낌'들이 5년 전부터 생각했던 이 번역서의 내용과 구성을 결정지었다. 기존의 선집에서 흔히 빠지는 주요 장시들을 거의 모두 수록했고 주요 시인들마다 소(小)시집 이상의 지면을 마련하였다. '두이노'는 흩어놓았고 '오르페우스'는 모아놓았다. 너무 일찍 횡사한 재능은 죽음이 끔찍해서 유작들을 흩어놓기가 힘들다.

하여, 『독일시집』. 내가 정한 제목이지만 마음에 든다. '독일 시선집'이 아닌 것이. 이만한 분량인 것이. 이런 분량의 독일 시선집은 해외에 얼마든지 있지만 이러한 구성의 '독일시집'은 내가 알기로 없다.

왜 굳이 그런 덜떨어진 자랑을? 무엇보다 브레히트가 있지만 내 생각에 '독일 현대시집'은 아직 불가능하다. 아우슈비츠 이후에도 서정시는 가능한가 묻는 것은 한가한 하나마나 한 수작이고 이미 많은 '서정시들'이 쓰였지만 시라는 장르의 근본적인 특성상, 그리고 특히 혁혁한 개신교 전통의 독일 서정시로서는 파시즘에 대한 좀 더 철저한 자기비판 없이 진정한 서정시가 애당초 불가능하고 아무리 현대적 세련을 뽐낸단들 현대 서정시에 미달일밖에 없다. 독일만 그런 것도 아니다. 아니 정도 차이가 있을 뿐 그렇지 않은 행복한(?) 나라가 자본주의 세상에 있을 수 있겠나?

그리고, 그러나, 내가 듣기에, 이 '독일시집'이 지금, 미래적으로 이렇게 말한다. 언제나 넘쳐나는 것은 짝퉁이고, 짝퉁 넘쳐나는 것이 포스트모더니즘 아니고 짝퉁이 포스트모더니즘이다. 바흐, 베토벤, 브람스는 물론 바그너, 니체도 파시즘과 상관이 없다. 그 짝퉁들이 파시즘을 부르고 파시즘이 최초의 포스트모더니즘이든 포스트모더니즘이 최초의 파시즘이든 둘 중 하나이거나 같은 얘기다. 다만 포스트모더니즘은 그 이전 형용사 포스트모던이 있지만 파시즘은 그 이후 형용사 즉 파시스트만 있으니 전자가 아무리 짧아도 역사의 상습(常習)이나 고질로 보이고 후자가 아무리 길어도 일회성 사건에 지나지 않아 보인다. 독일만 그런 것도 아니다. 아니 정도 차이가 있을 뿐 그렇지 않은 행복한(?) 나라가 자본주의 세상에 있을 수 있겠나?

추신: 색인에서 찾아 읽는 것도 그냥 브라우징도 좋겠으

나 고전을 현대적으로 음미하도록(사실은 그럴 수 있는 것만이 고전이다) 후대를 먼저 내세웠으니 좋기는 처음부터 끝까지 읽으며 경험의 다양성의 최대-완료화를 만끽해 보는 것이 가장 좋을 것이다. 모든 외국어는 뒤늦게 배울수록 어렴풋한 어떤 느낌을 나잇값으로, 그러니까 제대로 늙어가는 백년대계로 제대로 배울수록 생생하게 찢고 들어오는 구체 너머 즉물(卽物)의 언어다. 그 점을 살리려 노력했으니 읽는 이들도 그것을 누린다면 번역자로서 그만한 보람이 또 없겠다.

시인 김정환

독일 시집

초판 1쇄 인쇄일 2019년 8월 2일
초판 1쇄 발행일 2019년 8월 16일

옮긴이 김정환
펴낸이 정은영
편집 안태운 김정은
마케팅 이재욱 백민열 이혜원 하재희
제작 홍동근

펴낸곳 (주)자음과모음
출판등록 2001년 11월 28일 제2001-000259호
주소 04047 서울시 마포구 양화로6길 49
전화 편집부 (02)324-2347 경영지원부 (02)325-6047
팩스 편집부 (02)324-2348 경영지원부 (02)2648-1311
이메일 munhak@jamobook.com

ISBN 978-89-544-3999-2 (03850)

잘못된 책은 교환해드립니다.
저자와의 협의하에 인지는 붙이지 않습니다.

이 도서의 국립중앙도서관 출판예정도서목록(CIP)은 서지정보유통지원시스템 홈페이지
(http://seoji.nl.go.kr)와 국가자료공동목록시스템(http://www.nl.go.kr/kolisnet)에서
이용하실 수 있습니다.(CIP제어번호: CIP2019029064)